南 后 街

李晟旻　著

中国言实出版社

图书在版编目(CIP)数据

南后街 / 李晟旻著 . -- 北京：中国言实出版社，
2022.6

ISBN 978-7-5171-4186-0

Ⅰ. ①南… Ⅱ. ①李… Ⅲ. ①长篇小说—中国—当代
Ⅳ. ①I247.5

中国版本图书馆 CIP 数据核字（2022）第 097126 号

南后街

责任编辑：张　朕
责任校对：李　颖

出版发行：中国言实出版社

地　　址：北京市朝阳区北苑路180号加利大厦5号楼105室

邮　　编：100101

编辑部：北京市海淀区花园路6号院B座6层

邮　　编：100088

电　　话：010-64924853（总编室）　 010-64924716（发行部）

网　　址：www.zgyscbs.cn　 电子邮箱：zgyscbs@263.net

经　　销：新华书店

印　　刷：北京温林源印刷有限公司

版　　次：2022年7月第1版　 2022年7月第1次印刷

规　　格：710毫米×1000毫米　 1/32　 10.75印张

字　　数：196千字

定　　价：59.00元

书　　号：ISBN 978-7-5171-4186-0

目 录

第一章　2018 从一口井说起

1

南后街不仅是一条街，也是福州城内"三坊七巷"的中轴。三坊七巷算是闻名全国了，前来这里的游客络绎不绝。只是，当游人们穿梭于坊巷间的时候并不会注意到，在这三坊与七巷之间，他们踏上过最多的竟是南后街的青石板路。

走的是南后街，但大家却习惯性地统称为三坊七巷。

在叫法上，"南后街"算是败给"三坊七巷"了，但真正走进去了才发现，南后街上的游人、商铺远要比两侧坊巷里的多得多，也难怪，历史上的南后街就是老福州城的主要商业街，街面商贾云集，日常生活所需一应俱全。

无论是南后街还是三坊七巷，对我的吸引力都不算大，天知道一条一公里的老街有什么值得特地前来的，但不管我什么时间经过那儿，总能看见一个又一个外地旅游团。一个景区的人流能有这个规模，不知道是否也可以让本地人在心理上优越一把。

和所有景区一样，外人慕名而来，在本地人眼中却不过是普通的休闲去处而已，好长时间没去了，想起了便去逛逛，逛了一回，短时间内便再也不会去了。我只在南后街修复改造后将它仔细走过一遍，但走的也只是南后街，至于两侧的三坊七巷，由于很多院子大门紧闭，或未完全修复，或被租下来做私人用途，所以可供参观的并不是很多。因此，很长一段时间，我对三坊七巷的了解程度仅限于作为中轴的南后街，而对南后街的了解程度也仅限于街边哪些店面是新开的，哪个食铺的点心好吃而已。

真正让我对南后街充满期待，并开始探寻其前世今生的，是一位名叫黄梓榆的台湾导演。

台湾导演是我深入了解南后街的重要契机，但有意思的是，在这之前，这位导演从未到过大陆，从未对福州历史有过研究，更从未踏入过南后街的石板路半步。

所有因果，都源于半个多世纪以前，源于导演从大陆到台湾的爷爷。

导演是通过一位我们共同的编辑朋友联系到我的。编辑朋友告诉我说，导演在台湾的杂志上看到过我的文章，欣赏我叙述的笔调和风格，于是想让我帮他写一个关于南后街的故事，他再拍成电视剧。后来导演打电话向我介绍，他的祖籍在福州，祖辈就住在三坊七巷的一座小院子里，他从来没回过大陆，但关于南后街的故事却从小听到大，先是爷爷说，爷爷去世后父亲接着说，在这些故事中，被提及最多的是院子里的一口井，井里的两尾金鱼游荡了几十年。导演想让我写的，便是他们家祖辈的故事。

又一个台湾人回大陆寻根的故事，这类故事我听得多了，并不稀奇，再加上当时繁重的写作任务，我根本没有时间，便婉拒。以为这事就这么过了，谁知两个月后的一天，编辑朋友带着回到福州的台湾导演，约我见面。

导演比我想象中年轻，四十多岁的年纪。他长得斯斯文文，言语里透露出谦逊和内敛，很难想象他拍摄时如何在机器后面指点江山，后来听说他主要拍摄人文类的纪录片，这才跟他骨子里透出的那股子文人气质对上号。

导演向我详细介绍了他们家从太爷爷开始家族的来龙去脉，温文尔雅地娓娓道来了一个多小时，最后他又回到了院子里的那口井，他补充了一个之前在电话里不曾提到的细节，那口井里不只有游荡了几十年的金鱼，还有一枚田黄石雕刻，他能从父亲的叙述中感觉到这枚雕刻的重要价值。

"田黄可是寿山石中的珍品。"我想导演的父亲如此重视这块石头，肯定因为其价值连城。

"这价值我想是情感上的，不是金钱上的。"

我顿时觉得抱歉，因为自己的片面。

导演的爷爷自从去了台湾之后，便没有再回来过，父亲年轻时忙于生计，加上当时两岸沟通交流不便，也不曾回到祖辈生活的地方，如今父亲垂垂老矣，对故乡的怀念也愈加浓烈，老人家疾病缠身，回来看一眼南后街是不可能的了，只希望能在有生之年找到当年祖辈在大陆留下的痕迹。这块田黄石便是其中之一。

因此，从未回过大陆的导演才迫切回到福州，他推掉了手上所有工作，只为给父亲一个答案。

或许是因为井中的那枚田黄石，或许是导演祖辈的经历，再或许，一个第一次回到福州的台湾人竟向我这样一个福州土著讲述这片土地的历史，这些都让我有种奇妙而玄幻之感。

于是，我决定写下这个故事。

2

今天的三坊七巷东临八一七北路，西靠通湖路，北接杨桥路，南达吉庇路。原先的杨桥巷和吉庇巷如今已扩建成大街。因此，今天的"三坊七巷"实际只有"三坊五巷"。衣锦坊、文儒坊、光禄坊，郎官巷、安民巷、黄巷、塔巷、宫巷，这些坊巷以南后街为中轴，从北到南排列。

导演回到福州的第一件事，当然是到南后街走走，一是看看爷爷和爸爸魂牵梦绕的地方，二是为我们的故事寻找脉络。带我们考察南后街的，是景区管委会负责人老李。老李五十来岁，之前是三坊七巷景区的资深讲解员，也许是讲解工作做得多了，说话间自带着点令人愉悦的慢条斯理，笑容也是职业而温暖的。知道我和导演来是为了给南后街做宣传，老李一脸雀跃，热情地握住导演的手。

"听说你是专程从台湾过来拍电影的？海峡两岸一家亲，你可要好好拍拍我们南后街的故事呀。"

"不只是南后街的故事，也是我爷爷的故事，我的祖籍可是福州哦。"导演谦恭礼貌，双手任由老李握着。

老李说："都是一家人，一家人。"

我们三人在南后街杨桥路的那端，拉拉杂杂寒暄了一番，导演望着刻有"南后街"字样的石牌坊，对家族的故事早已望眼欲穿。老李领着我们，就像导游领着初来乍到的游客，一边游览一边讲解，那套说辞和我曾经听到的看到的相差无几，也就无心听讲了，但导演却为之好奇，好像能从老李的一字一句中琢磨出与爷爷的关系来。

南后街从 20 世纪末开始修复改造，那时我年纪尚幼，住的地方也离这儿甚远，所以对改造前的南后街并没有什么印象，直到改造完成后，南后街被作为旅游景区的招牌打了出来，这才慢慢开始对它有所了解。南后街的改造定位为传统与现代相结合的休闲文化商业街，所以我们现在看到的南后街，依旧粉墙黛瓦石板路，古香古色古韵味，这是传统的；而现代的，便是在这古色古香的铺面里，经营着咖啡馆、西餐厅、酒吧等商业业态，当然，作为旅游景区，这里也少不了百年老字号的小吃店和旅游纪念品商店。

我这一代福州人离老福州的历史算是越来越远了，但在老李他们那辈人眼里，南后街绝对不是今天这副宽阔整洁的样子。南后街一直以来就是福州的繁华商业街，只不过与如今的整齐规划相比，改造前的南后街更加市井而繁杂，卖鱼丸肉燕的，卖肉丸煎包的，卖糖果蜜饯糕糕饼饼的，卖锅边糊炸油条的，裱褙的刻字的出售古籍字画的，店铺也好小摊小贩也罢，全都聚集在这条并不算宽敞的街道上，为市民提供生活所需。老板的吆喝此起彼伏，或热气腾腾的食物或新奇玩意儿吸引着顾客前来，人们拥挤着推搡着，摩肩接踵水泄不通，如果不经意开进来一辆小轿车，只好在人流的裹挟下缓慢行进，让着行人，避着点街边的流动摊贩，至于多长时间能开得过去，司机也只能听天由命了。

这还只是在平时，除了是商业街，南后街还是元宵、中秋两节的灯市。福州人爱逛灯市，而福州花灯的历史也可谓久远，早在唐代，福州就成为全国盛行花灯活动的城市之一，民间制灯、买灯、赏灯、送灯的民俗是福州人代代延续的传统。如今，灯市已经分散至多个广场街区，规模也一年胜过一年，南后街由于场地的限制，赏灯活动日渐式微，但只要提起灯市，南后街在喜爱花灯的福州人心中依然无可取代。记得小时候每逢中秋元宵，父母都会带我到南后街看花灯，挑的八角灯、西瓜灯、球灯，扛的关刀灯、龙抢珠灯，地上走的猴子骑羊灯、牧童骑牛灯、状元骑马灯，堂上挂的宫灯、走马灯，整条南后街灯月交辉，就像一个流光溢彩的舞台，上演一出光影流动的盛宴。

我已经好多年没有赏过花灯了，灯市之于我早已成为童年记忆，传统的花灯手艺都快要失传了，更何况一个灯市呢？巧的是，导演的太爷爷在南后街就是靠扎花灯为生的，太爷爷的手艺传给爷爷，而正是有了这个手艺，初到台湾的爷爷才有了勉强维持营生的生计，甚至在他幼年的印象中，家中满是竹篾、玻璃丝等花灯制作的原材料，但遗憾的是，这手艺到父亲那儿就再没传下去了。

没想到，共同的童年印记竟能穿越海峡，让我和导演在情感上有了些共鸣。

参观过程中，导演对街边的店铺很是稀奇，尤其是永和鱼丸、同利肉燕、鼎鼎肉松等老字号，他经常从爷爷口中听到这些商铺的名字，虽未曾谋面，却已经了然于心，这下总算见到了，也觉得似曾相识。

导演不禁感叹："要是让爷爷看看现在的南后街，他肯定都找不着家门。"

老李说："隔了快一个世纪了，哪能没变化？再说了，这南后街自古以来就是商业街，居民都住在三坊七巷里面，你爷爷当年肯定也住在那里面。"

老李轻车熟路地介绍开来，郎官巷里一个叫刘涛的人，因他一家几代做郎官，令满巷生辉，衣锦坊接连有人出仕做了大官，荣耀乡里，文儒坊有人做了国子监祭酒，里人学风日盛，历代文儒辈出，文武官员聚居于此，还有林觉民、冰心、严复、林则徐、沈葆桢等名人皆出自三坊七巷。说起这些历史，老李如数家珍，好像这些人物都是自家亲戚似的。

导演说："真怕这些历史有一天会被年轻一代遗忘，尤其我们的根都还在大陆呢。"

我说："一个三坊七巷，半部中国近代史，很惭愧，我也不曾好好了解过它。"

虽从没到过南后街，但在爷爷和父亲日复一日的灌输下，导演一遍遍在心中描绘过它的样貌，街头巷尾，趣闻轶事，风起云涌，岁月变迁，变成如今这般，再也辨认不出它的原来样貌。

导演说："今天的南后街已经没有水了，爷爷说从前这儿还有会潮的景象呢。"

老李疑虑了会儿，拍了拍大腿道："这说的应该是双抛桥，今天是看不到了，但在从前杨桥巷是真的有座石桥，桥下的河水一头通元帅庙河，一头通白马河，两条河的河水就在这桥下合潮了。古时叫合潮桥、会潮桥，后来改叫双抛桥。"

我又补充："对了，听老人家说，从前在衣锦坊也是有水的？"

老李展示出解说员专业的一面来，他介绍说，唐末王审知当政时，嫌原来子城狭隘，便在子城外环筑罗城，三坊七巷的西南两边是罗城西南城墙的界址，如今城墙早已不复存在，但护城河以及河渠上的大小桥梁依然保留下来，这些护城河还是当时的货运航道，大小百货随着货船送达河道两边的千家万户，颇具秦淮人家风情。

导演幻想着水乡版的三坊七巷，说如果现在的南后街也搭配上水景，一定更加婉约温柔。

老李听了这话，像找到了知己，一下子激动起来，对导演表示百分之两百的赞同。南后街修复改造的时候，老李也曾出谋划策过，他建议在街中间挖一条河，让南后街变成一条水街，两旁搭一排美人靠，河上再建几座弧形断桥，游人可以坐着乌篷船在河上漂荡，或往美人靠上一靠，或穿过拱桥在两岸自由穿梭，美哉美哉！只不过，这水乡版的南后街早已在他脑海中夭折。老李的自娱自乐罢了。

"那南后街就变成乌镇，变成周庄了。"去过了太多江南水乡的南方小镇，在我看来也都没有新鲜劲儿了。

老李说："捣鼓捣鼓才有人气嘛，尤其是北方人，南方的小家碧玉、梦里水乡都看不够呢。"

正说着，我看见街边一个店面在装修，外面的围挡上印着七星楼的商标。七星楼是福州有名的传统食铺，营业已经有几十年了，一直以来七星楼只有一家店铺，最早隐藏在南后街附近的花巷里，后来因为修地铁，搬迁到了南后街一头的澳门路上。福州的美食界有句话这么说，"前有聚春园，后有七星楼"，前者是著名的中华老字号，百来年的酒楼，而能与之相提并论，可见七星楼在老福州人心中的地位。

在南后街看到七星楼的标志，我惊讶又疑惑，便问老李道："七星楼要在这里开分店？"

老李说："装修了大半个月了，据说老板打算改造升级，不过原先店铺确实小，简单了点。"

看装修围挡的范围，足足有两个店面大，再加上二层楼，看来这七星楼是打算大刀阔斧地改头换面了。

我们已经走过了南后街的一半，穿梭进郎官巷塔巷衣锦坊文儒坊，探访过林觉民、冰心、严复在此生活过的痕迹，认识了什么是宁波门大板门插屏门，什么又是女儿墙、马鞍墙、弯橼、卷棚，插屏门的颜色可以辨认年代，而上面的贴金纹饰除了代表吉祥，在风水学上还有防火的寓意；灯杆的摆放位置表明主人的事业发展在本地还是海外，还寓意人丁兴旺；假山、雪洞可以起到通道作用，是明清时期福州民居的典型设置……我自认为对南后街再熟悉不过了，不就几条巷子一条街嘛，但老李的讲解让我突然发现，这街巷里还有这么多门道。第一次，南后街开始对我有了点吸引力。

导演对三坊七巷里的建筑深深着迷，如此详细的描绘是他在爷爷那儿不曾听到过的，也是，那些与我们时代相隔很远的人们，他们一定不曾想到，百十年后的我们会对他们的生活产生莫大的兴趣、赞叹甚至艳羡，因为在那时的他们看来，这生活饱含了艰辛和隐忍。

遗憾的是，导演并不知道爷爷当年住在三坊七巷中的哪个巷。爷爷生前将年轻时的故事讲了一遍又一遍，但唯独没有讲住过的巷子叫什么，最初只是说家在南后街，后来又说南后街里有三坊七巷，再后来，等导演和父亲想起来这三个坊和七个巷到底哪个才是祖宅所在地的时候，爷爷甚至都无法清晰地辨认出家人来了。

这种局面下，写小说是不成问题的，但如果想帮助导演完成父亲的心愿，找到田黄石雕，可就困难了。别说石雕，就连人家住哪里都不得而知，还上哪里去找院子里的一口井，以及井里的一块石头呢？

我开始为导演能否带给父亲一个交代而隐隐担忧。

3

老李带我们参观完南后街的第二天，导演打电话给我，说想尝尝南后街上的福州传统小吃，问我是否能做他的向导，他希望吃到最地道最福州的小吃。

在老李介绍之前，我虽然对南后街兴趣索然，但对南后街上的小吃却情有独钟，满街满城的鱼丸肉燕，我独爱南后街上的永和鱼丸、同利肉燕，超市里卖的街边小贩兜售的猪油糕、雪片糕，我只吃南后街上的美且有百饼园，还有南后街附近澳门路上的安泰楼、南街上的味中味。我以前在北方上大学，每次寒暑假回来都要走街串巷地觅食，将各种福州小吃都吃上一遍，以抚慰思乡几个月的味蕾和胃，以支撑到下次回来之前。

有人专门为了本地传统小吃而来，我当然高兴，于是欣然答应。

导演最感兴趣的是福州鱼丸。

我带导演去的是南后街上的老字号——永和鱼丸。据我所知，永和鱼丸是福州现存最老的鱼丸品牌，如今全市有许多家分店，其中最大的便是位于南后街的这家，永和鱼丸正是起源于南后街。我点了鱼丸、鱼汤、鱼皮、鱼卷、鱼面，反正就是要让导演把各种福州本土做法的鱼肉制品都吃个遍。在点完等餐的时间里，我又去隔壁的木金肉丸店买了几个肉丸。

看着纸袋里黑乎乎的一团东西，导演疑惑："这个是什么？"

我说："这个是木金肉丸，也是福州的传统小吃，是用芋头丝做的。怎么，没听你爷爷讲起过吧？"

导演恍然大悟："哦，原来这就是木金肉丸，爷爷当然和我讲起过肉丸，但我还以为就是个肉丸子呢。"

木金肉丸并不是传统意义上的肉丸，它的外表是用芋头丝做成的类似年糕的外皮，里面才是肉馅。

热气腾腾的鱼丸端上来，只闻了闻气味，导演便胃口大开，我提醒他小心鱼丸里爆出的汤汁，他小心翼翼地咬开一小口，汤汁顺着勺子流进了汤里，原本清清白白的鱼丸汤里便漂浮上了几点油花。

导演连皮带馅地咬了一大口，脸上满足的表情好像这味道他等了有一个世纪那么久。

导演对鱼丸赞不绝口："虽然台湾也有鱼丸，但福州鱼丸的口味却更加纯粹，鱼丸鱼丸，就是要有这鱼肉的鲜香软糯。"

我说："没想到吧，福州的鱼丸老字号其实和台湾也有些渊源。"

永和鱼丸的创始人，20 世纪 20 年代到台湾谋生，以娴熟的打鱼丸技艺，在永和一家小食店打工，他做的鱼丸有鱼香而没有腥味，深受当地人喜爱。在永和待了几年，他也积攒了一些钱，便回到了福州，每天挑着鱼丸担在南后街叫卖，他的鱼丸自然也深受南后街上住户的欢迎，卖着卖着，就卖出一个老字号来了。

导演惊讶："原来永和鱼丸的名号是这么来的。没想到一个小小的鱼丸居然能跨越海峡，足见台湾和大陆的联结之深。"

我顺便借花献佛:"福州有'没有鱼丸不成席'的说法,无论是侨胞回乡探亲,还是各种酒席筵席,鱼丸都是必不可少的一道菜肴。黄导从台湾来到福州,也算是回家了,这碗鱼丸是我请你吃的第一顿,就算是给你接风洗尘了。欢迎回家。"

我看见导演的眼里闪过一丝哀愁和失落,我想,也许是"回家"两个字让他心里五味杂陈了吧。

除了"没有鱼丸不成席",还有一个说法是"无燕不成宴,无燕不成年。"这说的是福州另一个传统小吃,肉燕,又称太平燕,其寓意不言而喻,福州人逢年过节、婚丧喜庆、亲友聚别,都少不了一碗太平燕。

永和鱼丸的对面就是同利肉燕,同利肉燕店的门口有一块醒目的厚实案板,据说这是当年同利的创始人流传下来的,每逢游客众多的节假日,会有一个师傅站在案板前,拿一把同样厚实的铁质菜刀,飞速地剁着肉馅,哒哒哒、哒哒哒的声音让人不禁食欲大增。

肉燕也是一种皮包馅的食物,其过人之处在于,表皮由猪肉加番薯粉手工打制而成,薄如白纸,口感韧而有劲。燕皮除了用来包肉燕,还可以做成条状,如面条似的,叫作燕丝。

本就不大的店里已经坐满了人,我们只能坐在店门口加放的条凳上。肉燕店进进出出的人很多,而且一般都是老年人，有些老人还能熟络地和老板聊上几句，一看就是老食客。看老人们悠闲的样子，我猜他们应该就住在这附近，饿了馋了过来吃一碗肉燕，也算是对生活存有的一种念想吧。

我们正吃着，无意中看见店里的一个伙计端着一碗肉燕，走到离店不远的一个巷口，那里坐着一个老头，伙计将肉燕给了老头，老头笑着点了点头，伙计就转身回来了。

导演说："这家店老板还做慈善呢，给老人免费送肉燕？"

我也正纳闷，从来也没有听说过类似的新闻。这时，刚才那个送肉燕的伙计正好出来收拾桌子，我便逮住他问个究竟。

伙计说："你们说那个老头啊，他在南后街可有名了，想吃什么随便吃，从来不用给钱，而且我们还得亲自给他送过去呢。"

我和导演双双不解地看着他。

伙计说："至于什么原因我就不知道了，也是老板交代我这么做的。"

伙计离开后，我和导演开始发挥职业的本能，兀自猜测这老人的种种可能性。也许他真是从前住在南后街的什么名人后代，老了受政府照顾？或者他得了老年痴呆，儿女们跟南后街的商铺打好了招呼，事先付好了钱，让店老板们满足老人的需求，别让他饿肚子？又或者，老人是一个流浪汉，每天在南后街游荡，大家看他可怜，便时不时给他点吃的，反正也不会亏钱？

无意间，老头的存在引起了我和导演一连串的构思，我们从福州小吃谈到了小说，谈到了他即将拍摄的关于南后街的电视剧。我们又经过一家鼎边糊店，我整个胃已经撑得满满的了，没想到导演又被锅边勾起了食欲，别看他是一个四十来岁的中年人，却连半个肚腩都没有，连四肢也是细长细长的，原来也是个大胃王，只是吃不胖的体质，真是让女生嫉妒啊。

吃完了鼎边糊，我们的行程也差不多结束了，导演说明天约了老李，继续谈院子和田黄石雕的事，让我也一起来。虽然不知道爷爷住过的具体地址，但家族的愿望不能就这么放弃了，导演觉得，好歹当年太爷爷在南后街也是一个小有名气的花灯师傅，手艺可是远近皆知，不可能一点痕迹都不留吧？只要仔细调查，应该是能发现点什么的。

4

第一次来南后街，老李带我们走的都是大户人家的宅子，这天，导演希望能逛逛普通人家的院子，毕竟，爷爷就是普通人家。

老李说："我们可以从院子的特征入手，你爷爷的院子有什么特点没有？"

导演说："爷爷的院子里有一个天井，天井中间是一口井，井里有鱼。"

老李一愣，不知道该说什么好。

我明白老李的意思，接了茬："三坊七巷的传统建筑里，房子里有天井，井里有水有鱼，这是常态，并不典型。"

老李说："难道没有什么别的特征，比如家里的牌匾、字画之类？"

导演说："我太爷爷是扎花灯的，就是普通人家，也没有什么可流传的东西，牌匾字画就更不用说了，太爷爷大字都不识几个呢，只知道扎花灯。要说有什么不一样的，也只有井底的那块石雕了。"

老李挠挠头，面露难色。

我说："如果从花灯入手呢，太爷爷的手艺远近闻名，应该不会没有人知道。"

老李说："陈作家，现在的年轻人还有几个喜欢花灯的，花灯店更是没有几家，就连扎花灯这门手艺，我看再过几年也就失传咯。"

我说："年前我看到过一个新闻，说南后街有三兄弟是花灯手艺的传承人，不知道你有没有听说过他们。"

老李想了想："你说的是姓郑的三兄弟？我想起来了，他们的确是花灯师傅，只是这些年买花灯的人越来越少，他们早就不靠扎花灯谋生了。"

我说："那他们可还住在这南后街附近？"

老李说："南后街拆迁改造时就搬走了，具体搬到了哪里，我也不太清楚。"

正说着，耳边传来一阵争执，声音其实不算大，但现在是工作日的早上十点多钟，南后街上行人不多，这声音便一下子窜进耳朵，显得尤为清晰。

我们循声望去，不远处便是正在施工中的七星楼店址，一位工人模样的中年男子显得有些不耐烦："老人家，我们这正施工呢，真的不方便参观，再说这里面灰大，噪声响，你这么大年纪，也不合适进去。"

再看看工人的说话对象，我和导演都没想到，竟是几天前见到的那位吃肉燕的老人，他与那天的装束一样，也拎着一个小马扎，站在七星楼的围挡外，布满皱纹的脸上，同时挂着期待和遗憾。

"你们这店什么时候装修好？原先的样子都还在？没有拆掉太多吧？还有，后院里那口井，可千万不能填了呀，南后街的院子，可少不了井哩！"与所有上了年纪的人一样，老人的语速已经快不起来了，可话里又带着急切，这一通说下来，就像个着急的结巴。

老李带着我们过去，对着老人道："萧老，这家店正在装修，不方便参观，这可是新开的七星楼，等装修好了开业了，我带你来吃，好不好？"

我和导演十分意外，老李和这老人家竟然认识。

走近了后，我才看清楚老人的长相。老人已经很老了，老得让人觉得他不应该属于这个时空，他头发花白，五月的阳光斜照下来，打在老人细细密密的白发间，绸缎似的。老人穿蓝色布衣，黑色长裤，黑色布鞋，整个打扮都像是从 20 世纪走来的人。

老人说："七星楼，我知道七星楼，东西好吃，好吃，可是我就想看看他们是怎么装修的嘛。"

老李无奈："人家装修跟你又没关系，难道你还要帮忙不成？"

"这南后街的院子，哪能随随便便装修的嘛，里面都是老古董，可不能破坏咯。"老人一副严肃认真的样子，那较真劲儿好像他要为这店面的装修把关，突然话锋一转，开始语重心长："店换了一家又一家，没一家开得长的，为什么呀？老祖宗都看着哩，看着你们把老古董都破坏了，老祖宗不乐意呀，生意当然不能长久了。一个地方有一个地方的风水嘛。"

这又是老祖宗又是风水的，我和导演都听得一头雾水，一个看上去已经老到不能再老的老头子，怎么还跟店家装不装修的杠上了。

老李却一边听一边点头，一副习以为常的样子，也顺着老人的话道："行行行，这些店家都知道，老祖宗的东西都在哩，不破坏不破坏。"老李说着接过老人手里的马扎，引着他离开这里，也离开这个话题："萧老，早上吃点心了没有，今天想吃点什么？"

老人家倒也干脆，一下子就跟着老李走了。"想吃鼎边糊。"他理直气壮地回答，就像向大人要糖时有求必应的孩子。

"好好好，鼎边糊就鼎边糊，我这就给你买一碗。"

老李搀着老人走到了我和导演光顾过的那家鼎边糊店，店家一见，便熟络地打招呼："萧老今天想吃鼎边糊啦，稍等一会儿，这就来。"又对着我们道："都来一碗？"

老李看了看我们，我和导演都表示吃过早饭了，老李又对店家说："正工作呢，不方便，下次我们再来吃。"

鼎边糊刚端上桌，老人凑前闻了闻，听老李说在工作，突然想起什么似的，"你又过来工作啊？"就像记忆中断的失忆者，前面的事似乎从来就没发生过。

老李说："是啊是啊，今天陪两个导演和作家来南后街逛逛，人家可是来南后街拍电视剧哩。"

老人愣了一会儿，好像要搞清楚什么叫电视剧，什么是导演什么又是作家似的，然后突然又沉浸在了自己的世界中："今天的鼎边糊，不够糊，不够糊。"

老李顺着他道："不够糊啊，那我让老板下一锅煮糊一点。萧老，你慢慢吃，我先去工作，有空再过来看你。"

老人似乎没听见，只顾低头细细吃着了。

导演惊喜："你认识这个老人家？"

老李说："何止是我，整个南后街，就没有不认识萧老的。"

我问："这老人家到底是什么大人物？"

老李说，老人姓萧，叫萧何，新中国成立之后他就住进了南后街，说评话为生，一辈子了。老人刚来就住进了那个小院，后来南后街修复，居民都搬迁了，就剩一个无儿无女的他，说我一个老头上哪儿去啊，哪儿也不去！施工队都堵到家门口了，还在院子里晒太阳呢，一壶铁观音一碟花生糕，事不关己似的。人家钉子户钉的是钱，他不一样，孤家寡人要那么多钱干吗，他就要这方院子，要说这院子在从前也不是什么大门大户，平头老百姓的破屋子而已，他怎么就死钉在这儿了呢？谁也猜不透。但修复工作终究要继续，怎么办呢？后来管委会的一个负责人一拍板，老人家好歹在南后街说了大半辈子评话，也算是南后街历史的见证者了，我们修复南后街是为了什么，不就为了保留古迹传承文化嘛，评话可不就是地地道道的老福州文化嘛，老人家也算是为此做贡献了，既然有贡献，又孤苦伶仃怪可怜的，我们就让他在这儿安度晚年吧，反正等老人百年之后，院子还是我们的嘛。于是，修复期间管委会为老人安排了临时去处，修复完成后又把他接了回来。老人就这么钉下来了。

看着萧何老人羸弱的样子，导演想起已逝的爷爷："爷爷如果还在世的话，和老人的年纪应该差不多。"

我说："老人现在还说评话吗？"

"早就不说了。"老李拿手指点了点自己的脑袋，"这儿不行了，你们没看他那样子，呆呆的。搬走前还利索着呢，也就那么几年时间，回来后人就有点痴痴的了，这人呐，衰老起来也是很快的哟。"

在南后街改造之前，老人的评话在这一带还是有点名气的，他每周有三个晚上的固定时间在南后街摆台说书，都知道南后街出了个萧何，各处的人慕名而来，时间长了名声响了，后来陆续有茶楼、麻将馆、澡堂请他说书，而且报酬颇丰。其实老人也不为挣多少，就图个喜欢，他喜欢说评话，一方案台一把折扇，外加一壶铁观音，他便能妙语连珠、口吐莲花，真真假假、虚虚实实，全凭听众乐意。

搬走那几年，南后街是没法说了，老人就有更多时间在外面"走穴"，但老一辈的听众慢慢都老了，年轻人谁还喜欢听评话，谁还听得懂评话，别说评话，整个福州连澡堂子都没剩了几个。老行当越来越少，老人对评话那颗热情的心也冷了一半。南后街改造完成，是老李接老人回来的，老李回忆说，他俩走到街口的石牌坊那儿，老人突然就停下了，失忆了似的，老李带着他在修复好的南后街走了一圈，说这修复得多好啊，既保留了传统风格，又融入现代元素，这南后街以后要成为著名景点啦。什么传统什么现代，老人似懂非懂，但这一圈下来他却无比坚定地说了一句话："我带你去南后街，给你讲好多好多故事……"不断重复。这以后，老人就开始一副痴相了。

老人这副样子是没法自食其力了，身边又没个能照顾他的人，总得有人管吧。思前想后，这事老李决定自己管。

老李家就在南后街附近，萧何老人的评话他可是从小听到大。老李的父亲是资深评话迷，每个礼拜萧何老人在南后街的固定表演，父亲一手拎着马扎一手抱着个茶缸，后面跟着尚年幼的老李，准时出现在萧何老人的讲台前。

后来，老李在南后街做了大半辈子的解说员，说不动了进了景区管委会，再后来南后街搬迁改造，没想到会遇上萧老这个"钉子户"，更没想到的是，搬迁改造回来后，萧老竟像变了个人，本来精神矍铄步伐矫健的老人，这下离不开人了。

萧老对于老李，也算是半个亲人了，谁家没个需要照料的老人啊，况且萧老一辈子都没有个家，于是老李做了个大胆的决定，他将完全负责老人的生活日常，直至老人离世。他为老人请了个保姆，负责他日常生活起居，知道老人爱吃南后街上的福州小吃，老李又和各个商铺老板打了招呼，老人吃饭的钱记在他账下，他会定期结账。

这些老字号商铺也是在南后街传了好几代的，有些人甚至和老李一样，是听着老人的评话过来的，一碗鱼丸一碗鼎边糊能有多少钱，商店是老字号，老人的评话更是老字号。大家都愿意免费为老人提供食物。

"他知道南后街好多故事，有没有具体说过？"

"说了会有人信吗？他今天说自己以前是富家大少爷，明天又说他家穷得叮当响。一开始我们还半信半疑的，这前言不搭后语多了，也就见怪不怪了。"

导演说："对了，萧老在南后街待了这么长时间，会不会知道些关于花灯师傅的事，就是刚才说的姓郑的那三兄弟？"

老李说："对啊，没准萧老听说过郑氏兄弟，你们等着，我去问问。"

说着，老李又走到吃鼎边糊的老人面前："萧老，我问你一个事情，如果你知道，就告诉我，好不好？"

老人说："我想再吃一碗鼎边糊，行不行啊？"

老李说："可以的可以的。"

老李到店里又端了碗鼎边糊过来，重新在老人身边蹲下："萧老，你有没有听说过，以前南后街有三个姓郑的兄弟，他们是扎花灯的？"

老人说："花灯啊，以前南后街好多花灯哩，一到过年，整条街就像着火了似的。"

老李慢慢引导老人："那你知不知道，南后街谁家的花灯扎得最好？是不是有一个姓郑的？"

老人说："姓郑的？我不知道什么姓郑的，我只知道澳门河边有一家花灯店，那师傅扎的花灯叫一个漂亮，可是他叫什么名字？"

老李激动道："澳门河，萧老，你是说澳门河边住过一个花灯师傅？"又转对导演解释："澳门河就在南后街那头，也算是南后街的范畴，若是住在澳门河，说是南后街也不是不合理。"

老人又愣了愣，等他回过神来，已经忘了自己刚才说的话了，情绪也有点暴躁起来："什么澳门河，我不知道什么澳门河，哎呀你说完没有啊，我要吃鼎边糊，你不要打扰我吃鼎边糊。"

老李走过来，无奈道："看吧，胡言乱语的，问了也白问，萧老的话真不能信。"

本来寄予的希望，瞬间打了水漂。

这时，老李接到一个电话，管委会打来的，让他回去办点事，他只好对我们说抱歉，今天不能作陪了，下次有需要，随时给他打电话，拍电视剧的事，找石雕的事，他一定尽力帮忙。我们互相道别，又说了些客套话，老李便离开了。

我和导演坐在离鼎边糊店不远的长椅上，注视老人的一举一动。老人吃完了鼎边糊，起身提起竹凳，还和老板寒暄了几句，老板脸上热情的表情，好像并不觉得老人是个麻烦，老板说："你慢点走啊。"老人微笑着摆摆手，提着竹凳慢悠悠地走了。

导演说："你觉得老人的话一点可信度都没有？"

我说："不好讲，也许是记忆混乱。"

导演开玩笑道："不能完全是胡编乱造吧，如果真是这样，那老人的想象力可太丰富了，我是不是可以考虑让他来写剧本了。"

我说："没准，他的胡言乱语里，还真能编出几个故事来。"

晚上回到家，我从书架的角落里找出几本关于老福州历史的书，随手翻了几页，想找点能用得上的素材，却发现里面的内容就如同这书页，已经陈旧泛黄得像个老古董。老古董，萧何老人不就是老古董吗？只不过他是鲜活的，鲜活的老古董应该有挖掘不尽的宝藏吧。走了这么多次南后街，我还是头一回见到这老人，他好像嵌进巷子似的，不往里挖还真就见不着。

如果再深挖一点，还能挖出些什么来呢？

5

一天，我经过西湖附近，想起老李说过，最靠近西湖的是衣锦坊，为了验证这个既成事实，我像是被什么牵引着，没来由地从西湖走到了衣锦坊。还真是，拐一条幽静的小道就到了。我一路幻想着从前的通潮景观。

三坊七巷的巷子并不是各自独立的，几条羊肠巷道在其间穿梭联通，巷巷相连，坊坊相通，在这之前，我从来不曾踏上过这些巷道，今天心血来潮走来，竟也觉出其中趣味。巷道里也有宅子，只不过门面较小较旧，看上去像是没有翻新过，偶尔会遇见一两户人家，居住的多是老人，这些老人给我的感觉就和萧何一样，好像不属于这个世纪，一张板凳一条狗，老人就坐在幽静的巷道里晒太阳，外面的世界，好像与他们无关。我甚至还看到了一间杂货铺，外面摆着些蜜饯果干，一只土狗立在一旁，慵慵懒懒的，见我走过，朝我摇摇尾巴。我不禁好奇，隐藏如此之深的杂货铺，做的又是哪门子生意？

在坊巷间穿梭，我竟然有了个从来未有过的发现，原来，这里不止有三个坊和七个巷，这些狭小的巷道也是有名有据的，比如，在衣锦坊和文儒坊之间有一条直巷，叫作闽山巷，闽山巷中段又延伸出一条横巷，叫作洗银营巷，还有早题巷、丰井营巷，都在文儒坊和衣锦坊之间交错纵横，四通八达。这些小巷比常走的三坊七巷更加幽静而深邃，建筑的颜色也更加纯粹而大气，整面整面白的、灰的、黑的院墙连成一片，让人肃然。一个拐弯，不知道下一条道会通向哪里，不知不觉间，我竟爱上了这种探索与未知的感觉。一条接着一条，一道连着一道，从衣锦坊开始，也不知道穿到了哪里，反正就漫无目的地走着。

我又拐进一条小巷，巷口墙上的指示牌写着：大光里。巷子的两侧零散分布着几扇门，有老旧的木质门，也有铁门，门口用统一的标牌写着"私人住宅"，再看看这些住宅门口的盆栽、自行车、电动车等，我知道，这肯定都是些三坊七巷中的居民了。我一扇门一扇门地走着，走到最末端，是一扇更加斑驳的木门，这门比我前面走过的几扇更加老旧不堪，木门半掩着，上面的铜环已经失去光泽，一派萧条景致下，门两旁的红纸对联倒是显得鲜艳夺目。

也许是对联那抹红太过于耀眼，我像是被什么勾住了魂，在门前停下，一个声音悠悠传来，巷子太过幽静，这声音竟显得有些格格不入，缥缈得不切实际，让人像坠入了梦境，一个激灵，我突然回过神来，正准备离开，又一个声音穿过耳朵，这下是真真切切了。声音从门内而来，听上去还有点熟悉，我犹豫了一下，缓缓推开了门。眼前赫然所现，深刻至极。

院子里一张摇椅，坐着一位白发老人，旁边一方石桌，一个茶壶两个茶杯三碟点心，老人身边坐着一位年轻人，戴着眼镜斯斯文文，阳光照射下，年轻人白净的脸庞与老人的满面皱纹对比鲜明，好像同一个人在不同时空的两个镜像。老人手里抱着一个透明鱼缸，两尾金鱼游得正欢。

萧何老人和黄梓榆导演。

我和导演都愣了神，只有萧何老人似笑非笑，好像知道我要来似的。

导演问我怎么会找到这儿，我说经过西湖，信步而来，他说他一路打听，是特地过来找老人的。

我说："老人家给你讲故事了？"

导演说："和上次一样，前言不搭后语。"

我说："但又觉得这胡言乱语有那么点意思。"

我们心照不宣地一笑，由于职业的缘故，对于"故事"的感应，我们果然有相通之处。

　　老人安静地坐在摇椅里，大概不明白我们在说什么，他从碟子里的香芋酥上捏了一小块酥皮丢进鱼缸。

　　导演说："如果院子里有口井，老人应该也会将鱼养在井里吧。"

　　近距离观察老人，我感觉他比之前看起来更老了，老李说希望他能再活两年，活到一百岁。走过了一个世纪的老者，冥冥中我能感觉到他的丰富，就像一座可供挖掘的宝藏。

　　我对老人说："萧老，你是从哪里到南后街来的？"

　　老人还没从鱼缸中缓过神来，嘴巴微张看着我，一口老牙稀稀疏疏，嘴里看起来黑洞洞的。我将话又重复了一遍。

　　"我不从哪里来，我一直在这里。"因为牙齿漏风，老人的声音听起来模模糊糊的。

　　我说："老李说你自新中国成立以来就住在这里了，在那之前，你住在哪里？"

　　老人一脸恳切真诚地说："我一直在这里。"

　　导演说：那你跟我们讲讲南后街的故事吧。"

　　"好啊。"老人突然雀跃起来，笑得满脸皱纹都跳起来了，"我知道好多事，这些事啊，都是它们告诉我的哩。"老人紧了紧手里的鱼缸，耳朵贴下去，"你们听。"

　　导演说："鱼还会讲故事呢？"

　　"怎么不会，它们活得比我长，懂得比我还多呢。"老人本来说得高兴，脸上突然三月天似的，阴沉了下来，"家都没了，就剩下它们了。"

导演说："家在哪儿？"

老人说："在南后街。"

绕了一圈，又回来了。

我尝试寻找不同的切入口："这金鱼是哪里买来的？"

"金鱼，多少钱都不卖！哎，真是委屈它们了，从井底跑到这小鱼缸里来，你们说委不委屈。"

导演说："你是说这两条金鱼原来在井里？"

"那时候活得多好啊，人有大院子住，连鱼都能在那么清澈的井水里游来游去，真是自在啊……"老人的脸上又恢复一片明朗。

导演说："我爷爷的院子里也有一口井，井里也有两条金鱼。你认不认识我爷爷？"

导演问得着急，把老人给吓到了，他用力护住手中的鱼缸，皱了皱眉头，开始对我们有所戒备："我不认识你爷爷，这鱼是我的，你们不能拿走！"

"我爷爷叫黄之远，太爷爷叫黄闽俞，他们以前在南后街扎花灯，你认不认识？"冥冥中，导演觉得萧何老人一定知道些什么，就像冥冥中我被牵引到这座院子一样。

老人顿了顿，好像真在记忆中检索似的，然后突然情绪大变，对我们呵斥起来："你们赶紧走赶紧走，什么人我都不认识，你们快离开我家！"

我试图稳定他的情绪，还没开口，他颤颤巍巍地手臂一挥，将石桌上的杯碟掀翻，"啪"的一声，糕点碎了一地。

导演本想帮着打扫，却被我拦住了，老人情绪上来了，九头牛都拉不回去，就别干涉他的固执了。我拉着导演出了院子，关上院门，里面还传来老人断断续续的叫骂声。

我和导演拐出巷子，我在巷口抬头一看，刚才在巷道里穿来走去的，原来我又走回了衣锦坊。

"你怎么看？"南后街的一个咖啡馆里，我们消化着萧何老人刚才的一言一行。

我说："心底最隐秘处被触及，换作谁也不会感到轻松。越能刺激一个人的，恰恰是他最视为珍宝的。"

导演说："那两条金鱼？"

我说："或许是你爷爷。"

导演说："你的意思是，萧何真的跟我爷爷有关？可爷爷的故事里没有姓萧的人家。"

"我也说不好……"我的脑海里不断有两尾金鱼游来荡去的，"对了，那枚田黄石雕，有线索了吗？"

导演有些失落："将近一个世纪都过去了，大有可能已经不存在了。"

我们正说着，导演的手机响了，是老李打来的，从导演逐渐明朗的眉眼间，我知道，老李带来了个好消息。老李说，管委会将田黄石雕的事上报了相关部门，上级领导很是重视，于是组织队伍，成立专门小组，对三坊七巷各个院子进行寻查，相信石雕很快就会水落石出。导演又将刚才我们和老人的事向老李说了，走的时候闹了不愉快，不知道老人现在怎么样了，希望老李可以过去看看他。老李答应马上过去。

院子没有下落，和萧何老人的关系闹僵了，虽说管委会花力气帮忙找石雕，但连导演自己都没有信心，八十多年前的东西能被找到，所以也就不抱多大希望了。所有事情都悬在一半。好几天了，导演都没有再联系我，我想，老李那儿应该也还没有什么消息。我照样构思我的小说，反正有没有院子找不找石雕，和我写不写得成小说都没有太大关系，导演已经给了我足够多的故事线索，剩下就全凭一个小说家的天马行空了。

一个礼拜后，老李给我们打了电话，这次，是萧何老人找我们去的。电话里，老李也一头雾水，不知道为什么老人突然就要找我们，不过上次的不愉快后，老人竟会主动邀请我们，这是谁都没有想到的。如此一来，我的期待值更高了。

再一次走进萧何老人的小院，场面和上次竟无多大差别，老人仍然抱着鱼缸，坐在院子的摇椅上，旁边的石桌上几碟糕点几个茶杯，很显然，这些是他为招待我们准备的。桌上如此丰富充足，似乎预示着一场漫长谈话的到来，我竟有些兴奋与期待，一座掩埋多年的宝藏，终于要展示在世人面前了。

老李说:"萧老,导演和作家都来了,你是不是有什么要跟他们说的?"

老人右手颤颤巍巍往边上的石凳指了指,示意我们坐下,他看着导演,眼里充满真诚、疑惑、期待等复杂情感。

导演说:"老人家,你是不是知道什么?"

老人说:"你认识黄之远?"

此话一出,我们便了然,萧何老人果然与我们想知道的事有关。悬在半空的心,瞬间放下了一大半。

导演说:"黄之远,是我爷爷。"

老人悠悠地"哦"了一声,微闭双眼,轻轻地抚摸着手中的鱼缸,好像在回忆什么似的。为了获得老人的信任,导演将太爷爷如何在南后街扎花灯、爷爷如何从福州到了台湾说了一遍。听毕,老人双眼微启,深深叹了口气,"几十年了,终于找到了。"

我们都惊讶,难道萧何老人也一直寻找导演爷爷的下落,或者,他也在寻找井底的那枚石雕,还有鱼缸里的这两尾金鱼……

导演说:"你真的认识我爷爷?那你肯定知道他住过的院子在哪。"

老人说:"黄之远,我们的关系可不一般哦。"

老人原本沉重的表情渐渐开朗起来,眼里慢慢起了笑意，透过带着笑意的眼神，老人回看了半个多世纪，改造后的南后街，改造前的南后街，他学评话说评话，他离家出走流落乡间，他看到了 1936 年，那个混乱和安逸并行的世代，少爷和小姐们的年少韶华。

第二章　1936 灯市和心上人

1

"少君，少君！"荣太太从前店到后坊，急急忙忙找了一圈，愣是没有看到女儿的身影，"这小妮子，刚下学堂回来，不知道又跑哪儿撒野去了！"

秦妈正在后院洗衣服，她将洗好的一件衬衫抖落开，晾上长长的竹衣杆，"太太，小姐会不会找薛少爷去了，最近，我看他们走得近哩。"

荣太太嗔怪道："哟，还真是女大不中留，这才刚交代她几天呢，就真成别人家的人了。"

秦妈说："咱小姐和薛家少爷青梅竹马，又订了娃娃亲，这到了十五六岁的年纪，免不了有了些情愫的。"

荣太太说："话是这么说，可真到了这个时候，我又怎么舍得呢。"

见荣太太有些失落，秦妈安慰道，"太太，小姐嫁去薛家您还有什么不放心的，那薛家少爷打光屁股起，您和老爷就看在眼里，如今长大了，无论学识还是人品，又有哪样在这南后街的少爷公子中是排不上名的，有这么个好姑爷，您就宽心吧。"

荣太太一听，终于浅浅笑了。秦妈向来懂得讨太太欢心。秦妈来荣家二十多年了，那年，太太刚刚嫁进荣家。荣家，或者说荣安堂。

荣安堂是一家颇有名气的裱褙店，曾祖荣庆福于清末创始，到如今的荣三友，荣安堂已经在南后街流传了三代。南后街两侧的三坊七巷里，居住的多是达官贵人、文人雅士，这些人又喜舞文弄墨、收藏字画，如此文风鼎盛人文荟萃之地，作为书画的陪衬工艺，书画装裱自然必不可少。裱褙本不是福州本土工艺，主要有苏、沪、扬、京四大流派，而福州的裱褙工艺则来源于苏州。据传，清末一位从山东来福州做官的人，从苏州带来一位裱褙师傅，专为自己的藏品做裱褙，忙时，师傅会请一些福州学徒帮忙，拓、裁方正、配色、备料、上料、封边、复裱、定型、修边、打蜡、装轴，一道一道工序教授下来，技艺也就慢慢传开了。荣庆福便是其中的学徒之一。

裱褙店遍布南后街，有清末流传下来的老字号，也有后来开张的新兴店铺，但无论先来后到，荣安堂领头者的声望却从未改变，自己的作品也好，名家的藏品也罢，南后街的文化人们只要有了好字好画，都愿意拿来荣安堂装裱一番，有了荣安堂裱褙的装点，字画无论在外观还是价值上，便都能更上一层楼了。

荣家在南后街虽算不上名门望族，但也是让人敬仰的文化世家，能嫁进荣家，自然不是一般身份。荣太太便是前清遗老的后代。嫁进荣家那年，荣太太还只是个十六七岁的姑娘，原先在娘家倒是有个贴身丫鬟的，但也就是在那年，丫鬟在乡下的爹不知得了什么怪病，荣太太见他们可怜，给了丫鬟些治病的钱，就让她回乡照顾爹爹了。荣太太一个大家闺秀，十指不沾阳春水的，嫁到荣家当然不能亏待，原先照料家务的老妈子年纪大了，也是时候回乡下安享晚年了，于是乎，像是欢迎新来的太太似的，荣家才又新请了秦妈来。

虽然大家都喊作秦妈，但其实她年纪并没有很大，也就比荣太太年长个一轮，加上两人互相能聊得上话，因此，秦妈之于荣太太，便有了几分长姐的意味。秦妈说话办事也确实让人舒心，在荣家这二十多年，但凡荣太太碰上个不顺心不如意的，秦妈三言两语也总能化解了。这不，荣太太不知怎么地，莫名其妙担心起总有一天要出嫁的女儿来，秦妈两句劝，她就不再纠结了。

荣少君当然不可能知道母亲的担心，她也并非去找什么薛少爷，要说这南后街的伙伴里，她最不愿意找的就是薛少爷。这会儿,她又爬阁楼的屋顶上去了。

荣安堂的铺面位于黄巷与安民巷之间,店面加作坊加供家庭起居用的空间,也算是大宅子了,但荣少君独独钟爱这堆放旧物的小阁楼,阁楼里架一个梯子,活动天窗一掀开,就直通屋顶了。从屋顶俯瞰整个三坊七巷,灰瓦白墙的宅子一幢连着一幢,坊巷间的小道曲里拐弯互相通联,走不出的迷宫似的,站在高处,无论宅子还是南后街上的行人,瞬间变成可以摆弄的小物件,好像一伸手便可随意挪动摆放。不上学的时候,荣少君喜欢成天地待在这屋顶上,仰望是蓝天白云,俯瞰是南后街里的人生百态,自己便是这方世界之外的旁观者,这种置身事外的状态,让荣少君觉得轻松自在。

再过几天就是中秋节了,南后街上早早就挂上了花灯,虽还未点亮,但花灯各式各样的形象,倒是给平日朴素的南后街增添了点彩,红的绿的粉的黄的,莲花的牡丹的孔雀的凤凰的,孩童骑马的群龙抢珠的,要说南后街的花灯师傅可真是厉害,没有他们做不出的样式,只有你叫不出的名堂。到了晚上亮起了灯,南后街就更热闹了,整条街好像燃起了一条火龙,花市灯如昼。挤来挤去地看花灯多不痛快,荣少君更喜欢爬上屋顶,看人群在火龙中彻夜流动。

不过这会儿,她的心思可不在花灯上,不远处,几个少年貌似起了些冲突。荣少君定睛一看,懊恼地撅起了嘴。

离黄巷不远的和丰饼店门口，一个穿长衫戴眼镜的少年正缓缓走着，他手里拎着一个装文具书本的藤箱，是刚从私塾下学的样子，这时，后面突然疾步走来一个年纪相仿的西装少年，将长衫少年撞了一下，长衫少年身材瘦弱，一下就被撞倒在地，"哗"的一下，箱子里的书四散出来，眼镜也飞了出去。

"哈哈哈，书呆子，你的书掉啦！"后面又上来一个西装少年，指着地上的长衫少年笑道。

长衫少年想从地上捡起眼镜，手将要碰到眼镜腿的时候，却又被伸过来的一只皮鞋踢了开去，"哟，离了眼镜，这下可看不见摸不着咯！"皮鞋的主人戏谑。

一个西装少年道："喂，四眼，今天先生教的什么课文，背诵来听听。"

另一个又道："四眼，你这么会念书，还上什么学堂，不如在家收几个学生，自己当先生得了。你看，我们几个当你学生，怎么样啊？"

再一个接着道："你爹是老古董，你是小老古董，还有你们家一堆的破书，我看呐，你们家就是一个古董堆！"

西装少年们肆无忌惮地大笑起来，长衫少年也不睬他们，兀自收拾起地上的书来，最后才摸索到了眼镜。

长衫少年戴好眼镜，拍拍身上的灰，镇定得好像什么都没发生过一样，正色道："请你们让让。"

刚才踢掉眼镜的那个少年，看来是领头人的样子，"不是吧，这都没反应，伙伴们，看来咱们下手轻了点呀，要不……"

几个西装少年把长衫少年团团围住，正要准备下一步动作，突然，一个严厉的声音从街对面传来，"叔夏，还不快回来做功课。"

几个人寻声而去，斜对面街的聚成轩门口，一个中年男子，双手背在后头，面无表情地看着这几个少年，不怒自威。他也穿一身长衫，与长衫少年如出一辙。

领头的少年看看街对面的长衫中年，又回过眼神看看长衫少年，最后与周围的伙伴使了使眼色，"撤！"

西装少年不甘心地走远，长衫少年穿过街道，朝聚成轩走去。

2

看到这一幕，荣少君气不打一处来，好像被欺负的是她。她才不会让他们欺负呢，这荣叔夏，都让人那么欺负了，怎么还一点不生气，真搞不明白这些读书人，到底是不与人争还是懦弱迂腐。荣少君一边为这欺负人的行径气愤，一边又为荣叔夏的不反抗着急。这气使得她再也坐不住了，她"噌"地从屋顶站起来，"噔噔噔"下了楼梯，抗议主人的过度用力似的，木梯子发出"嘎吱嘎吱"的响声。荣少君径直朝店门口走去。

　　刚走到院子里，荣少君便迎面撞上了领头的西装少年，一脸得意地吹着口哨。

　　荣少君双手往腰上一插，愤愤道："荣少康，你太欺负人了！"

　　少年也不退让："你个小妮子，荣少康也是你叫的，叫哥！"

　　荣少君丝毫不示弱："呸，我可没你这样的哥！"

　　少年突然提高了嗓子，朝着整个院子喊道："妈，妈，荣少君又骂脏话了，你快来管管这臭丫头！"

　　荣少君说："那也比你欺负人强！"

　　少年说："臭丫头，看来得好好教训教训你！"

　　荣少君说："叫我臭丫头，你又是什么东西，我看就是个恶少爷，恶霸！"

　　"你说什么，你这个恶婆娘！"少年也被激起了怒火，两人踢皮球似的一来一回，互不相让的，眼看就要掐起架来。

　　别看他俩这么不要命地对骂，荣少君与这位西装少年可不是什么死对头，少年叫荣少康，两人是亲兄妹。荣少康是长子，从小就被惯坏了，性格偏颇傲慢，他只比妹妹荣少君年长一岁，打小一块儿光屁股长大的，都是小屁孩儿，哪懂得对妹妹要爱护礼让什么的。也许是环境使然，也许是人之本性，"适者生存"的法则在小小的荣少君身上早已显现，她的印象里，从小和哥哥就是互相抢夺着过来的，好玩的抢着玩，好吃的抢着吃，在母亲父亲面前也抢着被关注、被爱，谁让做哥哥的老跟他抢呢，她总不能吃亏呀，那就得抢回来。

可以想见，这对兄妹的相处并不算和谐，父亲母亲也没少为他们操心，说也说过骂也骂过，但说过骂过，没有改变，也就只能这样了，总不能打吧，他们哪里舍得。要说这兄妹也不总是这么争吵，也有休战的时候，比如一人犯了错，又有另一个人的把柄在手上的时候，如果不休战，两个人都免不了一顿教训，再比如，两人心里都各自盘算着小九九，能互利共赢的时候，可不得团结一致。但不管怎么样，荣少康荣少君这对兄妹的日常，还是以挖苦拌嘴居多。

这边两人正不可开交着，那边正在厨房忙的秦妈听见了，急急忙忙小步跑了过来，"哎哟，我的两个小祖宗，好端端的，怎么又吵起来了呢？"

荣少君先辩解："秦妈，他又欺负聚成轩了。"说的便是刚才那个长衫少年。

荣少康刚要开口，荣太太从花厅过来了，"少君，你跑哪儿去了，刚回来就不见人影。"

荣少康乘机告状："妈，荣少君骂人！"

荣太太说："行了行了，我都听见了，女孩子家家的，说话也不知道矜持！还有你少康，跟你说过多少回，别老欺负人家叔夏，好歹你也得叫人家一声哥！"

荣少康道："哼，我可没有这样的窝囊哥。"又不耐烦地摆摆手，"哎呀好啦好啦，我要回屋做功课了，秦妈，给我端盘猪油糕来，要美且有的！"说完便径直回了房间。

看着荣少康大摇大摆的背影，荣太太叹了叹气，秦妈看了眼太太，她理解她此时的焦心无奈，但也只能立马准备糕点去，不然大少爷又得发脾气了。

院子里就剩下了荣太太和女儿少君，少君还在对哥哥的行为耿耿于怀，却完全没注意到母亲停留在自己身上的目光。

荣少君道："妈，我也回屋了。"

荣太太正想挽留她说点什么，可还没来得及开口，女儿便转身走了。她不禁感慨，儿女长大了，终究是留不住的。

荣少君枕着双手躺在床上，一双圆鼓鼓的眼睛瞪着天花板，想着心事。荣叔夏那傻小子，已经不是第一次被哥哥欺负了。聚成轩的荣伯伯和父亲荣三友是亲兄弟，聚成轩和荣安堂在南后街又都有数一数二的名声，两家往来颇为频繁，关系和谐，可让少君想不明白的是，为什么独独哥哥少康对那父子俩有如此成见。难道就因为他们一副老学究的样子，还是他们生性软弱好欺负？不过，撇开他们不说，哥哥倒是从小就调皮捣蛋，闯祸惹事也没少过，尤其看见好欺负的，便要靠近挑衅嘲笑一番，好像有成就感似的。对于这点，荣少君一直看不惯。

在学堂挑衅同学，在家里从不让着妹妹少君，但荣少康也并非没有令他信服的人，那就是中和堂的少爷薛耀邦。薛耀邦比他们兄妹俩大几岁，如今是协和大学的学生，虽然他也博览群书强闻多识，但却不似荣叔夏般木讷呆傻，他满腹经纶审时度势，机智勇敢聪明过人，说话头头是道，不管他说什么，总能令荣少康心服口服。

真该让薛耀邦来好好教训教训荣少康！荣少君心里这么想着。想到了薛耀邦，她突然一个翻身从床上起来，坐到梳妆台前，从上锁的抽屉里拿出一个精致的楠木盒子，盒子也上了一个小金锁，打开锁，她从里面拿出一个红色丝绒布的小包裹，层层打开，一块玉石的玲珑剔透便慢慢显示了出来。

这是一块田黄石雕，其全石通体明透，似凝固的蜂蜜，又是田黄中的最上品，田黄冻石。这枚石雕名为"玉兔守月"，据说出自一位隐逸山中的寿山石大师之手，还有另一枚"金猴出洞"与之成对。少君细细抚摸着田黄石，肌理纹路隐约如丝，明显细致，她似乎还能触到似的，不得不说，这的确是一块完美的石头。

正当她赏玩石头的时候，屋门突然敲响了，是母亲，"少君，我进来了。"母亲说完便推开了门，还没等荣少君反应过来。

荣少君被母亲的突如其来惊得乱了手脚，尤其还是在她欣赏这枚雕刻的时候，好像做了什么亏心事似的，她急忙想把石头往抽屉里收，可最后还是没能逃过母亲的眼睛，母亲在进门的瞬间已经瞥见了梳妆台上的楠木盒子。她心中暗暗惊喜。

"少君，干什么呢？"

荣少君慌慌忙忙道："没什么，没什么，妈，你怎么进来了。"

荣太太故意打探："哟，女儿长大了，有秘密了，不能和妈说了？"

荣少君还在胡乱地将田黄石包裹好，装进盒子里，可因为慌乱，怎么也包不利索，"女儿哪儿有什么秘密，才没有呢。"

转眼，荣太太已经坐在了女儿身边，"怎么突然把这石头拿出来了？"

荣少君知道掩饰不住了，只能编造借口道："就是随便看看。"

荣太太心下一喜，笑了起来，"是得好好看看，它的每个纹路、每个造型，毕竟，这田黄石可是要跟随一辈子的哩。"

荣少君脸一红，顿觉难为情。

荣太太道："刚刚我一直找你呢，你下学回来怎么就不见人影了，是不是找耀邦去了。"

荣少君没想到母亲会有这种猜测，难怪她会突然过来，过来了又看到她拿着这石头，母亲肯定多想了，"我找他干嘛呀，要找也找秀秀玩，才不会找他呢。我刚刚在阁楼上，所以才会看到荣少康欺负叔夏堂哥。"

荣太太怪嗔道："跟你说过多少次，女孩子家家，别老爬上爬下的，形象多不好。"

荣少君敷衍道："行了行了我知道了，妈，你还有什么事吗，如果没有的话，我可要做功课了，今天的功课可多了呢。"

荣太太道："那我就不打扰你了，你好好写功课。对了，你和秀秀是好姐妹，下回你俩可以一起写功课，耀邦那么有学问，趁他现在放假在家，有不明白的，还能给辅导辅导呢。"

"知道啦知道啦娘亲大人，你快忙你的去吧。"

荣少君猜到了母亲的目的，知道反驳辩解也没用，便起身，一边撒着娇，一边将母亲轻轻推出门去。

荣太太在门外又好气又好笑地摇摇头，看门内的女儿甜甜一笑，关上了屋门。

"这小妮子！"荣太太自言自语地走掉了。

将母亲哄走，荣少君可不是为了做什么功课，而是她害怕母亲将话题说开来，说开了，她便不知道该如何应对了。说的是那块田黄石以及荣家和薛家。

3

荣家的荣安堂和薛家的中和堂，在南后街都是鼎鼎有名的金字招牌，薛荣两家又是世交，于是两家在孩子小的时候便给他们订下了娃娃亲，以示好上加好，亲上加亲，而两枚田黄石雕"金猴出洞""玉兔守月"便算是订亲信物了。

转眼间，薛家少爷已经年满二十，少君也已亭亭玉立，正是情窦初开的年华，虽说当初两家并没有说定成婚的具体时间，但看两家目前的亲密状态，俨然已以亲家相待，儿女的婚事也就不远了。只不过，两人婚姻的事，大人们倒是乐在其中，可当事的两个人却反应平平，荣少君很少去中和堂，薛耀邦也很少来荣安堂，两人单独在一起就更别提了，他们俩的关系就像这南后街上所有不甚相熟的人的关系一样，偶然遇见了就点个头问个好，见不着也不会想着念着。

荣少君倒是和薛家小姐薛秀秀颇为亲密，两人是学堂同窗，上学下学总是一路结伴，平时不上课，两人也总在一起玩，所以，荣少君去中和堂，肯定是找秀秀去了。不过，她们却从来不在中和堂多待着，安泰河边，澳门路上，三坊七巷的里弄间，都是她们肆意玩耍、互诉心事的地方。

荣少君又拿出田黄石雕来，坐在梳妆台前静静摩挲着，将这么一块上等的石头握在手中，好似握着自己的命运。

这命运并不是她自己想要的，但又无法与母亲言说，薛荣两家如此交好，若是因为她而破坏了十几年前的承诺，也破坏了两家的关系，她不知道自己是否能承受得起这其中的罪过。

十六岁的豆蔻年华，难道从此以后的一辈子就绑在了薛耀邦身上？荣少君抬头看着镜子中的自己。很多人夸赞过她的美貌，圆润姣好的面容，皮肤白皙娇嫩，一双乌黑闪亮的大眼睛眨巴眨巴，灵动而深邃，唇红齿白，人面桃花。如今她也细细地观察起自己来，虽不觉有大家说的那般完美，但对这副尚还算好看的皮囊也确有几分自信。女为悦己者容，可她却不情愿这容貌是为取悦薛耀邦的，她承认并赞赏他的人品、学识和样貌，可承认并不一定要爱慕，赞赏并不一定掺杂其他私人情感。

但是，亭亭玉立的二八佳人，哪有一个不心生些爱慕之情的，爱慕，她荣少君也有，只不过，不是母亲所认为的那个对象。她想起南后街上的那些个花灯来，制作出栩栩如生花灯的那双巧手，可不是让人心生爱慕吗？荣少君的脑海里，一张俊朗的面孔渐渐浮现，与薛耀邦那种少爷式的英俊不同，这张面孔的线条更加硬朗明亮，眼神更加深邃透彻，好像一眼能钻进人心里，皮肤被晒成质感的小麦色，更显饱满健康。与白净儒雅的少爷相比，荣少君偏偏就爱这份粗犷和硬气。

摩挲着手中的那枚"玉兔守月"，婚约的事也在她脑海中纠结焦躁着。薛家父母什么时候会上门提亲，母亲是否真的认为女儿与薛家少爷交好，而薛耀邦对她这个"未婚妻"又是何种心态，若是双方父母坚持，她是否就真要嫁进中和堂。各种疑问在荣少君活跃的心思里萌生，可她左思右想，又想不出个所以然来，干脆不想了，想这些干吗，没谱的事，要真到了那个时候，总有办法两全的，长这么大，还没有她荣少君不情愿却被逼迫的事呢。于是，她将"玉兔守月"包好，收进楠木盒子，放进了抽屉。

每天晚饭过后，是荣安堂一家四口的共度时光，宽敞的前厅里，荣安堂现今的家长荣三友，稳坐在正中间的太师椅上，泡一壶上好的铁观音，消化着晚餐的食物，也安放下一天的疲惫，侧座是荣太太和女儿少君，母亲正教女儿在手绢上秀上一朵牡丹，长子荣少康，本打算拿着课本，在父亲面前装装读书的样子，可晚饭吃得有点多，再加上实在无心念书，没翻几页呢，便歪斜在椅子上打起盹来。

各有各的事做，这饭后时光倒也算安然惬意，但有的时候，也会有人在这个时刻上门拜访，这惬意就被打断了。

这天晚上来的，是聚成轩的荣复礼，身后跟着长子荣叔夏。荣叔夏手里还拿着一个卷轴。

"大哥来了，快坐下喝杯茶。"荣太太放下手中的针线，起身添置热水和茶具。

荣复礼对弟妹微微鞠躬，以示谢意。

见儿子仍旧打盹，荣三友咳嗽两声，稍稍提高了音量道："少康。"

荣少康一惊，膝盖上的课本掉在了地上，荣叔夏见了，上前捡起课本，递还给一脸发蒙的荣少康。就像见到荣叔夏的条件反射似的，荣少康清醒过来，取笑打趣的话便欲脱口而出，可看到长辈们都在场，便只能收敛起来了。

荣三友问道："大哥今晚怎么有空过来？"

荣复礼说："今晚过来，是想请你帮个忙。"他示意儿子荣叔夏打开手中的卷轴。

一幅山水画在荣叔夏的手中徐徐展开，画中一山一水，一人一船，内容虽简朴至极，但淡雅的色彩和细腻的笔触，让整幅画呈现出一种空灵流动之意境。

荣复礼说："上个月坐船经过武夷山，觉得景致不错，回来后便随手画下这幅画，前天，一位客人来店里买书，无意间看到未完成的画，觉得甚是喜欢，欲将此画买下，可这只是我的随手之作，并无讲究，觉得将这样的画卖给人家，有失妥当，可对方执意要买，说一个礼拜后过来取画，放下钱就走了。"

荣三友说："这位客人真有眼光，看来大哥是遇到知音了。"

荣复礼经营着自己的古籍书店兼刻书坊，聚成轩，闲来无事，他喜欢在店内舞文弄墨一番，虽算不上名家大家，但他的字画却有大家之气，只不过他为人低调，从来不以字画盈利罢了。久而久之，他的书画技艺在这南后街上口口相传，无论是文人雅士还是普通百姓，但凡家里有个红白喜事，或小孩满月周岁之类，总愿意让他题字。至少在南后街以及周边的澳门路、桂枝里等方圆之内，荣复礼的名声还是有的。

荣复礼说："客人如此厚爱，说来也是惭愧。今天早上我刚完成画作，想着拿到三友你这里裱褙一番，也算是对客人的敬意和感激吧。只不过这时间有点仓促，不知道你的时间是否宽裕。荣安堂的忙碌，我是知道的。"

荣三友说："大哥这是说的哪的话，自家的画作，我就算通宵达旦，也得在客人来取画之前给你裱褙好，大哥就放心好了。"

荣复礼说："真是给你添麻烦了。"

见伯伯如此客气，荣少君就忍不住了，"大伯你就别跟我爹客气了，都是一家人，那么见外干吗，你就放心将画交给我们吧。"

荣三友笑道："小丫头，越来越像个大人了，已经可以替爹爹做主了是吧。"

荣少君朝父亲撅了噘嘴，撒娇一笑。

荣复礼羡慕道："少君这性格多好，有主见会说话，哪像我们家云姝，内向得很呢。"

荣云姝是荣复礼的小女儿，按年月还比少君小三个月，算是少君的堂妹了。

荣少君说："堂妹最近如何，我已经有些时日没见着她了。"

荣复礼说："这几天也是奇怪了，下了学不回家，总是等到晚饭了才回来，说是给同学辅导功课去了。"

荣少君说："云姝堂妹学问好，这是大家都知道的，她要给同学辅导功课，也不意外，我有不会的也得请教她呢。不过课本上那些之乎者也的，天哪，我看着就头疼。"

听了这话，荣复礼和荣叔夏父子稍显难堪，他们读书人，不就成天秉承之乎者也那一套吗？由于荣复礼从小饱读诗书，推崇孔孟之道，所以，荣叔夏和荣云姝接受的都是私塾教育，再说女儿荣云姝，与荣少君的敢作敢为相比，荣云姝则要显得内敛规矩许多，她小声说话，小口吃饭，除了上学，在家就是看书写字画画，大门不出二门不迈的，荣少君觉得，这才是大家闺秀该有的样子。

荣少君知道自己说错了话，立马更正，"不过，老祖宗的东西，我们是不能忘的。"

为避免尴尬，荣复礼提出告辞，"聚成轩还有些事，我就先告辞了，裱褙的事，就麻烦三友你了。"

说着，聚成轩的父子俩起身离座，大家又寒暄了一番，两人这才离开。

坐在最边上的荣少康刚才一直没说话，倒是荣复礼父子走的时候，他朝荣叔夏的背影做了个鬼脸。这被荣少君看在了眼里。

4

看到哥哥少康对荣叔夏的那个眼神，荣少君又想起了今天在阁楼上看到的事情，她气不过，便决定揭发，"爸，你有没有发现，叔夏堂哥今天换了一副眼镜？"她机灵地拐了个弯。

荣三友说："哦，是吗？"他回想了想，"听你这么说，是感觉他今天有点不一样。"

少君说："你知道他为什么要换眼镜吗？今天他戴的是一副旧眼镜，现在他的近视更严重了，旧的这副眼镜根本没作用的！"

荣三友说："那他又为什么要换眼镜呢？"

荣少康知道少君要说什么，他不想又受一顿数落，于是打算悄悄从偏门溜走，谁知少君却把他叫住了，"对了，哥，我今天看见你和叔夏堂哥一起回来的，你说说，为什么他要换眼镜呀？"明显荣少君是在故意刁难他。

荣少康支支吾吾，"这……这我哪知道。"

荣少君反问："你真的不知道吗？"

荣三友似乎听出了点什么，儿子时常取笑大哥一家，他也是知道的，听女儿这么说，他猜肯定是少康又欺负叔夏了。他瞬间变得严肃起来，"少康，到底是怎么回事啊？"

父亲的威严在荣少康这儿还是有点作用的，他吓得立在了原地，"没……没怎么回事……"

"嗯？"荣三友眼神更加凌厉地盯着他。

没办法，荣少康只好服软，"哎哟，爹，我就是和他开个玩笑，谁知道，能把他眼镜弄坏了，要是知道他那眼镜质量这么差，我就不和他开玩笑了。"

荣少君漫不经心地说："质量再好，也经不住摔一跤又被踢一脚啊。"

荣三友听了更加火冒三丈，"好小子，你打人了？"

荣少康求饶，"没打没打，我就是……就是轻轻撞了他一下。"

荣少君听了实在来气，明明是他欺负人家在先，还如此轻描淡写谎报事实，于是，她将事情一五一十地告诉了父亲。

荣少康本以为父亲会破口大骂，没想到他只是轻轻叹了口气。

类似的事已经发生过好多次了，荣三友也教训过儿子好几次，可是儿子仍然屡犯屡错，屡错屡犯，他这个做父亲的也是万般无奈，"少康啊少康，都是一家人，你为什么就是这么和你大伯他们一家过不去呢，人家叔夏妨碍到你什么了，你非得处处与他作对？"

荣少康过来重新在椅子上坐下，突然变得有理了起来，"爹，不是他们妨碍了我，而是妨碍你了啊！"

"你这话什么意思？"

"爹，你当初为什么学的裱褙？"

"为什么？这可是你太爷爷传下来的手艺啊，不能在我这儿断了吧。我学裱褙，天经地义！"

"可为什么是你学，不是大伯？按理说，他是长子，祖传的手艺，长子继承也是天经地义吧。"

"我们都是荣家的后人，谁学又有什么区别？重要的是，家传的手艺不能丢！"

在父亲看来是没区别，可在荣少康看来，这其中的区别，可大了去了。

荣安堂的创始人荣庆福有两个儿子，大儿子荣芦笙，二儿子荣世延，他只将裱褙技艺传给了大儿子，荣芦笙后来也成为响当当的裱褙师傅，却可惜一生未婚，膝下无子，苦于技艺无法传承。可父亲辛苦创立起来的荣安堂不能就这么在他手里断了根，于是，他想着将手艺传给二弟的两个儿子。二弟荣世延，同样育有两子，大儿子荣复礼，二儿子荣三友，荣复礼从小饱读四书五经，写得一手好字做得几首好诗，读书是他这辈子唯一想做的事，二儿子荣三友却恰恰相反，他不善读书，成天游手好闲，更别谈什么鸿鹄之志。荣复礼天资聪颖，荣芦笙当然放心将裱褙手艺传授给他，况且他还是长子，按理说传承家族手艺也理所应当，可难就难在，荣复礼一心向学，根本无心学习裱褙，父亲荣世延也觉得大儿子将来会在读书上有所作为，也不想既坏了他的理想又毁了他的前程。

荣复礼和荣三友这两兄弟虽然在个性上相差甚远，但关系却十分和谐，从小就甚少吵架，连脸都没红过几次，尤其是做弟弟的，要说哥哥罩着弟弟，可在这两兄弟这儿，却是弟弟为哥哥解难来得多，令谁也没想到的是，在这纠结的当儿，弟弟又一次为哥哥解了难，并且这难，不是一时半会儿的，而是将会深刻影响兄弟两人一辈子的。

荣三友接过大伯的衣钵，开始了艰难而漫长的裱褙学艺之路。对于他的学艺，其实荣芦笙和荣世延在一开始并不抱有太大期待，毕竟平时野惯了，而学艺又是一件枯燥沉闷的事情，他们怕荣三友熬不住，而荣复礼虽然终于可以专心治学，可他却无法安心，毕竟，如果不是因为自己，弟弟也不会遭这份罪。

大家各有各的想法，各有各的担心，可令人没想到的是，在读书写字上无甚作为的荣三友，却以动手能力和审美能力见长，再加上他做事认真细致，最终，荣三友没有辜负伯伯和父亲的期望，算是接过大伯的班了。至此，作为大哥的荣复礼，愧疚和负担也少了一些。

现如今，荣三友凭借着自己的技艺和能力，不仅掌门荣安堂，而且在这南后街方圆之内也获得了上乘口碑，可谓名利双收，哥哥荣复礼仍旧一副读书人的模样，经营一家书店，为人写写文字，作作诗画。两家各有各安身立命的法则，关系也和谐融洽，可荣少康却不这么想。

荣少康一直认为，如果当初不是父亲，大伯不可能安心当一个读书人，虽说荣安堂的裱褙技艺名声大噪，但话又说话来，有哪个不是有了好字好画，才想到要来荣安堂裱褙的呢？尤其是大伯的字画，在南后街这个小圈子里算是小有名气的了，上门求字求画的人也不在少数，许多人拿着大伯的字画来店里让父亲裱褙，可如果没有了人写字作画，那裱褙店是不是就不做生意了？这一先一后、一因一果，让荣少康倍感委屈，凭什么我们荣安堂永远只能排在第二呢？

其实儿子的想法，荣三友不是第一次听到，儿子对大哥和大侄儿的负面情绪也不是第一次显现，为什么少康从小就不愿意和叔夏一块玩儿，原因就在这儿。但那时的荣三友以为，这只是儿子的不懂事罢了，小孩子嘛，小心眼总是有的，不会当真的，谁曾想，这小心思却一直伴随着他长大，并且根深蒂固，在荣三友看来，自己和大哥在传承这件事上的前因后果，在儿子少康这儿算是绕不过了。

这事，只能慢慢来。

中秋节总算是到了，已经持续了好几天的中秋灯市也迎来了最热闹的时刻。晚饭过后，三坊七巷的居民们都聚集在南后街上，赏花灯、买花灯，年幼的孩童们手里提着莲花灯，温暖的灯光映照着他们稚嫩的双颊。除了花灯，南后街上的摊贩也比平时多了许多，糖果蜜饯山楂串，糕点芋泥八宝饭，给街道增添了许多香甜气息。

饭后，一家人都出门看花灯了，独独荣少君不愿意走进拥挤的人群，她又爬上阁楼，享受属于她一个人的静谧时光。看着整条街的花灯闪耀，她想起了那个扎花灯的人。现在他在哪儿呢？他会跟随人群欣赏自家的花灯吗？他家的花灯，应该是这南后街上最好的吧？荣少君想得出了神，直到一个声音把她拉回了现实。

"少君，少君。"

声音从外面传来，荣少君探出脑袋，往阁楼下面一望，果然。在楼下弄堂里喊着的，是她的好姐妹，中和堂的薛秀秀。

"少君，快出来，有好东西给你。"薛秀秀兴奋地喊道。

荣少君二话不说，直接下了阁楼，迈着小碎步，从偏门一路来到了弄堂里。

少君说："秀秀，你怎么来了？"

薛秀秀拉起少君："哎呀，别问那么多了，我有好东西给你看，快来。"

荣少君任姐妹拉着胳膊一路小跑，她们没有走进南后街，而是从小弄里一路穿梭，来到了澳门河边，这里的人流比南后街上的要少一些。

荣少君问："你带我来这里干什么？"

薛秀秀说："你看。"

荣少君看到了小石桥边柳树下的一个熟悉身影，那人手上提着个精美的花灯，也朝她们来的方向看过来。虽然此地灯光昏暗，但从形态来看，此人是谁，荣少君在心中已经确认无疑了。于是，笑容就像生了根似的，一下子在她脸上蔓延开来。

"你怎么在这儿？"荣少君问少年。

"我给你送花灯来了。"少年走到两人跟前，这下他俊朗的面容才完全显现出来。

荣少君一脸娇羞的样子，薛秀秀便找了个借口离开，"我哥哥还在南后街赏花灯呢，我过去找他们，你们慢慢聊。"然后向身旁的好姐妹眨眨眼，笑盈盈地走了。

澳门河从南后街南端的澳门路中间穿流而过，时而还有小船在河上游荡，河两岸有小石桥连接，岸边种着柳树，柳条垂向河中，给河道增添了几丝幽深和静谧。这么个惬意的地方，散散步聊聊天最适合不过了。

这是少年第一次将荣少君约到这儿，当然，是通过她的好姐妹薛秀秀。薛秀秀便是中和堂薛耀邦的妹妹，她知道荣少君和哥哥的婚约，但她同样知道，荣少君心中真正存在的是那个少年。这是荣少君在镜中看见的那个少年，是她拿着薛家的订亲信物时心中想到的那个少年，这个用灵巧的双手扎起花灯的少年，叫黄之远。

黄之远的家在澳门河边上，父亲黄闽俞是一位花灯师傅，在他三岁母亲去世那年，父亲便靠着精巧的花灯技艺把他一手拉扯大，长大了，自然也就学习父亲的手艺了。在三坊七巷，会扎花灯的师傅有很多，但黄闽俞是其中能算得上一二的，每到元宵中秋两节灯市，黄师傅扎的花灯竟能占了灯市的三分之一，而南后街上的商铺店家，也早早向黄师傅定制花灯，因为他扎出的花灯，是卖得最好的。

黄之远从小就在各种制作花灯的材料堆里长大，摸爬滚打耳濡目染，从一开始只是当作玩具玩耍，到能勉强将各种材料组合起来，再到能制作出一个完整的花灯，未来继承父亲的手艺，自然不在话下。

如今，尚且年轻的黄之远还只是给父亲打打下手，要真正完全靠自己制作出一个造型精致、品质上乘的花灯，他还缺点火候，现在的他只能小打小闹地做几个来自娱自乐，或者，送给心上的姑娘。比如他送给荣少君的这只"月兔"。

"真是只可爱的小兔子，看来你的手艺有长进嘛。"荣少君提着月兔花灯，喜不自禁。

黄之远说："你都不知道，我做了多少废品才出来这么一个可以示人的，还成天被我爹唠叨，说我浪费材料。"

荣少君一听，"扑哧"笑了，"看来你离出师还遥遥无期呀。"

黄之远说："你放心，将来我的手艺，肯定比我爹好！"

荣少君说："真的？那我可等着看呢！"又话锋一转，"可是，你为什么要给我扎只兔子呢？"

"难道你不喜欢？中秋嘛，可不就是月兔最应景，总不能扎个嫦娥吧，再说，我的手艺还没到那呢。"黄之远不好意思地挠挠头。

荣少君说："那儿一只兔子，这儿又一只兔子……"

"哪儿还有兔子？"

荣少君说的，是薛家的那枚"玉兔守月"。荣薛两家订下娃娃亲的事，黄之远当然知道，只不过他没想到荣少君会在这个时候提起，其实也不是有意提起，只是这个花灯让她想起来罢了。黄之远的心沉了一下。

荣少君似乎看出了黄之远的忧心，"怎么，你不高兴了？"

黄之远说，"没有，只是，你们的婚约就这么板上钉钉了？如果父母非要你们成亲呢？还有，那薛家少爷对这事什么看法？"

不像黄之远的紧张，荣少君只是轻轻一笑，"瞧把你紧张的，一下问那么多问题，让我怎么回答。"

"我们俩这样也不是个办法，问题总是要解决的，不然的话……你不会真的要和他成亲吧？"

看黄之远紧张的样子，荣少君觉得好笑，她故意开他个玩笑，假装无奈道："实在不行，我就只能嫁给他咯。"

"什么！你说真的！"黄之远猛地停下脚步，听到噩耗似的，怔在原地。

荣少君本想继续开玩笑，可黄之远那一副严肃木然的样子，她又一秒破功，忍不住笑了起来，"和你开玩笑的啦，傻瓜！我荣少君可不是会委曲求全的人。"

黄之远的脸上这才有了点笑意。

5

差不多一刻钟的时间，荣少君和黄之远在澳门路告别，毕竟，他们俩的事，除了好姐妹薛秀秀之外，还没有第三个人知道，总得低调些。

荣少君提着为她专属定制的花灯，兴致勃勃地出了澳门路，往南后街走去，薛秀秀不知从哪里冒了出来，着实吓了荣少君一跳。

"你怎么在这儿？"荣少君惊讶。

薛秀秀打趣道："哟，某些人现在正沉浸在甜蜜之中呢，周围的人啊物啊，怎么会放在眼里？"

荣少君脸红了一下，"就瞎说吧你！你不是找你哥去了吗？"

"我才不找他呢，我还是对你们俩比较感兴趣。怎么样，你们都说些什么了？"薛秀秀好奇道。

"还不是和你们家的事。"

"哎，你说也真是，怎么就和我哥订上了娃娃亲呢，偏偏的，你俩还都是有主见的人，怎么可能顺从所谓的父母之命媒妁之言？"

"你哥呢，他对这事有什么看法？"荣少君没少让薛秀秀打听他哥的心思，知己知彼，方能处理好这件事。

作为荣少君的好姐妹，在私心上，薛秀秀其实是很愿意她能成为自己的嫂子的，所以，当她知道荣少君心有所属的时候，是有些失落的，可她同样知道，以少君的性格，这事是没有改变的余地的。所以，作为好姐妹的她，遗憾是有些遗憾，可为了对方的幸福着想，她也只好帮着荣少君出谋划策了。

"我哥倒是没主动提起过这事，我有时旁敲侧击地问他，好像也没觉得他对这事有什么看法，既不表示赞同，也不表示反对。"

"那你爸妈呢，她有没有向你哥提起过这事？"

"我爸妈对你那当然是一百个喜欢了，他们巴不得明天就把你娶过门呢。对了，那天我妈新打了一套金饰，问我喜不喜欢来着，我看那款式，像是给新婚儿媳妇准备的，她知道我和你好，喜好的东西也差不多，问我喜不喜欢，不就是替你问的吗。"

"这么说，他们大人看来，这事已经差不离了？那天我妈还向我提起呢，可被我搪塞过去了。"

两人一路说着，一路已经涌进了南后街拥挤的人潮中。南后街的灯好像要把天都照亮了似的，也把每个人的脸照的温暖明亮，灯市是孩童的最爱，大点的跟着大人在人群中挤着，努力地向上探着脑袋，小点的就骑在大人身上，他们可是能把这些花灯看得最清楚最仔细的，两边的商贩，最喜欢拿糖葫芦、拨浪鼓、麦芽糖、泥人什么的来吸引孩子了，而每个孩子的手上十有八九也都举着个小玩意儿，笑得满脸都是酒窝，就像过年似的。

　　再看看大人们，有拖家带口的，也有恩爱的情侣牵着手甜蜜着的，他们所在乎的不一定是花灯，而是身边的那个人以及耳边传来的甜蜜话。荣少君看看亲近的情人们，想起自己，自己只有一个花灯，情人不是没有，而是，还无法像别人一样张扬罢了。什么时候自己和他也能像这样牵着手走在南后街上啊。应该不那么容易吧，荣少君想。

　　薛秀秀可没想那么多，只要看到那么多的花灯那么多的人，她就觉得开心，她在人群中左探探右探探，生怕错过一个花灯似的，这时，她在众人群和花灯中，发现了哥哥的身影。他正在一个卖胭脂的摊子前，身边还站着一个婀娜女子。

　　"哥，哥。"薛秀秀立马朝哥哥喊去，也用力握了握荣少君的手，示意她朝那个方向看去。

　　薛耀邦听见了熟悉的声音，四下张望了下，也在人群中看到了妹妹，他立即挥挥手。

　　薛秀秀拉着荣少君穿过人群，左推右搡，总算来到了胭脂摊前，仔细一看，原来在哥哥身边的不是别人，正是聚成轩的小姐荣云姝。

　　"云姝妹妹，你也在这儿啊。"看到荣云姝，荣少君也很惊讶。

　　"我来灯市逛逛，恰巧遇上薛少爷了。"荣云姝面对着荣少君说着，脑袋微微偏向一旁的薛耀邦示意，可眼神却不转向他。

荣云姝是聚成轩的小姐，荣叔夏的妹妹，她比荣少君小几个月，所以是堂妹。受家庭影响，荣云姝的脾性也是谦卑而内敛的，她穿一身淡雅的旗袍，头发简单地在脑后挽一个髻，她说话不紧不慢，也很少带有明显的私人好恶，一切都理性中肯，听来让人信服受用。就像荣少君所认为的那样，这才是一个大家闺秀该有的样子。

薛秀秀说："哥，你怎么上这胭脂摊上来了？"

薛耀邦说："不是我上胭脂摊来，而是被人群挤到这边上来的。"

荣云姝说："我逛得累了，人又太多，我就上旁边的摊子看看，没想到遇到了薛少爷。"

薛秀秀说："那可真是巧了，这南后街上的灯市这么多人，愣是让你俩给碰上了。"

薛秀秀向来说话大大咧咧，她心里是真这么觉得，可话说出口，才发现不妥，本想改口，又怕越描越黑，干脆什么也不说了，倒是惹得云姝和哥哥不好意思了。荣云姝的脸红了一下。

为避免尴尬，薛耀邦立马转移话题，"今年的中秋灯市可比往年热闹了好多，你俩有没有买到什么好玩的好吃的？"

荣云姝说："少君，你这月兔花灯可真好看，在哪里买的？"

荣少君看看手里的花灯，不知道如何回答，当然不能告诉他们实话。

薛秀秀一个机灵，立马回答："就在前面的小店铺，不过好像就剩最后一个了。"

"这小兔子从做工上看，可能算不上精细，可胜在造型灵动可爱栩栩如生，看来花灯师傅是花了心思的。"荣云姝眼尖，一眼就看出了花灯的过人之处。

好像秘密被说中了似的，荣少君心下一惊，不过也暗暗佩服，不愧是读书人家的小姐，这眼光和审美与普通人的就是不一样。

荣少君道："妹妹好眼光，我也正是看中了兔子的可爱模样，才买下来的呢。"

薛秀秀向姐妹抛来一个眼神，对其编故事的能力表示认可。

荣云姝道："时间不早了，我该早些回家了，不然家里该着急了。"

薛耀邦道："那我送送你吧。"

荣云姝推辞道："聚成轩就在前面不远处，我自己回去可以的，你还是陪陪秀秀和少君吧。"

薛耀邦轻松地开玩笑道："她们两个好姐妹，可不愿意我这个外人掺和，你要不让我送，我也无处可去了。"

荣云姝浅浅地笑笑，点点头。

将荣云姝送到聚成轩门口，由于灯市的缘故，店内仍然灯火通明，买书看书的客人络绎不绝。荣云姝对薛耀邦表示感谢，转身正要进门，却又被薛耀邦叫住了。"荣小姐，等等。"

"还有什么事吗？"

薛耀邦从西装口袋里掏出一个小盒子，"这个送给你。"

荣云姝一看，是刚才自己在胭脂摊上看中的那盒胭脂，只不过后来薛耀邦来了，两人聊了起来，她也就忘了买了。

"你怎么……"

"刚才看你好像很喜欢的样子，后来也不见你买下，想来你应该是忘了，就当我替你买来的好了。"薛耀邦故作轻松地解释，平常得就像顺手帮了朋友一个小忙。

"那可太谢谢你了，我把钱给你。"荣云姝说着要从手袋里掏钱。

"不用客气，就当我送给你的好了，中秋节嘛，没请你吃月饼，还不能送你盒胭脂。"

"这怎么好意思。"

见荣云姝坚持要拿钱，薛耀邦拉过荣云姝的手，将胭脂塞进她手心，然后快步走了，走了几步又转过身抛下一句话，"中秋节快乐。"

手里握着胭脂，荣云姝立在原地，不知所措。

"云儿，回来了。"身后一个声音传来，是母亲。

荣云姝的母亲，聚成轩的太太。她表面朴素，看起来就像个普通妇人，但她的朴素间那股隐藏不住的典雅气质，又让她与普通妇人区别开来，能培养出荣云姝那样的大家闺秀，其母也可见一斑。

听到母亲的声音，荣云姝赶紧将胭脂藏进手袋里。

聚成轩里，父亲荣复礼在柜台上忙着，帮着个人挑选书籍，哥哥荣叔夏坐在一旁看书。

"怎么样，今晚的灯市好看吗？"母亲迎上来问道。

"好看的，妈，可比往年的都好看呢。"

"我煮了点莲子羹，去给你端来，你等着。"

荣云姝拉住母亲，"妈，今晚逛得有些累了，我想先回房，莲子羹我自己端回房里吃。"

林母道："累了，那早些休息吧，今天店里不知道要忙到什么时候呢。"

荣云姝道："妈，你也别太晚了。"

母女俩又说了几句体己话，荣云姝这才端了莲子羹回了屋。

荣云姝其实一点都不累，她早早回屋，只是有自己的心事罢了。她从手袋里拿出那盒胭脂，仔细看了起来。这盒胭脂，她刚才在胭脂摊边已经看过好几遍了，确实是想买来着，当她准备掏钱的时候，薛家少爷突然出现了，和她打了声招呼，然后他们便寒暄了起来，也没说几句话，就听见薛秀秀的声音了。

令她没想到的是，薛少爷竟会主动送她回来，更没想到的是，还买下了这盒胭脂送给她。除了薛少爷与堂姐少君成亲后，薛家和聚成轩也算是有点亲戚关系之外，两家并无交集，由于云姝和哥哥叔夏从小只是读书写字，也不像中和堂和荣安堂两家的孩子般时常在一起玩耍，所以相较起来，自己和哥哥与另外两家同辈的关系也相对要弱一些，好像他们更像是亲戚，尤其是荣少君和薛秀秀，打小就好得跟一个人似的。荣云姝是羡慕他们的。

如今大家都已长成少年模样，薛秀秀和荣少君依然还是好姐妹，只是荣少君和薛少爷间好像不如从前那般来往了。迟早都要是一家人了，怎么还愈加生分了呢？荣云姝不解。她已经好久没见过薛少爷了，没想到在灯市上碰到他，不知为什么，这个想法竟让她脸红了一下。

桌上的莲子羹已经凉透，可荣云姝依旧一口没动，她在梳妆台前试了试胭脂，皮肤本就白皙的她抹上淡粉色的胭脂，更加显得娇艳动人了，对着镜子，她不由地笑了笑，不一会儿又觉得难为情，好像欣赏自己的容貌是一种罪过，她立马用手绢将脸上的胭脂擦掉，胭脂盒也收进了抽屉里。

6

离开聚成轩后，薛耀邦不知道接下来该去哪儿，本来出来逛灯市也不是他自己的意愿。

趁着中秋节，薛耀邦好不容易才回了一次家，父亲母亲以及妹妹秀秀都对他百般关怀，尤其是秀秀，对他在学堂如何学习、生活尤为感兴趣，一年后她打算报考华南女子大学，对于即将到来的集体生活，整天缠着他这个兄长问东问西。

父亲薛宝国还是老样子，更关心他的学业，关心他学习是否刻苦，所学是否足够专业，将来是否能为国家做出一点贡献。母亲恰恰相反，她关心儿子除了学业外的一切，学堂的饭菜是否对胃口，宿舍是否温暖舒适，与同窗师长相处是否融洽，是否因为课业繁重而疲惫，薛耀邦笑着一一作答，母亲自然高兴，末了又提醒了一句，"好不容易回来一趟，该找个时间见见少君的。我看今晚就不错，正值灯市，饭后去荣安堂约少君赏灯可好？"

母亲此话一出，薛耀邦本来的笑容瞬间僵在了脸上，不知道该如何回答，但知道肯定是不能拒绝的，只能先应承下来，"好的，妈。"

黄之远曾在昨天找过薛秀秀，说要送给少君一盏特别的花灯，想让她帮忙把少君约到澳门路上，那儿游人相对较少，谁知这会儿母亲又让哥哥找少君赏灯，要是两人撞上了可就糟糕了。薛秀秀灵机一动，"我已经约了少君赏灯了，哥，一会儿我们一起去。"

"成天和少君在一起，你们俩姐妹还没待够呀。"母亲嗔怪，意思是让少君和哥哥独处。

薛秀秀俏皮道："我俩就像那狗皮膏药，轻易分不开。"

母亲笑了笑道："等少君过了门，有你们俩黏糊的呢。"

薛秀秀知道，让少君成为自己兄嫂，可能性应该不大，就少君那性格，谁能替她做得了主呀，但目前这事还只是个秘密，她也不好解释什么，只能笑笑。作为当事人的薛耀邦，虽然也一直保持微笑，但这笑克制而隐忍，全然没有要见到心上人的喜悦和期待，只是谁也没有看出来。

饭后，薛秀秀拉上哥哥薛耀邦，一起出了中和堂。

为了不耽误荣少君和黄之远见面，薛秀秀找了个理由先把哥哥支开，"哥，少君爱吃美且有的桂花糕，你去买一份来，我去叫上少君，随后与你汇合。"

薛耀邦本就对这次见面没什么想法，便由着妹妹安排。

支走哥哥后，薛秀秀一路小跑来到荣安堂，阁楼的灯亮着，知道肯定是少君，便喊她下来。她拉着少君迅速见了黄之远，然后回到南后街与哥哥汇合，没想到在胭脂摊见到了哥哥和荣云姝，更没想到，按照母亲的计划，少君和哥哥的独处，竟以哥哥送荣云姝回家而告终。

就连薛耀邦自己都没想到。

他没想到会在胭脂摊遇见荣云姝，更没想到，自己会主动送她回家，甚至，给她买下了那盒胭脂。

要说聚成轩和荣安堂两家是兄弟，可不知为什么，这两家的儿女，关系并不算亲密，荣少君和薛秀秀从小就好得跟一个人似的，荣少康也把薛耀邦当大哥看，有时甚至让人觉得，好像荣安堂和中和堂才是一家人。

与荣安堂一样，中和堂在南后街上同样历史悠久，其创始人是清末有名的御医，告老还乡后在南后街经营这家中医馆，到如今的薛宝国，已经是第三代了。同样创始于清末，薛荣两家可以算得上是世交，再有后来薛耀邦和荣少君订下的娃娃亲，也就顺理成章了。

与聚成轩秉承的传统私塾教育不同，中和堂和荣安堂两家接受的是新式教育，他们念的是官绅创办的新式学堂，穿西装和丝绸裙子，没有满口的之乎者也，也少了些传统的规矩和礼仪。可能也正因为如此，仍旧保持老式的儒雅和谦卑的聚成轩，与另外两家更显得格格不入吧。

在大学里接触多了思想新潮的大小姐们，像荣云姝这样保持典雅和保守的大家闺秀，倒是给薛耀邦不一样的感觉。这典雅和保守不是迂腐和老气横秋，而是举手投足间不露痕迹的优雅感性，一种安静祥和之感，让人如沐芬芳。

在胭脂摊前与荣云姝几句简单的交谈，薛耀邦便从刚才对娃娃亲一事的烦闷中解脱出来，整个人清爽不少，而之后的送胭脂一事，也是顺性而为，并无太多想法，觉得该买就买了。

只是他没有想到，这送出去的东西会给两人带来额外的心事。此时的荣云姝，比平日更早入寝，可躺在黑暗中的她，满脑子都是抽屉里的那盒胭脂，睡意全无。从聚成轩出来的薛耀邦，这才仔细回想起刚才自己的一系列举动，和荣云姝交谈时的轻松爽朗，坚持送她回家，悄悄为她买胭脂。中秋节并不是送胭脂的好节日吧？满脑子全是猜测和混乱的薛耀邦，早就将母亲交代他的事抛到了脑后，他不想回家，只是漫无目的地在拥挤的南后街信步，人群的热闹和通明的灯火都与他无关。

本来薛秀秀还担心，少君和哥哥一起逛灯市是否觉得不自在，没承想两人都没来得及说上几句话，就匆匆分别了，薛秀秀都没反应过来，哥哥怎么就送荣云姝回家了呢，以前也没见他送哪个姑娘回家。不过这样也好，没有哥哥在，她们两个好姐妹反倒可以好好逛街说笑了。

手里提着黄之远送的月兔花灯，荣少君又想起来那枚玉兔的田黄石雕来，两个家族的事，她始终放不下心来，尤其是刚才黄之远对这事的反应，让她觉得是应该想个解决办法了。只是，她还不知道薛耀邦的真实想法，没准人家也不情愿这门亲事呢？

荣少君向薛秀秀打探，"你哥今天怎么有兴致逛灯市？我记得他一直不喜欢往人堆扎的。"

薛秀秀说："他哪会主动出来，还不是我妈。"说到一半，她好像想起了什么，拍了拍脑袋，"对了，忘了跟你说这事，今天晚饭，我妈让我哥约你逛灯市来着，我想跟着，她还不乐意，说是要让你俩单独相处，还说什么，等你嫁进我家，我们就有更多时间在一起玩了。"

荣少君想得没错，两家的家长们都十分看好且盼望这门亲事，毕竟两枚价值连城的信物在那儿，又是世交，定亲可不是说说而已。家长们的态度是没法改变了，关键就看他们两个。

荣少君问："那你哥的反应呢？他是乐意出来的吗？"

薛秀秀说："反正不管我爸妈说什么，他总是笑着点头答应，至于真实想法，就不得而知了。"

薛秀秀又想起了为了让少君顺利和黄之远见面，自己机灵的安排，有点小得意道："你说我怎么就这么聪明呢，先把我哥支走买桂花糕，然后带你见心上人，两边都不耽误。"

"好啦好啦，就你最聪明行了吧。"作为好姐妹，薛秀秀的各种小聪明小机灵，少君是见怪不怪了，"可是，你哥他也没和我赏灯呀，万一回家你妈问起来可怎么办？"

"实话实说？或者……随便编排说和你赏灯很愉快？哎呀，那就是他的事了，我可管不着。"薛秀秀向来大大咧咧没心没肺，此时她可没空管哥哥的事，因为她突然想起来，说好的桂花糕怎么没有呢，"对啊，我让我哥买桂花糕去了呀，他怎么跑胭脂摊了，我正想吃呢。少君，我们吃桂花糕去吧。"说着拉起荣少君加快脚步在人群中穿梭。

"你就知道吃！"荣少君被拉着在人流中踉踉跄跄，还不忘时不时护住手中那盏花灯，"慢点，我的灯……"

第三章 2018 石头和咖啡馆

1

回忆虽然漫长，但倾听回忆的时间总是短暂。萧何老人有些倦了，他说话的速度更慢了，眼睛也渐渐眯了起来，好像马上要睡过去。我看了看时间，一个上午过去了，桌上的糕点没怎么动，茶水却续了好几次，屋里飘来饭菜香，是照料老人起居的阿姨做好了饭。

老李说："今天就到这里吧，萧老该休息了。"

我看了看导演，他似乎还沉浸在老人的故事里，不愿离开，我不忍心催促，正想着怎么开口，导演却回过神来，淡淡道："我们走吧。"

老李对萧何说："萧老，你该吃午饭了，今天你也累了，好好休息，我们就先走了。"

　　萧何斜靠在椅子上，眼神悠悠然，像是打盹儿，又像是要一眼看回到过去，老李跟他说话，也没有任何反应，我们知道，老人是倦了。我们也不多说什么，起身出门，刚走到门口，老人的声音又传来，"下次再来。"

　　"你爷爷从来没提过萧何这个名字？"我们一路往巷口走，我先开的口。

　　导演说："爷爷的故事里，一个人名也没有，称呼只有小姐、少爷。"

　　老李说："也正是这样，寻找才有困难。不过，今天我们的收获还是很大的。这些事，萧老可从来没有说起过。"

　　导演说："没想到，爷爷的故事竟然这么丰富。"

　　我们一边走一边讨论，虽然萧何老人今天讲的不多，但他开了这个头，仿佛能让人看到无尽的错综复杂和曲折离奇，我们像是在讨论一件真实发生过的事，又像是在凭空构思一部魔幻电影。我的胃口算是被完全调动起来了。

　　既然萧老开口了，事情就算是有了眉目，老李也更有信心帮助导演寻找田黄石的下落。本来大家要一起吃午饭，但老李还有事情没有处理完，要先离开，走之前，他信誓旦旦道：

　　"黄导你放心，田黄石我会联系相关部门尽力帮忙找，萧老那儿我也会保持联系，我有空再过来找他，然后我们再约个时间见面。萧老的故事，我看，是三天三夜也说不完的。"

　　我和导演在南后街随便找了家小饭馆吃饭。福州菜偏甜，别说外地人，就连福建省其它地市的人，也不一定吃的习惯，可第一次来大陆的导演却酷爱福州菜，荔枝肉、醉排骨、爆炒双脆、南煎肝、酒糟小肠，都是酸中带甜、甜中带酸的典型福州味，在福州的这段时间，导演把这些本地菜吃了一遍又一遍，吃完了还能点评每家店铺口味和手艺的不同，其细致和专业程度都能和美食博主相媲美了。我想，他对福州口味的喜爱，也许是骨子里带来的吧。

　　吃饭间，导演问："现在福州还有裱褙店和中医馆吗？"

　　我说："中医馆倒是很多，不过大多是后来新开的，南后街上的那家瑞来春堂，应该算是老字号了吧。至于裱褙店嘛，我是没怎么听说过有什么老字号，私人工作室倒是有一些，但大都没什么名气。"

　　导演问："那福州有姓薛的名医吗？或者，有没有薛姓名医的后人或传人？"

　　我能理解导演想要解开谜底的迫切之心，但他的问题，实在不是我所了解的范畴，中医馆我是不怎么经常光顾的，至于什么名医，更是一无所知。我为不能给导演提供帮助而感到抱歉，又转念一想，作为一个土生土长的福州人，即将创作一个牵涉老福州历史和文化的故事，竟然对这些知之甚少，我不禁反思，自己的文化积累是否浅薄了点，是否能够驾驭这个厚重的故事。

　　老福州历史和文化。突然间，我的脑海里冒出一个老太太形象，就像被什么击中似的，瞬间一个激灵，激动道，"我知道有一个人可以帮你！"

我立马打了个电话，然后快速结束午饭，带着导演返回南后街，奔向光禄坊 6 号院。

三坊七巷里的各个院子，大多作为店面出租，有卖廉价旅游纪念品的小店铺，也有高端饭店或私人会所，对本地人来说，要不不屑去，要不去不起。但位于光禄坊的 6 号小院是个例外。

光禄坊 6 号院门面不算大，也没有显眼的招牌，从外面看稍显冷清，踏进门内，却别有一番洞天。打照面的是玄关白墙前那棵苍劲而造型别致的松树盆景，墙上一块木匾，雕刻"集珍堂"三字。绕墙而过，一个古典淡雅的空间展现在眼前。白橡木的置物架占据了整面墙，架上各式器皿、寿山石、雕塑作品、艺术摆件交错搭配放置，架子前一张宽大的橡木桌，一套复古而精致的茶具，几枚雕刻精细的寿山石摆件和成色相当的原石，一个燃着檀香的香插，宁静致远之气韵便在空间里弥漫开来。空间的角落或点缀绿植或梅花插枝，一小簇，三两枝，一种克制的生机勃勃。

墙上挂满了相框，不是装饰画，而是与老福州文化相关的内容，比如民国时期的旧报纸、旧画报和老照片，不知署名的手写信，不明出处的印刷物以及画作。乍看之下，这些东西似乎与整个空间的基调不太搭，甚至觉得有些莫名其妙，但这莫名其妙中，又让此处多了些神秘感和故事感。

初来者绝对想象不到，这里竟是一家寿山石店，可这家店从内到外，无论是装修还是装饰，都绝对与普遍认知中的寿山石店大不相同。大多数雕刻或出售寿山石的店铺偏爱厚重的红木或博古架，而这家店却以白橡木为主材料，以灰和白为主基调，素雅的色调和干净利落的线条凝结了东方美学的悠远气韵，淡泊雅致，简洁清新。

寿山石是福州独有的一种石头，出自福州近郊的寿山村，不像玉石各处有各处的品种和特点，寿山石仅产自福州，又仅来自福州的寿山。寿山石独一无二的价值，让雕刻和出售寿山石的店铺或工作室遍布榕城，店铺众多，技艺和口碑也参差不齐，而这家"集珍堂"，是福州寿山石店中的佼佼者。

长桌前正细细为一块寿山石雕上油的老太太，便是这"集珍堂"的主人秦美含。

秦美含年近七十，虽然高龄，但周身散发出的气质却远没有这个年纪的苍老和衰败。她个头不算矮，在一身墨绿旗袍的映衬下，更显修长挺拔，她剪一头短发，短发的发尾烫了几个自然的卷曲，微微挽在耳后，露出一颗纯净圆润的珍珠耳钉，她画了淡妆，涂着淡淡的口红，净白的脸上透出淡淡的红润，连皱纹都是淡淡的。什么老态龙钟，什么年老色衰，一切衰老的形容在她身上统统不存在，反倒是一种精心维持的得体和优雅，以对抗岁月的侵袭。

我和秦老太太也算是朋友了，她为我雕刻过一枚精致的寿山石印章，价格不菲。见我来到店铺，老太太很有些意外，因为这段时间工作繁忙，我已经很久没来过了。

"米粒，好久不见。"老太太有些惊喜地向我打招呼，像个久别重逢的老友，"你今天怎么有空过来？"

我还没来得及回答，后院传来另一个声音，"是我叫米粒来的。"

未见其人先闻其声，一个年轻女孩从后院进来，手里捧一簇刚摘的小菊，对我怪罪道："你这神龙见首不见尾的，我还以为你凭空消失了呢。"

女孩叫唐庆庆，我刚刚的那个电话就是打给她的。秦美含是她的外婆。

秦美含从十八岁起跟随师傅学习寿山石雕刻，到如今大半辈子了，二十多年前，她在鼓山脚下拥有了自己的第一家寿山石雕刻工坊。福州的寿山石界流传着一句话，"石出寿山，艺在鼓山"，说的是寿山石产自寿山，但寿山石雕刻技艺却发源于鼓山，因此，鼓山一代聚集了大量寿山石雕刻工坊。

唐庆庆从小在外婆的工坊里玩耍长大，她看着外婆相石、雕刻、磨光，看外婆手中的卡凿、手凿和雕刀在一枚枚石头上打坯、凿坯、修光，一枚普普通通的石头，就这么在外婆手中变为艺术品了。对于"一石一世界"的寿山石来说，每块石头都有其可塑之处，如何发挥每块石头之长处，发挥石质的天然韵味，甚至巧妙利用石料上的砂隔、裂格、水痕以及色彩不适等瑕疵，将看似平庸甚至无用的石头雕刻出具有观赏性的艺术品，便看寿山石雕刻家的巧夺天工了。

从小在工坊里摸爬滚打耳濡目染，看着一块块圆的长的扁的、好的坏的缺的、布满瑕疵的或瑕不掩瑜的寿山石，在外婆的精雕细琢之下变为各种把玩挂件印章雕刻，像变戏法似的。惊叹于外婆的精湛技艺，唐庆庆也渐渐喜欢上了雕刻，并在十八岁时进入福建工艺美术学校学习篆刻专业。如今她毕业刚一年，正在外婆的"集珍堂"当学徒。

而我和唐庆庆的相识，还要涉及她在雕刻之余的另一个副业，在"台湾青年创业联合会"做志愿者，之前因为工作需要，我为在福州的台湾年轻创业者撰写系列报道，她是当时负责的联络人，一个多月的工作，我俩不仅相处和谐，而且个性十分合拍，我们也因此结下了友谊。

一间寿山石店、一位老太太和一个小姑娘，为什么能为导演提供帮助？进入"集珍堂"之后，导演一直满脸疑惑，当我和庆庆带着他，把"集珍堂"里里外外参观了一遍，浏览了墙上满挂着的 20 世纪福州老报纸和旧照片后，导演似乎才明白了些。

秦美含老太太在福州的闻名，除了她雕刻的手艺外，还有一个身份——老福州历史和文化的资深研究者，只不过这个身份只是在文化界流传，远不如她雕刻师的名号那么普及罢了。老太太既没有高学历，也不是科班出身的教授学者，祖上更没有什么可供传承的文化背景，怎么她就成了文化的资深研究者了呢？没有人知道。只不过，她确实收藏了很多 20 世纪的照片、书报以及老物件，并且对那个时代老福州的市井风情、人文历史如数家珍。她的确是那个时代的亲历者和见证者，但其见证能具有文化参考和学术价值，这在同代见证者中也实属罕见。

这就是让我迫不及待想带导演来的原因。

老太太还在为客人挑选石料，唐庆庆带我和导演参观店里的各种石雕和印章。大部分人眼里，寿山石或许更符合年长者或文人墨客的气质，也的确如此，哪个年轻人没事会随身携带一个石头挂件，或专门为自己雕刻一枚印章呢。可在集珍堂却发现，顾客中有不少年轻人，导演不禁问："年轻人也喜欢寿山石？"

"秦奶奶之所以闻名福州城，不仅仅因为她的雕刻手艺，还因为她独到的眼光和设计。"我从桌上的托盘里拿起一个海豚样式的挂件，不是寿山石常见的厚重的黄色或红色，而是半透明的白色，通澈透明，莹洁润泽。

"你看这个海豚，精巧可爱，是不是很适合当作挂件，如果一个年轻女孩子作为装饰带在身边，也十分好看。"

唐庆庆见我这么主动地介绍，笑笑道："看来集珍堂该找你做广告的。"

导演仔细摩挲观察着手里的小海豚，如此特别的雕刻设计，让他感到很意外，"作为印章和雕刻摆件以外的寿山石作品，我还是头一回见到，这白色的质地，像我这样外行的乍一看，还以为是玉石呢。"

见导演感兴趣，唐庆庆踊跃介绍道："这种石头是寿山高山石，高山石水分较多，一遇到严寒酷暑或秋冬气躁就很容易干裂，所以要经常上油保养，时间长了，原本白色的石头慢慢变得透明，也就呈现出现在这种似透非透的质地了，又叫猪油白。"

店里有不少客人正在架子上挑选石头，一位年轻女子看中了一个系着白色小乌龟的红色手绳，说是要送给朋友家的小孩，又有一位穿着汉服的姑娘，看中了一个带有兽面纹的香插，让店员帮忙从玻璃橱窗里取下。

我说："看，这才是最好的活招牌。"

导演说："看来这南后街的确是卧虎藏龙啊。"

"今时不同往日，旧时的南后街那才叫一个人文荟萃、名流云集，如今是大不如前咯。"受外婆影响，庆庆对南后街的历史也能指点一二。"对了，你们来就是为了南后街的历史？这位就是来自台湾的导演吧？"

导演自我介绍，"你好，我叫黄梓榆，当年我爷爷从福州到台湾，这是我第一次来福州，就是为了了却爷爷的心愿。"

说话间，唐庆庆又带着我们来到边上的一个小房间，这个房间原先是空置的，放置些杂物，可这次来我发现，它竟被改造成了一个茶水室，有一个吧台为客人提供咖啡、茶饮和点心。唐庆庆说，"集珍堂"的客人越来越多，尤其是年轻客人，开辟这么一个吧台，可以让客人有一个安心等待之处。

唐庆庆拍手道："真是太巧了！"到了茶水室，她朝着吧台喊了一声，"家恒，你有老乡哦。"

吧台里的年轻男孩"哦？"了一声，他刚刚冲好了几杯咖啡，见我们坐下便端过来，"你们好，我叫董家恒。"

我也是第一次见到这个男孩，他和唐庆庆年纪差不多，看他们俩说话的状态，应该是很相熟的朋友。庆庆介绍说，董家恒几个月前从台湾来福州创业，开咖啡馆，吧台原来的咖啡师家里有些急事，需要请假一些时间，便叫他来店里帮忙几天，毕竟，他冲的咖啡是真的好喝。

由于还有客人，董家恒和我们寒暄了几句，就去吧台忙了。

秦老太太在店里忙完，也过来了，唐庆庆大概和她解释了我们过来的原因。

老太太感叹："真没想到，导演你们家族还和南后街有这么大渊源。"

导演说："我可是从小听着南后街这三个字长大的，虽然是第一次来福州，可来这里之后，我就感觉像是回家一样，特别熟悉和亲切。"

老太太说："所以，你算是回来帮爷爷寻根的吧？你的爷爷是否还健在？"

导演说："两年前已经过世了，九十六岁高龄。"

老太太有些遗憾地"哦……"，眼神有些迷离地望着眼前的导演，好像试图从他身上看出他爷爷的痕迹来。

"早就听说您对老福州文化有所研究，就在今天早上，我们正好听来些 20 世纪发生在南后街的故事，特地来向您求证一下，想问问您是否有所耳闻。"我打算将萧何老人的故事告诉秦老太太，如果确有其事，没准老太太还能略知一二。

我简单地将早上听来的故事复述了一遍，秦老太太听得仔细入迷，表情从容淡定，不为故事里的任何情节所动，她的情绪里好像有亲历者般的追忆，又似旁观者般的清醒，让人捉摸不透。

末了，她只淡淡地说了一句："荣安堂和中和堂，别说南后街了，在整个福州城又有谁人不知谁人不晓呢……"

我和导演不约而同地看了看对方，看到了彼此眼中的讶异、惊奇，爷爷黄之远追寻了大半辈子的东西，也许，正要慢慢被解开，被呈现。

2

福州女孩唐庆庆，这些天可有得忙了。她要帮助一个在福州开奶茶店的台湾朋友接待他来福州创业的高中同学。

　　唐庆庆的这个台湾朋友阿斌，算是台湾年轻人在大陆成功创业的典型案例，三年前，他来到福州创业，除了带着辛苦攒下和父母支持的一点积蓄外，还有他们家"祖传"的奶茶配方，而这"祖传"，也只是从他妈妈开始罢了。奶茶已经在大陆普及很多年了，很多商家打着"正宗台湾奶茶"的旗号，实际在口味上却离"正宗"相去甚远。这些年，大陆经济不断发展，吸引了不少台湾年轻人前来创业，其中餐饮业是介入最多的行业，而餐饮中又数饮品、轻食等类别最为火爆，因为相对成本低、收益快。因此，不少初来大陆的台湾青年都愿意在"奶茶"上分一杯羹。

　　阿斌的奶茶店很快就在福州扎下根来，并且在两年时间内扩展到了三家分店，今年，他打算将业务延伸到距离福州不远的周边城市岚岛。岚岛距离福州两小时车程，曾经也是个偏远的小渔村，这几年旅游资源大开发，成了福建省内颇为有名的海滨度假岛。阿斌正是看中了其旅游小岛的潜质，决定在岚岛开展业务。

　　去年春节，阿斌回台湾参加高中同学聚会，十几年过去了，当时在班上学习成绩并不好的他，竟成为同学中少有的成功人士，说起在福州创业的经历，大家都羡慕不已。彼时的董家恒，事业正遭遇瓶颈期，他是一家咖啡店的咖啡师，但这些年台湾经济下滑，餐饮业也受到重创，曾经门庭若市的咖啡店，如今却食客寥寥，再加上台湾各种或大或小的咖啡店早已经处于饱和状态，他很难再在这个行业有所发展。对工作对未来的不确定性，让他陷入困境。同学会上，当他也和大家一样向阿斌投去羡慕的眼光时，一个想法开始在他心中萌发。也许，创业真的是一个可以尝试的选择。

其实早在这之前，已经有人向董家恒提出过创业的建议，他的大学同学兼好友陆凡。两人在大学是计算机专业，由于学业繁重，两人经常靠咖啡提神，喝得多了，也喝得精了，两人都成了咖啡重度爱好者，不一样的是，毕业后董家恒干脆以兴趣为职业，成为一名咖啡师，而陆凡则从事本职工作，成为一名程序员，也继续靠咖啡续命。

程序员逃不过频繁加班加点、24 小时待命的宿命，虽然薪资不菲，但却离有趣的生活越来越远，工作几年，他也处于一个相对稳定的位置，想要继续升职是很难了，他突然开始思考，如果继续工作下去，目的和意义何在。

两个对未来都充满疑惑的好友在互相安慰鼓励的同时，也默默寻找出路。陆凡突发奇想，既然董家恒已经是一位出色的咖啡师，为什么不开一家属于自己的咖啡馆。这个想法在董家恒这儿很快就被否定了，别说他一个人是否有能力经营一个咖啡馆，就说如今台湾的经济，这么大一个咖啡店已经遇到了瓶颈期，他又凭什么能以一己之力支撑一个咖啡馆呢。

董家恒开不开咖啡馆，陆凡无法替他拿主意，但他自己却快速做出了一个决定——辞职。就在同时，董家恒在同学会上遇到了阿斌，那个被他抛之脑后的提议再一次浮现。他想，既然台湾不行，何不到大陆试试呢？

作为死党，陆凡对董家恒的决定表示一万个支持，这支持落实到实际，便是他将带着仅有的积蓄，与董家恒一同前往福州，开一家属于他们自己的咖啡馆。

知道董家恒要来福州创业，阿斌当然高兴且欢迎，但无奈他已经将工作重心转移至岚岛，无法在福州为董家恒提供帮助，于是，他委托"台湾青年创业联合会"的工作人员，也是他的好友唐庆庆，帮助初来乍到的董家恒安顿下来。

在飞往福州的飞机上，陆凡疑惑道："你那个高中同学到底靠不靠谱啊，居然找个我们不认识的人来接机。"

董家恒说："你放心好啦，虽然以前阿斌在学校经常惹事，但他对朋友还是很讲义气的，应该不会坑我。"

下了飞机，两人推着行李来到到达处，在接机人群中搜寻自己的接机标志。毕竟双方互相都没见过，本以为会经历一番波折，但没想到的是，到达处的玻璃大门还没打开，两人就看到了那张显眼到夸张的海报。

陆凡拍拍董家恒，确定自己没有看走眼，而董家恒似乎比陆凡更需要确定，海报上的照片的确是他自己，而且是高中时的自己。只是这照片也太奇怪了吧，模糊不清也就算了，还只有一个半身的轮廓，像是从哪里剪下来的。

　　两人无比疑惑又惊讶地走向那张海报，也渐渐看清楚了举着海报的那个人。一个与他们年纪相仿的女孩，破洞牛仔裤加宽大 T 恤，头戴渔夫帽，帽檐架着副墨镜，她将粘贴着海报的牌子夹在手臂里，以便腾出手吃薯片。女孩一边吃薯片，一边往里面张望，眼睛雷达似的不断搜寻着往外走的每一个人。

　　直到董家恒和陆凡走到她面前，她才停下手和嘴，看看前面的两人，又抬头看看海报，"是你们吗？"

　　陆凡指了指身边的董家恒，"是他。"

　　"董家恒？"

　　"就是他。"

　　女孩嘬了嘬手指，将剩下的薯片包好放进包里，开心道："没想到这么快就接到你们了，阿斌还担心我认不出来呢。这里人太多了，我们快走吧。"

　　女孩一路风风火火，领着推着笨重行李车的两个人走到停车场，他们来到一辆吉普车前，女孩二话不说便帮他们把行李搬进后备箱，两人又是一惊，没想到女孩看似娇小，力气却这么大。

　　车出停车场，女孩便开始自我介绍："我叫唐庆庆，是阿斌的朋友，他人在岚岛，实在脱不开身，只能把你们全权托付给我了。我知道你叫董家恒，那这位是？"唐庆庆从镜子里看向后排。

　　董家恒说："他叫陆凡，是我大学同学。"

唐庆庆说："所以，你们俩是打算一起开咖啡馆咯？"

陆凡说："我只是来打杂的，他才是老板。"

从出了机场到现在，董家恒一直好奇海报的事，便问："对了，请问那张海报……"

还没等董家恒说完，唐庆庆就笑了，"我就知道你会问这个！阿斌本来只告诉我你大概长什么样，但我觉得太抽象了，又是第一次见面，万一认错人了怎么办，我就问他要照片，可是他没有你的近照，好不容易找到你们高中的毕业合影，我就把你从一堆人中抠出来放大。我是很难根据照片认出你本人的，但你自己总能认得出自己吧，没想到，这招还真管用。"她为自己的机智哈哈大笑。

两人哭笑不得，看来之前陆凡的担心不无道理，只不过"不靠谱"的不是阿斌，而是前面开车的这位姑娘。

唐庆庆继续道："阿斌跟我说了你们的大概情况，我主要就是帮你们在福州安顿下来。接下来我会带你们看看房子，就是阿斌之前租住的地方，他在岚岛，短期内不会回来，房子空着也是空着，就先让你们住下。"

董家恒说："真是麻烦你了。"

唐庆庆一点也不客气："不麻烦不麻烦，再说了，你们初来乍到的，以后需要麻烦我的地方还多了去了。"

她接着说："阿斌应该跟你们说过，我是'台湾青年创业联合会'的志愿者，这个联合会是专门为在福州创业的台湾年轻人提供帮助的，是个互帮互助、温馨有爱的组织，明天我会带你们过去，今后不管是生活上还是工作上的问题，只要有需要，都可以向联合会寻求帮助。"

"还有，阿斌要我帮你们的咖啡馆物色一个店面，明天我会带你们在福州市区转转，我可是土生土长的福州人，这福州城的大街小巷大店小铺，就没有我不知道的，对店面有什么要求和疑问，你们尽管跟我说。"

董家恒和陆凡还没来得及开口，唐庆庆就噼里啪啦说了一通，生怕有什么没有交代到位，在大大咧咧的姑娘面前，两个男生倒显得有些腼腆和词穷了。

一个小时后，他们到达市中心一处社区，社区看上去有些年头了，但居民楼下蔬果店、小吃店、便利店一应俱全，不出社区就能满足基本生活所需。阿斌租的这套房子是个两居室，正好满足董家恒和陆凡两个人的需求，他们来之前，唐庆庆将屋子里里外外打扫了一遍，还添置了许多生活用品，小到卫生纸沐浴露洗衣粉，大到锅碗瓢盆枕头被褥，两人基本可以拎包入住。

看到整洁的房子，董家恒很意外，也很感激，"你还帮我们买了东西，真是麻烦你了。花了多少钱，我给你。"

唐庆庆说："这些都是阿斌安排的，钱也是他付的，我只是个跑腿的罢了，你要真想给就给他吧，不过他也未必会要。"

董家恒心里一暖，没想到阿斌想得这么周到，虽然大家毕业后已经很久没有联系，要不是过年的同学聚会，他们可能连对方在哪里都不知道，而当时董家恒给阿斌打电话，也只是想了解些情况，并没打算让他给自己帮忙，谁知阿斌却把这当作自己的事一样，尽力给同学最多的支持和帮助。董家恒瞬间感受到真挚的同窗情谊。

唐庆庆下午还有工作，把两人送到后就离开了。董家恒和陆凡开始整理行李，等一切打点好之后，已经到晚饭时间了。他们在楼下五花八门的小吃店找了一圈，最终选择了一家叫"福州鲜捞"的小吃店，看上去好像很地道的样子，他们点了两碗捞化，几道小菜外加两瓶啤酒，没想到口味意外地好。舟车劳顿之后，味蕾得到了满足，身心的疲惫和对初来乍到之地的陌生感也就放下了一大半。

陆凡说："没想到，第一天还挺顺利，完全不像是来到一个陌生的地方。"

董家恒说："怎么样，我那同学靠谱吧，我也没想到他会替我们安排得这么周到。"

陆凡打趣道："除了那张海报，其他都挺好。"

董家恒笑了笑，是啊，这女孩的想法也太奇特了吧，她就不怕引人注目吗。不过，事情顺利就好。"希望之后的一切也都能顺利。"

陆凡心血来潮举起酒杯，给两人打气，"一切顺利。"

董家恒也拿起酒杯回应，"一切顺利。"

两个好友，跨越海峡来到一个全然陌生的城市，即将开始一段充满未知与期待旅程，起航前他们相互鼓励打气，酒杯碰在一起，"哐"的一声，梦想就这么开始了。

3

前一晚，董家恒和陆凡还对今后在福州的发展信心百倍，谁知第二天就被泼了一桶冷水。当唐庆庆带着两人在福州几个热门商圈转了一圈后发现，繁华地段的租金实在贵，没想到福州这样一个小二线城市，也如此寸土寸金。他们不得不放弃在热闹的市中心选址的打算。

不过，他们也不是完全没有收获，在考察了几大商业中心后发现，虽然福州的咖啡店很多，但大多是大型连锁咖啡店，这类咖啡店店面大、顾客多，按照固定配方和流水线般的生产流程，短时间内便可以满足大量食客的需求。而如今喝咖啡的年轻人越来越多，口味也越来越多样，除了这种快餐似的咖啡饮品以外，也有不少人中意精品咖啡，精品咖啡的制作虽然等待时间相对长些，但更加接近咖啡的原始风味本身，对于咖啡重度爱好者来说，是一个不可多得的选择。董家恒看到了福州咖啡市场的缺口，也让他看到了咖啡馆的前景。

唐庆庆说："这几年福州发展很快，几乎是每两三年就新开一个商业综合体，而且一个比一个高端，租金自然也水涨船高。"

陆凡问："阿斌的奶茶店也开在商场里吗？"

唐庆庆说："那倒没有，现在奶茶这么火爆，路边随便开一家都不怕没生意，就算线下顾客不多，还有外卖加持。"

董家恒说："听说大陆的外卖行业相当发达。"

唐庆庆说："那可不，坐在家动动手指就能吃到各种美食，谁还特地往店里跑，而且，商家在线上还有各种满减活动，点外卖可比实体店便宜。"

"不过我觉得吧，你们这咖啡馆不太适合外卖，你做一杯精品咖啡的时间都够做五六杯奶茶了，你哪里卖得过人家呀。"

"但话又说回来，精品咖啡本来就小众，讲究的也是现冲现喝，如果我想喝，会特地找一家店坐，再说了，看咖啡师冲咖啡，也是一种享受呀。"

董家恒说："福州的精品咖啡店多吗？"

唐庆庆说："不太多，我对福州的各路美食可是门儿清，我所知道的，两只手就数得过来，而且这些店都不太好找，不是真的爱好，是不会特地去的，所以这些店基本都是回头客生意，或者靠口口相传。"

陆凡说："那能赚得到钱吗？"

唐庆庆说："赚多赚少我不知道，但肯定不如那些连锁店赚钱的。"

陆凡看了看董家恒，"看来要想在短时间内靠开咖啡馆发家致富，是不可能咯。"

其实在来之前，董家恒就从阿斌那简单了解了些福州咖啡行业的情况，精品咖啡市场小众且盈利低，他也是知道的，可是，开一家属于自己的咖啡馆一直是他的理想，虽说创业首先是为了赚钱，但在经济利益之外，他更希望能在自己爱好的领域扎根，哪怕收入少点，规模小点，只要能在这个行业生存下去并有所可期，他觉得就是值得的。

三人正聊着，唐庆庆来了电话，一看来电显示，慌张得直跺脚，接通电话，对方还没来得及说话，她先开口了，"外婆，对不起对不起，我把这事忘了，现在马上回来，给我十分钟。"

说完挂了电话，"真是不好意思，我前天答应外婆今天到店里帮忙的，竟然给忘了，现在必须马上回去，客人多了，她一个人可搞不定。接下来你们自己安排吧，有什么事随时联系我，我得先走。"

董家恒急忙说："可以告诉我那几家咖啡店的地址吗？"

唐庆庆一边走一边回头："我一会儿微信给你。"然后便风风火火地快步离开了。

按照唐庆庆给的地址，接下来几天，董家恒和陆凡两人满福州城地找咖啡馆，为了了解咖啡师手艺和口味的差异，他们尝遍了每家咖啡馆的招牌咖啡，这几天别说吃饭了，光咖啡就喝饱了。

为了省钱，两人选择共享单车作为交通工具，福州的夏天潮湿而闷热，两人只能顶着烈日汗流浃背，每天一回到家，累得只想瘫在床上。董家恒不禁想，人生地不熟，资金有限，完全不了解当地市场，自己辞掉工作来福州创业，到底是为了什么。是陆凡的建议，是阿斌的成功先例，是脑子一热的冲动，还是自己想逃离枯燥而看不到未来的生活？但这些又都不足以让他放弃熟悉的生活，到一个陌生的城市冒险。

在促使董家恒来大陆的几个因素中，有一个人起了很大作用，那就是他的外婆。

董家恒从小由外公外婆带大，和他们感情很深，尤其是外婆，外婆不仅给予他无微不至的关怀照顾，还教会他很多生活和做人的道理，这些道理不是说教，而是通过言传身教融入日常之中，从小到大，无论他遇到什么困难和疑惑，总能在外婆这儿得到慰藉和答案。当董家恒将创业的想法告诉家人时，他的父母坚决反对，他们就是做小本买卖起家，知道其中的艰辛，况且，创业不是一次就能成功的，总要经历几次失败。但外婆却很支持他，她说成功还是失败不重要，重要的是走出去，去尝试，总好过日复一日看不到头的单调日子。是外婆的话让当时摇摆不定的董家恒坚定了信心。

离开台湾，董家恒最牵挂的也是外婆。外公几年前去世，这几年来，外婆似乎很难有高兴的时候，她的神色里总是带着一丝忧虑，就连笑容都不是完全舒展的。大家都以为是因为外公的离开，毕竟是陪伴了一辈子的伴侣，况且外公这辈子对外婆都是迁就疼爱的。只有董家恒明白，外婆的失落还有另外的原因。

不记得有多少个夜晚，当董家恒回到家，父母早已睡下，外婆半掩的房门透出微弱的灯光，通过门缝董家恒发现，外婆正翻看她的老物件，陷入沉思。在外婆的众多旧物中，有一个铁盒，里面放着几张发黄的老照片，一枚碎成半块的寿山石雕和一把磨到圆滑透明的牛角梳。

这个铁盒的历史是相当悠久了，据说是董家恒的曾外公外婆留下来的，可以算得上是他们家的传家宝了，只不过这些东西并没有多值钱罢了。董家恒还小的时候，外婆只有在收拾屋子或搬家时才会将铁盒拿出来看看，就像是例行公事，确认里面的东西是否齐全。随着外婆年纪越来越大，加之外公的离世，翻看铁盒似乎成了外婆本就单调的生活中必不可少的一个环节。每一次，外婆都将这些物件在桌上一一排开，郑重得像是一个仪式，而她脸上的表情，凝重而落寞。

也正是在外公去世后，外婆才向董家恒说起，她这辈子只有一个心愿，带着这些物件，去到福州，寻找她父亲母亲当年生活的足迹。

董家恒的曾外公曾外婆，是福州人。

丈夫去世，自己的人生也即将走到尽头，外婆可以说已经了无牵挂，在可以看见端头的生命的最终时刻，每个人在回望过去时，总想看一眼自己生命的最初始，也许这初始前所未见，但它就像脉络，细细密密烙印在生命之中，构成生命的基底，一代又一代的生命沿着它而来，但它却不会因为生命的消逝而中断，它会继续往前，延伸向下一个代际。

虽然生长在台湾，但外婆在无牵无挂的人生最后时刻，她想找回自己的生命最初始，那个孕育了她的父母，实实在在映照在她血液里的生命底色。因此，除了自身的创业需求外，外婆的心愿也催促着董家恒离开，离开，是为了外婆的早日回归，回归到曾外公外婆曾经生活的那片土地。

关于曾外公外婆，外婆倒是从小就和他说起过。曾外公是那个年代为数不多的读书人，但他读的不是旧书古书，而是学习西方先进的思想技术，一心想为国家的崛起做贡献，曾外婆也是个有文化有教养的大家闺秀，她知书达理，秀外慧中，看似柔柔弱弱的一个女子，性子里却带着执着和坚毅。曾外公外婆来自两个大家族，按理说门当户对，但他们两个却是私订终身。后来，曾外公到德国留学，曾外婆也义无反顾地跟随，而那时，他们的关系甚至都还是个秘密。阔别多年，当他们回来后家乡早已物是人非，家人和曾经的朋友，离世的离世，还在世的却又不知去了哪里。就在他们不知何去何从之时，有台湾的大学发来邀请，让曾外公前去任职，已经失去亲朋好友的他们便决定去到海峡彼岸。这一去就是 70 多年。

曾外公外婆留下的线索并不多，他们对外婆倒是说过不少在福州时的事，不过年代久远，加之外婆年纪大了后记忆开始出现混乱，所以这些事的真实性也无从考证，再说了，就算是完完全全正确的，仅凭一段回忆，又能找出什么来呢。外婆的铁盒里，那几张照片是曾外公外婆在德国时拍的，拿着在德国的照片到福州找线索，实在是没有什么意义，唯一有点用处的也只有那半块寿山石，但至于为何只有半块，另外那一半下落何在，已经没有人知道了。

曾外婆先曾外公离开几年，自打曾外婆离开后，曾外公对她的思念愈加浓烈，外婆非常清楚地记着曾外公经常提起的一个人名，依海，但也仅仅是提起，关于此人的具体事迹，却从来没有说过。曾外公总是说"依海啊，怎么还是没有消息呀"或者"依海啊，拜托你啦"。关于依海，外婆知道的仅限于类似这样的几句话，而每当外婆问，依海是谁，曾外公眼里却满是落寞的神情，于是外婆猜想，这个人对曾外公一定很重要。

于是，带着那半块寿山石和"依海"这个名字，对董家恒来说，这是一次创业之路，也是一次寻亲之旅。

4

睡梦中，董家恒迷迷糊糊听见手机响起，他在床上摸索了半天，才在枕头底下摸到了手机，连来电显示都没来得及睁眼看，顺手就按了接通键，还没把手机放到耳边，电话那头的声音差点没把耳朵喊炸。

"几点了还不起床，还做不做生意啦，快起来，我在楼下呢。"是唐庆庆，这语气一点都不客气。

董家恒瞬间被这声音炸醒，眼睛直接瞪开了，他看看时间，才七点。唐庆庆这搞的什么鬼，是喊他起床打卡上班吗？

董家恒慵懒道："什么生意啊，店面都还没有呢，做的哪门子生意？"

唐庆庆继续大嗓门，"没店面起来找啊，躺床上店面能飞到你面前吗？"

这两天他和陆凡没干别的，净跑咖啡店了，他们想先了解了解本土市场，对找店面也能做些参考。就是因为这些天太累了，本来想今天睡个懒觉，没想到却被强行叫醒。

董家恒还没完全清醒过来，连抬抬嘴皮子的力气都没有，说话还是温暾含糊的："那要怎样嘛……"

电话那头唐庆庆的干脆果断与之成鲜明对比，"给我开门，我到门口了。"话音刚落，敲门声响起。

这下董家恒是彻底清醒过来了，清醒之后是慌张，来不及刷牙洗脸，头发乱炸，可人就在门口，还是个女生，大家认识不过几天，这蓬头垢面衣冠不整的，不太合适也不太礼貌吧。在董家恒纠结着合不合适礼不礼貌的时候，唐庆庆的声音更清晰可辨了，他仔细一听，好吧，陆凡直接开门让人进来了。

"喂，我说你快起来，庆庆来啦。"卧室门外是陆凡的声音。

"哦，来啦。"董家恒先答应一声，然后快速穿衣洗漱。

等他出来后，看到的画面一片祥和，陆凡和唐庆庆正吃早餐，桌上豆浆油条包子炒面，一盘不知道是什么的糕糕饼饼，和两碗同样不知道是什么东西的汤汤水水，食物摆了一桌，品类丰富。

董家恒看着同桌吃饭的两人，还有说有笑的，和谐得跟一家人似的，有点不知所措。唐庆庆指着桌上一道一道介绍，豆浆油条包子都认识，那盘炒面是炒兴化粉，油炸的是三角糕、虾酥和海蛎饼，汤水是鼎边糊，全是福州传统小吃。

陆凡食物塞了一嘴，赞不绝口，"真的，福州的小吃太赞了，这回我们算是来对了。"好像来这不是为了开咖啡馆而是吃美食，吃货属性暴露无遗。

唐庆庆也道："愣着干吗，抓紧吃，一会儿还要出门呢。"

"去哪？"董家恒比较关心这个。

"你们的咖啡店店面给你们找好了，吃完早餐带你们过去看看，就在联合会旁边。"

看两人一脸惊讶，唐庆庆解释，前几天她去联合会办事，看见旁边一家店面门口挂着招租的牌子，这原本是一家汉堡店，生意还不错，她和联合会的伙伴们经常光顾，怎么突然就关门了呢。她按照牌子上的电话打过去，原来那汉堡店的老板炒股赔了，没有现金流支持，生意也做不下去了，只好忍痛把店关掉。她问了租金后觉得性价比挺高，就和房东约了时间见面。

"台湾青年创业联合会"位于一个创意园区里，创意园区公司众多，里面的饮食店大多做的公司生意，园区周边的居民区也能带来一些客流。虽然园区不算市中心，也不在繁华地带的商业区，但在要兼顾成本和客流的情况下，这里是个不错的选择。董家恒和陆凡看过店面后，都很满意，租金在他们预算范围内，店内的结构和环境也不错，只需要简单改造，就能符合一个咖啡馆的格局。以创意园区这个地理位置，店面根本不愁租，连唐庆庆都觉得难得，两人也就决定租下来。

开店的第一大难事总算解决了，比董家恒想象中顺利，他觉得这也许是个好的开端。

店面定下来后，就是装修、采购原料设备等，这些他们早有准备，只要按照既定计划实行就行。当然，在这期间，唐庆庆也帮了他们不少忙，让他们大大提高了效率。一切都顺利进行。

一天，唐庆庆从联合会办完事出来，去了趟正在装修的咖啡馆。

"哟，今天怎么有空过来监工？"董家恒打趣道。

"你怎么一个人在店里，陆凡呢？"

"他上建材市场买东西去了，你找他有事？"

"我想找你帮个忙。"

"我？"董家恒有点不可思议，从来都是唐庆庆帮他们，怎么他也有能帮得上忙的地方。

"是这样，我外婆的寿山石店有个咖啡师，最近他老家有急事得请一个礼拜的假，我想问问你有没有空，如果可以的话，能不能到店里帮几天忙。"

"寿山石店？咖啡师？"董家恒很难将这两件事联系在一起。

"我外婆的寿山石店设了个吧台，客人多的时候，也有个休息等候的地方。"

虽然他还是很难将寿山石和咖啡两者结合起来，但这个忙他想都没想，就决定帮了，装修也差不多接近尾声了，也就一个星期的时间，陆凡一个人应该可以搞定。

"当然可以帮忙。"

"明天早上九点，我去接你。谢谢咯。"

唐庆庆的外婆开了间寿山石店，董家恒这是第一次听说，甚至，唐庆庆从没说起过自己的事，董家恒至今不知道她的职业是什么，唯一了解的是，她是联合会的志愿者，是阿斌的好朋友。

唐庆庆在停车场停好车，两人步行了一段路程，最后在一块牌坊前停下，董家恒抬头一看，"南后街"，他一惊，这不正是外婆要找的地方吗，在他所知的曾外公外婆的故事里，南后街是个绕不开的地方。怎么这么巧，唐庆庆外婆的寿山石店，居然和他外婆要找的是同一个地方。董家恒有点不可思议，在原地愣住了。

唐庆庆看他看着牌坊发呆，问道："你怎么了？"

董家恒没有告诉任何人他外婆的事，便搪塞道："没什么，店铺在哪儿？"

寿山石店位于南后街里的三坊七巷，这个地方他听说过，也知道严复、冰心、林觉民等在此生活过的历史文化名人。虽然知道曾外公外婆曾经就生活在南后街，但来福州后，董家恒的首要任务是先安顿下来，本想着等咖啡馆开起来后再着手外婆的事，可没想到，他第一次走进南后街竟因为一次帮忙。街上人流如织，两边的店面古色古香，他不禁想，如果能把咖啡店开在这个地方，肯定生意火爆。拐进南后街两边的小巷，行人大大减少，巷内大多是被保留下来的院子，有的是高级会所、餐厅，有的是政府机构的办公场所，有的是供人游览的名人故居。两人从牌坊一路步行至光禄坊，一所不起眼的院子前，唐庆庆停了下来。

"这就是我外婆的店铺了。"

寿山石作为福州特有的石头，董家恒倒是听说过，在他的印象里，寿山石通常用来做印章，也有雕刻的艺术作品，他曾经在电视新闻里看到过一个叫"满汉全席"的寿山石雕刻作品，就是以寿山石的天然纹理，加上雕刻师傅的精湛雕工，雕刻出的一桌108道菜式。他以为，一般有一定身份地位的文化人或生意人才会为自己刻上一枚寿山石印章，以示儒雅大气，但他看到此时的店内，年轻顾客不在少数，他们有的拿着石头仔细观察其中的光泽纹路，有的正试戴寿山石做成的首饰，挂坠、挂件、手绳，从来只知道只有玉石能做首饰，董家恒这才知道，原来寿山石也能作为一种随身装饰。清幽素雅的装潢、墙上满挂着的旧画报老照片，以及把玩石头说笑的年轻女子们，董家恒目之所及的一切仿佛染上了一层怀旧的滤镜，让他不禁觉得像是走进了电影场景里，有点梦幻，有点旖旎。

见董家恒有点目瞪口呆，唐庆庆把他拉回了现实："怎么样，这里还不错吧。"

"什么叫还不错啊，简直太惊艳了。"董家恒实在想不出什么贴切的词形容眼前的场景，只有赞叹。

一位老太太从长桌边起身，向他们走来，唐庆庆说："这就是我外婆。"

老太太穿着旗袍，虽然头发花白，但脸上的淡妆和周身佩戴的首饰以及体态身姿，都透露出一种极力与岁月对抗的姿态。

"外婆好。"

"你就是家恒吧，庆庆这几天一直跟我提起你，从台湾来福州创业，年轻人有闯劲。"

没想到老太太竟然知道自己，他觉得有些不好意思，谦虚道："说是创业，其实就是来试试，都不知道能不能成功呢。"

"年轻人就是要不断尝试嘛，不要太在意成败，失败了就当积累经验，经验多了，总有收获的一天。"

老太太一脸慈祥的鼓励，和他外婆竟无二般，这让董家恒想到了外婆，原来对于他们这样的老人家来说，有过一辈子那么多的经历，说出的话看似简单却饱含智慧，而年轻后辈也只有经历了自己的这一辈子，才能将这话中的道理验证得明白透彻。

正说着，唐庆庆看到桌上托盘里的一枚石雕，定睛看了会儿，惊讶道："外婆，这不是我雕的那枚石头吗？"

老太太说："昨天晚上已经替你磨光揩光了，你看看。"

唐庆庆拿起石头，仔细打量，突然惊讶起来，指着一处细节道："外婆，这个地方……"

老太太说："我觉得这个地方你的处理有些单调了，我简单刻了些云纹，看上去是不是丰富多了。"

唐庆庆激动又意外，"本想着拿这石头来练练手的，被外婆你这么一处理，这枚石雕想变成废品也难咯。"

老太太说："为什么要做一件废品，手艺人就要有手艺人的态度，一枚石头拿在手里，作为一名雕刻师，你就有责任赋予它最合适的表达，要把雕刻的每一个作品当作自己最好的作品来对待，可不能想着雕一件废品哦。"

唐庆庆撒娇道："知道啦外婆。"

董家恒听得有点蒙，难道唐庆庆也是寿山石雕刻师？可看她平时大大咧咧风风火火的样子，实在和寿山石这么儒雅的东西联系不上。"你不会也是雕刻师吧？"

唐庆庆说："怎么，看起来不像吗？我是篆刻专业，毕业后就来店里当学徒，雕刻师还算不上，不过总有一天会是的。"

说罢，几个客人走进店内，外婆向两人示意后，笑容满面地迎接客人去了。随后，唐庆庆带董家恒来到茶水室，让他熟悉熟悉工作环境。

茶水室虽小，但却应有尽有，架子上摆满各种精致的陶瓷杯玻璃杯，料理台上有几套手冲咖啡器具和茶具，甜品台上各式糕点令人垂涎欲滴，再看茶水室的布置，从大的茶几、沙发、绿植，到细节处的插花、烛台、精致讲究的餐具杯具，甚至用来擦拭的餐纸，这哪是简单一个提供茶水的地方，简直就是一个小型的咖啡馆，充满格调。眼前的一切让董家恒又是一惊，从店铺到茶水间，再到唐庆庆外婆身上那区别于大多数老太太的优雅气质，董家恒觉得，无论是店还是人，都给人一种历经沧桑的传奇之感。

茶水室主要提供咖啡和花茶，糕点和花茶都是现成的，所以，董家恒的工作其实很简单，就是冲咖啡而已，这是他的强项，而这里的各类咖啡器具都很全面专业，足够他发挥出一个咖啡师的水平。董家恒甚至开始好奇，一个寿山石店里的茶水间，其实只要有简单的茶水就可以了，怎么还提供这么讲究的手冲咖啡，还有甜品台上的纸杯蛋糕，看上去都十分精致可口，甚至都赶得上很多甜品店了。他不禁感叹，虽然身体已经衰老，但老太太仍然保持精神的富足和活力，一个年近七十的老人家尚且如此，何况他这个三十出头的年轻力壮之人呢。

董家恒站在料理台边，将热水从细嘴壶缓缓注入滤杯，闷蒸，看着咖啡粉末颗粒吸收水分渐渐饱和膨胀，再以均匀的水流再次注入热水萃取。他想，也许人的一生就像这一杯手冲咖啡，只有在时间和耐心的共同萃取下，才能甘醇浓郁、回味悠长。

5

我和黄梓榆导演用同一种渴望的眼神望着眼前的秦美含老太太，好像她下一秒就能告诉我们想要的答案。老太太正准备开始她的诉说，门口进来个年轻小伙儿，唐庆庆有些意外，"你怎么来了？"

小伙儿回应道："我上午就到福州了，想着赶紧回来上班。"他看见吧台里的董家恒，有点纳闷："这是……"

唐庆庆看他有点担心，可能觉得是不是要把他开除了，便笑道："你不用紧张，家恒是我朋友，你不在这段时间，我让他来帮忙而已，店里客人实在多，我们腾不出手来冲咖啡。"

小伙子不好意思道："真是抱歉，给你们添麻烦了，我会补一个礼拜的班的。"

老太太和蔼道:"别在意这个,你家里的事情处理得怎么样了?"

小伙子说:"已经没事了。"

小伙子重新回到吧台后面,继续他的工作,董家恒收拾好东西,过来道别,又和台湾导演寒暄了几句,便离开了。

秦美含老太太继续刚才的话题。

她知道中和堂和荣安堂,这并不稀奇,毕竟曾经是南后街上的金字招牌,对于她这样的文化爱好者和研究者,应该是必备知识,除此之外,她也听说过一些关于这两个家族的传闻,比如,两家订过娃娃亲,但是最后并没有真正结为亲家,据说中和堂的少爷和荣安堂的小姐各自有了心上人,两人又都是思想新潮的人,根本不在意所谓的父母之命媒妁之言,因此,即使两家家长都对婚事十分热心,婚期却也一拖再拖。直到新中国成立前夕的国民党那场大败退,大批壮丁被迫到台湾,妻离子散生死未卜,两家人也下落不明。

导演问:"这两家的少爷小姐,都继承家族手艺了吗?"

老太太说:"当然没有,都进学堂学习新思想新技术去了,哪里有人继承老祖宗的东西。"

导演说:"只有我爷爷还学了些扎花灯的手艺,他必须得有个技能。"

老太太说:"是啊,那个年代,要先谋生。"

导演又问："您知道聚成轩吗？"

老太太说："当然知道，聚成轩也是荣家的，荣家两兄弟，荣安堂是弟弟，聚成轩是哥哥。"

我脑海里一直回想起早上萧何老人的故事，目前为止，老太太和萧何老人的线索基本一致，只不过萧何老人说得更加详细，他像是亲自经历过这段历史一样，说得诚恳真切，仿佛这往事是自己的。

我问："萧何老人，您见过吧？他可是南后街的'名人'。"

老太太说："我这集珍堂，他也是来过的，他来当然不看石头，而是看我这墙上的画报照片，有的时候他看得高兴，兴高采烈手舞足蹈，有的时候又悲伤失落，甚至愤怒，也是捉摸不透。"

唐庆庆说："那个老头啊，南后街上的商户都知道，脾气古怪，情绪善变，今天还跟你微笑问好呢，明天可能就不认得你了，大家也都清楚，他是脑子出了问题，也就随他去了。可是，他竟然主动邀请你们去他家？"

我说："在去他家的前几天，我们还把他惹怒了，当时还摔杯子赶我们走呢。"

唐庆庆指了指自己的脑袋："看吧，这儿有问题。"

我和导演见识过萧何的神志不清语无伦次，但早上他对我们所说的，又十分真切，让人不容置疑这些"胡言乱语"真实存在的可能性，并且大部分都在秦美含老太太这儿得到了验证。

导演说："可是我们从他那儿听来的，和秦老太太所说，又十分相似，至少他是知道这两个家族的。"

唐庆庆说："他在南后街待了这么久，也许他也是从别处听来的呢？对了，他从前是说评话的，评话艺人最不缺的就是奇闻轶事了。"

秦老太太若有所思："庆庆说的也有道理，不过，以萧何老人的年纪，能知道那个时候的事也不奇怪，至于真假，还有待判断。"

"对了，我应该有当时的报纸或者照片，你们稍等。"秦老太太起身去屋里拿她的收藏。

唐庆庆说："外婆收藏了很多老福州的旧报纸老照片，没准我们还能看看当时的中和堂和荣安堂呢。"

一会儿，秦老太太抱着几本册子进来，她将册子展开在大家面前，里面是用塑封保护起来的旧报纸和老照片，与店铺墙上挂着的复刻版不同，这些是原版无疑了，有些完整有些残缺，有些已经模糊不清而有些还能辨别一二。关于南后街的资料，大多是照片，老太太说当时一个来自美国的传教士，拿着相机走遍福州城，拍遍了南后街、烟台山、台江码头等当时具有代表性的文化、商贸中心，也算是为后人了解老福州历史留下的一些珍贵史料。

这些照片报纸，都是秦老太太的私人收藏，有些是她家祖辈流传下来的，有些是她从别处搜集而来的。类似的资料，其实如今福州的一些博物馆、纪念馆都有，我也见过不少，所以也并不觉得有多少新鲜。但对于黄梓榆导演而言，这些是他从未见过的，哪怕是他的爷爷黄之远，除了一张照片外，也未从福州带去台湾什么值得留念的物件，以至于他对南后街的印象只限于想象。如今，当最真实的南后街还原在他眼前，爷爷口中念叨了一辈子的故乡展现在他面前，他却感到心有戚戚，有些许惊喜，但更多的是感伤和忧愁，感伤当年的爷爷背井离乡，被迫到陌生的他乡艰难谋生，忧愁那一湾浅浅的海峡，阻隔了爷爷的回家之路，到死都未曾如愿。

大家陷入沉思，唐庆庆突然指着一张报纸惊呼："你们看！"

大家凑近一看，模模糊糊看到中和堂的牌匾，这是报纸上的一张配图，照片的主要场景聚焦南后街路边的小摊贩，看起来中和堂只是被当作背景入镜，即便如此，大家也觉得无比惊喜。即使中和堂和荣安堂这两个老字号的存在已经是确凿无疑的，但当半个多世纪后的后人看到老一辈人口中的回忆，还是让人有种穿越时空的错觉，刹那间，黄梓榆导演竟分不清爷爷到底是哪个时代的人了，好像他还活着，在台湾的家中等着他带回喜讯，又好像他早已随着那个时代消失不见了。导演一时间愕然。

看大家都沉默，我把话题拉回到现实，"这两个老字号的后代没有继承人，会不会存在其他继承了手艺的人，比如店中的学徒？"

秦老太太说:"像他们这样的老字号,一般都会收学徒,就算没有正式拜师学艺,也有在店里帮忙的伙计,只不过从现在福州中医和裱褙两个行当来看,两个老字号有传承人的可能性微乎其微。"

"中医行业,目前福州的名医中,能追溯到那个年代的师承关系的,没有一个是薛姓。裱褙就更不用说了,如今能找到几个做裱褙的工作室就不错了,有些是半路出家,有些就算能往前追溯,也不过两代。"

看来,想从家族的后人来追溯源头,是不太可能的了,就算是如今唯一明确的后人,导演的爷爷黄之远,也早已离世,留下的线索更是有限。萧何老人倒是和爷爷的年纪一般大,只不过他也思维混乱,即使一本正经回忆往事,也不能确定这往事来源于道听途说还是亲身经历。井底的那块石头就更不用说了,院子找不到,井找不到,井底的寿山石又上哪里找去呢?

一切似乎都陷入了死胡同。

离开集珍堂,一路上导演眉头紧锁,我猜想他肯定是毫无头绪了,我赶紧开导:"其实你也不用太担心,我觉得今天我们的收获还是很多的,见了萧何老人和秦老太太,听到的事至少是你从爷爷那儿从没听过的,并且基本可以确定是真实的。接下来,慢慢肯定还会有线索的。"

导演说:"今天中午我们离开的时候,萧何老人说,让我们下次再去。"

"看来，他知道的还有很多。"

不知道为什么，虽然还无法确定萧何老人的话中有几分真假，但我和导演却愿意相信他与这段往事有关，他看似语无伦次，却有一个让人不得不信服的"王牌"，他知道黄之远。

我和导演都等着他下次的邀请。

可是，这个"下次"却迟迟没有到来，我打电话给老李，询问萧何老人的情况，老李说自从上次我们离开后，老人好像失了魂似的，整天沉默不语，他茶不思饭不想，连南后街上他最爱的小吃都不愿意吃了，还以为他生病了，但他却说没有任何不适，就是不想出门。他整日在院子里坐着，喝茶，发呆，打盹，陪伴他的只有那口鱼缸。有一次，他抱着鱼缸在躺椅上睡了好长时间，叫他也不醒，照顾他的阿姨甚至以为，老人是不是就这么走了，阿姨试图拿走他手里的鱼缸，谁知刚一碰到鱼缸，老人就惊醒过来，身子倒是没有动换，只是突然睁开眼睛，那瞬间的眼神凌厉中带着点惊慌，阿姨甚至被她吓了一跳，等他的意识完全转醒过来之后，眼神才温和下来，温和中又带着点失落。

这愈发让我和导演坚信，在萧何老人身上，一定能牵扯出什么来。

6

在集珍堂待了一个礼拜，意外中来到曾外公外婆曾经住过的南后街，董家恒却也只是在店里帮忙，并不曾仔细将南后街走一遍，外婆交代的事，他一直放在心上。咖啡馆的装修接近尾声，他也不像之前那么忙了，趁着这段间隙，他抽出一天时间，打算好好逛逛南后街。

他从南后街靠近杨桥路的这头开始，像一个初来乍到的游客，对街道两边的商铺、坊巷一一驻足。街道两边的店铺多是福州特产，从吃的到用的应有尽有，纸伞、牛角梳、脱胎漆器，是"福州三宝"，寿山石、茉莉花茶是福州独有，美且有和百饼园的糕点、鼎鼎和立日有的肉松、永和鱼丸、同利肉燕，是福州老字号，还有鼎边糊花生汤八宝饭拌面扁肉捞化粉干，一条南后街，几乎包揽了福州本地的所有特色。这些要都尝一遍买一遍，董家恒可要撑破肚皮了，于是他买了些糕点肉松，又挑了两把牛角梳、两个脱胎器，打算带回去与陆凡分享。

南后街加上两边的坊巷逛下来，一个上午便过去了，不停歇地走了一早上，董家恒早已饥肠辘辘，想着去哪里解决午饭，正好走到了澳门路，在澳门河边看见一个招牌，七星楼，猛然想起，唐庆庆曾经跟他提起过这儿，说这里能吃到比较正宗且品种齐全的福州小吃，没有犹豫，董家恒进了七星楼。

　　七星楼位于澳门河边的一条小路上，与澳门河仅几步之遥，是一个两层楼的小食铺。走进店内，左手边是整整一排贯穿了整家店的明档窗口，每个窗口后都站着一个掌勺的厨师，为食客提供各种福州小吃，鱼丸肉燕锅边炒粉鲜捞炖罐，油条虾酥三角糕马蹄糕豆芽煎饼海蛎煎，这里的福州小吃，比董家恒这段时间以来见过的吃过的还要多，原来平时街边小吃店常见到的那些只是冰山一角啊，这家店才真的是无所不有。

　　董家恒瞬间被这色香味调动起了胃口，他恨不得自己是个大胃王，真想每样都来一份，一样接着一样通通下肚，无奈胃容量有限，他只能艰难地挑出一两样填饱肚子，剩下的等以后有机会再来尝。锅边油条拌面扁肉他吃过不少，这些经常是他和陆凡的早餐，福州有鱼丸肉燕，台湾也有各种丸子和云吞，差别应该不大，最后，他在一个煮捞化的窗口前停了下来。

　　捞化是福州的传统小吃之一，师傅将食客点的或米粉或面条下进泡在沸水中的捞勺，然后在另外一锅同样泡着捞勺的沸水里，下配料，鸭胗鸭血花蛤，大肠小肠罗汉肉，猪肺猪肝牛百叶，春菜空心菜上海青，根据个人喜好随意搭配，最后再将粉和配菜倒进用筒骨熬制的高汤里，撒上葱花，一碗捞化就可以被端上桌了。虽然根据个人的搭配，每碗捞化的价格和配料都不尽相同，但那口热乎的高汤才是一碗捞化的精髓所在，当一碗捞化摆在面前，当地人总是习惯先喝一口汤，暖了胃，打开了味蕾，也确定了"嗯，就是这个味道"，然后才将碗里的食物送入嘴中。

玻璃窗后面，一碗捞化上桌前的整个过程被看得清清楚楚，厨房里的热气在店内蒸腾，厨师的脸上似乎都氤氲着一团蒸汽，这蒸汽甚至飘到了玻璃窗外，连带着窗外点餐或等候的食客也被蒸汽缭绕。

正是午饭时间，店内生意火爆，座无虚席，很多人甚至拼桌用餐，点完餐后，董家恒在店内搜寻座位，发现一张两人桌边坐着一位大哥，桌上只摆了一副餐具，看起来也是单独用餐的样子，便走过去询问。

"请问这里有人吗？"

大哥没说话，只是伸手示意他可以坐下。刚才董家恒看见大哥坐在这儿，双手环抱在胸前，眼睛看着店内来往的食客和忙碌的店员，一副悠然自在的样子，他面对面坐下后，感觉大哥会不会有些不自在，为打破尴尬，他试图寻找话题："这家店生意可真好。"

大哥一听他这口音，问道："来旅游的？听你口音，是台湾同胞吧？"

"大哥真是厉害，我就是从台湾来的，不过不是来旅游，是来工作的。"

"哦，这几年台湾人来大陆工作的很多，大陆发展越来越好了，给台湾同胞提供的待遇也好。"

"大哥还挺了解嘛。"

117

"我女儿就有很多台湾同事，稍微知道一点。"

聊了几句，董家恒发现这位大哥还挺健谈，虽然看上去不苟言笑，但说话的语气和态度还是很和蔼可亲的，是个好交流的人，这让他放松不少。

"我在附近刚办完事，顺路经过这儿，这家店朋友向我推荐过，就想进来尝尝，没想到人这么多。"

"你那朋友是福州人吧？七星楼可是相当有名的小吃店，老福州几乎没有人不知道的，味道也很地道，你真是来对了。"大哥竟说得有点激动，对这家店简直赞不绝口。

"这家店还是老字号？应该很有历史了吧？"

"在我小时候就有咯，你说有没有历史吧。"

董家恒判断，大哥差不多五十来岁的样子，如果这家店在他小时候就存在，那可不得有将近半个世纪了。"这么看来，也是家族品牌了吧。"

"是呀，听我老父亲说，这家店到现在已经传到第三代了。"大哥说着指向明档后面一位正和厨师交流的中年人，"就穿黑衣服的那位，看到了吗，他就是家族第三代继承人。"董家恒朝厨房看去，此人年纪看起来和大哥一般大。

"这么多年，这家店一直开在这里吗？"

"这个店面是前几年才搬过来的，最早的店面在花巷。你知道花巷吗？就离这儿不远。"

董家恒一听花巷，以为是三坊七巷其中之一，还纳闷怎么没有在南后街见过这个巷，大哥讲了具体位置后才知道，原来花巷与三坊七巷无关，只是一条普通的巷子名称而已。

大哥接着说："这几年，福州开始大修地铁，你看现在满大街的都是施工围挡，这店就是因为修地铁才搬迁的。现在老板又在南后街盘了个大店面，据说要重装升级，也很令人期待啊。"

正说着，桌上的电子餐牌响了，是大哥的，他拿着餐牌走到明档前，端了碗捞化过来，董家恒一看，"这么巧，我也点的捞化。"

"哦，你也喜欢吃捞化？"

"从来没吃过，锅边拌面早餐经常吃，今天就想尝尝捞化。"

刚说完，董家恒的餐牌也响了，捞化端过来，发现大哥趁他端捞化的时候，帮他拿了餐具和调味碟，董家恒一惊，没想到大哥这么热情，随即表示感谢。只见大哥拿起桌上写着"虾油"的调味罐，倒进两个碟子里，又从碗里夹起一块猪肺，蘸了蘸虾油，放进嘴里，一脸满足。

"你尝尝。"大哥让董家恒学着他的方法吃捞化里的配料。

董家恒夹起一块罗汉肉，蘸了虾油，吃进嘴里，粗粗咀嚼几下，皱了皱眉。

看董家恒的表情，大哥知道他是吃不习惯的，他解释道："怎么样，吃不来吧？虾油是福州特有的一种调味料，不但可以同来当蘸料，也可以在炒菜时当作调味料，吃捞化时用虾油来蘸里面的配料，是最地道的吃法。"

董家恒咽下罗汉肉，有些不适应，但可以接受。

"慢慢来嘛。虾油味就是老福州的味道，等你哪天吃惯了它，你也可以说自己是半个福州人咯。"

"对了小伙子，你怎么会从台湾来福州的？是工作？"

"算是吧，不过是为自己打工，开咖啡馆。"

"哦，自主创业啊，这个好的，现在福州出了很多扶持台湾创业者的政策，你赶上了好时候。是一个人来的？"

"和我一个好朋友一起来的，我的一个高中同学在福州开奶茶店，生意很不错，我便想着也来试一试。"

"现在的年轻人啊，就喜欢什么奶茶咖啡各种冷饮，做这个，不怕没生意。初来乍到福州，还习惯吧？其实台湾和福州就隔着个海峡，很多台湾人祖上也都是从福建过去的嘛，相通的地方还是很多的，你应该很快就能适应的。"

"其实，我曾外公外婆就是福州人。"大哥如此好客，让人不忍有一丝戒备，董家恒也打开了话匣子，家族的事，就这么随口而出了。

"哦？"大哥惊讶，"这么说，你就是半个福州人咯。这是你第一次到福州？"

"这是我第一次到福州，不仅为了创业，也为了寻亲，这是我外婆的心愿。"

大哥若有所思地点点头："这么说，你在福州没有亲属

120

了吧，寻亲可有线索？"

"曾外公外婆有留下几件旧物，还有听我外婆说的关于他们的经历，他们以前就住在南后街的。"

"那你曾祖肯定是大户人家，南后街向来文人商贾汇聚啊。"

"他们的确是大户人家的少爷和小姐，不过两人在一起却是私订终身，而且在国外生活了多年，故乡的人和事，能联系起来的已经不多了。"董家恒的表情有些暗淡下来，"我也担心能不能帮外婆完成心愿。"

大哥看出了他的忧虑，安慰鼓励道："唉，想那么多做什么，你尽管去做就好了，寻亲可不是件容易的事，再加上你还要创业，我想你外婆肯定会理解你的。"

"是啊，我从小跟着外婆长大，她最了解我了，我决定来福州创业，也是她鼓励的，所以，我更不能让她失望了。"

说话间，两人捞化也吃得差不多了，大哥的手机响了起来。

"哦……哦哦，哎哟我差点忘了，马上来马上来，等我一会儿啦。"

大哥挂了电话道："你看，和你聊天聊过头了，我都忘了约了朋友打麻将，我得先走了，你慢慢吃。"然后赶紧把剩下的捞化几口扒拉完，又抱起碗大口喝了几口汤，最后满足地"哈"出一声长气。

大哥一边拿纸巾擦嘴，一边爽快道："今天和你聊天很开心，看来我们很投缘呐。加个微信吧，你以后在福州有什么需要帮助的，尽管找我，或者你想吃正宗的福州小吃，我可以给你介绍，我对吃可是有研究呢。"

没想到这位大哥这么热情，董家恒也觉得受宠若惊，他也拿出手机，两人互加了微信。

大哥又问道："对了小伙子，聊了这么多，还不知道你叫什么名字。"

"我叫董家恒。"

"我叫林建明，那你就是小董，我就是老林啦。"说罢，林大哥爽朗大笑，又看了眼时间，才急匆匆地赴他的麻将约去了。

董家恒环顾店内，原本坐得满满当当的店铺，透过明档他发现，刚刚还大勺不离手的厨师们，现在都靠在一旁休息，偶尔有食客来点餐，才挪挪身子，为食客打一碗温热的食物，而刚才林大哥说的那位七星楼的老板，看年纪，应该与林大哥差不多，五十岁上下，此时正坐在一张餐桌边，桌上一杯还冒着热气的茶，他时不时看看档口，又时不时看看来往进出的食客，淡定得像是一个旁观者，不知情的或许会认为他也不过是食客罢了。

董家恒想起刚才林大哥说的，七星楼将在南后街升级一个新的店面，一个老字号开在南后街，再合适不过了，古老的街道，古老的招牌，连这味道都是古老的福州味，董家恒觉得自己似乎已经开始融入福州的一部分了，说融入，是因为对福州而言，他是个初来乍到的陌生人，可又一转念，他的曾祖本就是福州人，作为福州人的后代，说是回归似乎也没有什么不合适的了。

带着外婆的心愿，董家恒从一个故乡回到另一个故乡，他也期盼着，带外婆回归的那天能早日到来。

7

一天，唐庆庆给我打电话，说董家恒的咖啡馆开业了，邀请我和黄梓榆导演前去光顾。我询问导演，他欣然同意。

咖啡馆位于一个创意园区，整个园区文化氛围浓厚，陈设的雕塑、点缀的花植，都颇具艺术感。轻食店、甜品店、花店、书店、照相馆林立，颇具文艺小资的腔调。董家恒的咖啡馆位于园区较靠近里面的位置，十分不显眼，我和导演找了一圈才找到，与印象中新店开业时门口铺着红毯花团锦簇不同，这家小咖啡馆的开业却不动声色，没有红毯没有花篮没有一群亲友围在门口人头攒动，甚至连"开业大吉"的字幅也没有，从门口走过，甚至都看不出是一家刚开业的新店。我和导演走进店里，发现里面总共就三个人，董家恒、唐庆庆和另外一个叫陆凡的年轻人，据说也是老板。一家新店开业，两位老板加上三位食客，只有五个人，也是相当冷清低调了。

123

"我们刚到福州不久，没什么朋友，唯一熟悉的就只有几位了，谢谢大家今天捧场。"几个人围坐在吧台边，董家恒为大家做手冲咖啡。

"要我说，你们算是运气好的了，来之前有阿斌帮忙，来之后有我帮忙。"唐庆庆说着故作得意地翻了个白眼，"不然的话，这咖啡馆不知道什么时候才开得起来呢。"

"是啦是啦，多亏了我们的庆庆大美女，你就是我们的大恩人呐。"陆凡配合着唐庆庆的邀功论赏，把一杯咖啡端到她面前："这第一杯咖啡先给你，谢过恩公啦。"

唐庆庆向我和导演简单解释了董家恒来福州创业的来龙去脉："这几年从台湾到大陆创业的年轻人越来越多，黄导，其实这是一个很好的题材，你也可以考虑拍一拍嘛。"

导演说："我看你们旁边有一个'台湾青年创业联合会'，就是专门为在福州创业的台湾人服务的吧。"

唐庆庆说："对啊，我就在里面做兼职，有空就过来帮帮忙，不然也不会认识阿斌了。"

导演问："你不仅雕寿山石，还在这里做兼职？业务范围挺广嘛。"

唐庆庆说："其实是我外婆，她认识很多在福州的台商，当时联合会刚成立的时候，正好缺人，那会儿我上大三，暑假在家闲着也是闲着，就过来帮忙，时间长了，大家都认识我了，我对联合会的一些事务也比较熟悉，所以就留下来咯，反正我也不可能整天待在店里刻石头，出来换换脑子，还能赚点外快。"

听到她说外婆认识很多台商，大家都很惊讶，一个雕刻寿山石的福州老太太，怎么还和台商有往来。唐庆庆说，很多台湾人，其实他们的根都在大陆，很多台商在大陆做生意之余，都来大陆寻祖，他们中有些人的家族是有族谱记载的，这些人回来主要是为了了解祖辈的历史或祭祖，而还有些人，就像黄梓榆导演一样，只听长辈说过他们到台湾前在大陆的生活，到了台湾后，就和大陆的亲友失去了联系，为了完成长辈的心愿也好，为了追溯家族的根基也罢，这些人也都想追寻家族的历史。而外婆作为一个资历颇深的老福州文化研究者，自然能给这些人带来些帮助，所以，除了在本地文化界，外婆在台商当中也具有一定知名度，如果有台商想了解祖辈那个时代福州的文化历史，或者想对那个年代的人事物进行考证，都会找上门来寻求帮助。

陆凡感叹："原来你的外婆还有这样一个身份，真是佩服佩服。"

董家恒知道唐庆庆的外婆对老福州文化如数家珍，很多到福州寻亲的台湾人都向她寻求帮助，这令他很是吃惊，他自己不就是到大陆寻亲的台湾人吗，原来唐庆庆的外婆是专门为像他这样的人提供线索和资料的，这么说来，也许她可以帮助自己也说不定。

没有人知道他来福州的另一个"私心"，所以当大家都对唐庆庆的外婆表示惊讶赞叹的时候，只有董家恒的惊讶里带着几分思索和期待。

唐庆庆又问："对了，黄导的事情，进展怎么样了？"

导演说："自从上次见面之后，就再也没收到萧何老人的消息了。管委会的老李说，我们走后的几天，萧老性情大变，也不知道这几天怎么样了。"

唐庆庆说："我也好久没在南后街看到他了，他该不会……"

我和导演知道唐庆庆的意思，但按照老李的说法，应该是不可能的，而且我和导演觉得，没把事情交代清楚，萧老也是不舍得离开的吧。

陆凡和董家恒听得一头雾水，什么萧老什么南后街，唐庆庆又简单地把事情解释了一遍："黄导来福州不仅是为了拍电影，也是为了帮他过世的爷爷寻找当年遗落在南后街的一块寿山石，只可惜，到现在还一点进展也没有，连我外婆都帮不上什么忙。"

听了唐庆庆的解释，董家恒又是一惊，原来黄梓榆导演的爷爷也是从福州到台湾的，不过，他怎么也有一块寿山石。董家恒看着黄梓榆导演，两人年纪差了至少一轮，但没想到来福州都为了一个同样的目的，这么说来，导演的爷爷和自己的曾外公外婆应该是同一代人，而且还都是福州人，这可真是太巧了。不过，董家恒并没有把这些都说出来，他不想一下子让大家都知道这件事，他盘算着，找个时间先去一趟集珍堂，看看秦老太太是否知道些什么。

咖啡馆开了半个多月，生意不温不火，好的时候一天可以卖三十几杯咖啡，差的时候一杯都卖不出去。这些生意大多来自创意园区里的上班族，有外带也有堂食，小部分是来园区闲逛或办事的，这些人在店里坐的时间更长些，有的三五成群，点的餐食也更多些。不过，由于手冲咖啡需要等待的时间较长，董家恒的咖啡馆生意不如园区里其他咖啡馆的好，门前也冷清许多。

店里闲下来的时候，陆凡便跟董家恒学习冲咖啡，陆凡对手冲咖啡并非一无所知，毕竟也是骨灰级的咖啡爱好者了，只不过与董家恒这个专业人士相比，技术当然要逊色一点，目前他们暂时还请不起其他咖啡师，光靠董家恒一个人人手又不够，所以两个人只能又当老板又当员工。

在开业那天，大家都离开后，董家恒告诉了陆凡来福州帮曾外公外婆寻亲的事，陆凡听后的第一反应是想到了黄梓榆导演，他觉得董家恒和导演的家族经历也太雷同了吧，难不成两家真有什么关系。这个想法虽然有在董家恒的脑海中闪现过，不过下一秒就被自己否定了，这种轻而易举的巧合是不可能发生在自己身上的。看了董家恒随身带到福州的寿山石和照片，陆凡兴奋得像是正经历一场传奇故事，他盼望董家恒早日揭开这传奇的"谜底"。

一天下午，眼看着咖啡馆也没什么客人，董家恒就想去趟集珍堂，找唐庆庆。他先打了个电话，确认唐庆庆在店里，便约好一个小时后见，咖啡馆就交给陆凡一个人打理。

"你一个人能搞定？"经过半个多月的学习，董家恒觉得陆凡已经勉强能独当一面了。

"你就放心吧，我这手艺已经可以出师了。"陆凡催促董家恒赶紧走，他也无比希望董家恒的事情能有所进展。

再三确认无误后，董家恒便前往南后街，光禄坊6号的集珍堂。

集珍堂照样忙碌，秦老太太又是选石又是相石，虽然她年事已高，店里也雇了两位店员，但很多事老太太还是亲力亲为，忙惯了，让她闲下来还真不自在。董家恒和老太太打了声招呼，便和唐庆庆到茶水室了。

"董大老板今天怎么有空出来，咖啡馆不忙吗？"唐庆庆从吧台端来两杯花茶和两块点心。

"要是有你这集珍堂的一半生意就好咯。"董家恒羡慕道。

"会有的会有的，你这不才刚开始嘛，生意会慢慢多起来的。"唐庆庆安慰了他一番，"你还没说今天来找我有什么事呢，是不是咖啡馆遇到什么问题了？"

"和咖啡馆没关系，我今天来找你，是我自己的事。"

董家恒喝了口茶，顿了顿，开始说道："其实我这次来福州，除了开咖啡馆之外，还有一件事，是帮我的外婆寻亲。"

128

唐庆庆脸上瞬间挂上了惊讶的表情，这是董家恒早能预见的，毕竟前有黄梓榆导演，现在又多了一个自己，同时有两个台湾人都为了祖辈前来寻求帮助，这种巧合不能不让人吃惊。

董家恒接着说道："确切地说，应该是我的曾外公曾外婆，他们留下了几件遗物，外婆虽然没有来过福州，但毕竟这里才是父辈的故乡，年纪大了，落叶归根这种想法，外婆是越来越强烈了。"

"咖啡馆开业那天，我听黄梓榆导演说了他们家族的故事，他也是来福州帮爷爷寻根，听到说他特地找你的外婆帮忙，外婆又对福州文化特别有研究，我就想着，也许能从外婆这儿了解点什么。"

"我觉得有一件事特别巧，那天黄梓榆导演说到有一块寿山石，我外婆也有一块寿山石，只不过是碎成一半的，另一半也不知道在哪里。寿山石是福州特产，我想，既然导演和我的祖辈都来自福州，都遗留下寿山石传家，也不足为奇了吧。"

董家恒说完，唐庆庆愣了愣，好像是给自己足够时间消化刚刚听到的一切，足足有半分钟，她才缓缓开口："天哪，我这一个多月算是把这辈子的离奇故事都听够了，来福州寻亲的台湾人我见得多了，我外婆更是见怪不怪，但像你们这样的，我还是第一次见，仅凭几件遗物，又是石头又是井的，其他线索毫无头绪，你们这哪是找人呀，简直是探案嘛！"

"对了，还有件事忘了说，我外婆说曾外公经常提起一个叫'依海'的人，但又没说是什么人，干什么的，也不知道这个能不能算是一个线索。"

唐庆庆问："你是说，那个人的名字就叫依海？"

董家恒一头雾水，不明白这算是个什么问题，他疑惑着该如何回答。

唐庆庆接着道："你可能不知道，我们福州人啊，喜欢用'依'来称呼人，像依伯依姆，就是老头老太太，依爸依妈，爸爸妈妈，依哥依姐，依弟依妹，这是用作人称的。还有用作人名的，比如，你叫董家恒，那么大家就会叫你依恒，陆凡就是依凡。"

董家恒听得一脸蒙，倒不是因为听不懂，这其实很好懂，而是一下子听了太多"依"，是脑子有点蒙了。唐庆庆看他一副被绕晕的呆滞神情，不禁觉得好笑，"咯咯"笑了两声，又立马正色。"所以，你明白我的意思了吗？也就是说，你曾外公所说的这个人，有可能就叫依海，而还有一种可能，他名字里带'海'字，人家称呼他为'依海'而已，比较亲切嘛。"

"不过，不管你的这个'依海'是哪种情况，仅凭一个名字就要找跟他有关的线索，简直就是不可能嘛。"

董家恒问："这么说，我想找到与曾外公当年有关的人事物，希望比较渺小咯？"

唐庆庆说:"除了一个'依海'和寿山石,就没有别的了?"

董家恒说:"还有几张老照片,是当年曾外公外婆随身携带的。"

两人正聊着,秦老太太进来了,她刚帮两位熟客选了几块石头,见董家恒还没离开,就进来打个招呼。

唐庆庆说:"外婆,我们正需要你呢。"

秦老太太从吧台倒了杯茶,过来坐下,脸上是疑问的表情。

唐庆庆接着说:"你说巧不巧,你猜家恒从台湾来福州,除了开咖啡馆,还想做什么?"

秦老太太打趣道:"还想做什么?不会想学寿山石雕刻吧?"

这话把大家逗笑了,唐庆庆说:"他也是来福州帮祖辈寻根的。"然后她又转向董家恒:"把你家族的事,仔细跟外婆说说,没准还真能帮上忙。"

董家恒又将刚刚跟唐庆庆说的话说了一遍,然后拿出手机,曾外公外婆留下的东西都是遗物,不方便随身携带,他就拍了照片存在手机里,他将手机里这几样东西的照片展示给秦老太太。

秦老太太戴上挂在脖前的老花镜,仔细地观察着每一张照片,尤其是那张寿山石的照片,她的目光在上面停留了很久,她将照片放大,观察石头上的每一个细节,甚至破碎边缘参差不齐的纹路。良久，她摘下眼镜，抬起头，双眼微微眯起，不能确定，是看照片看得眼镜有些疲惫了，还是这照片让她想起了更加久远的事。

等待了一个多礼拜，我终于接到了老李的电话，他说萧何老人这些天情绪好了很多，又开始在南后街上活动了，他一直惦记着，让我们有时间再过去听他讲故事。听到萧何老人让我们去，我并没有多么意外，因为这是我和导演早就预料到的，重要的事，不为人知的事，老人还没交代清楚呢，怎么可能轻易让这些事尘封在他记忆里，和我们见面是迟早的，只是时间问题。我赶紧给导演打电话，约好第二天去萧老的院子里。

第二天一早，我、导演、老李，又走进萧何老人的院门。院子中央，老人抱着鱼缸，缓缓晃动摇椅，旁边的石桌上，一壶茶和四个茶杯，还有花生糕芝麻糕猪油糕，花生酥核桃酥琪玛酥，林林总总摆满了福州的传统糕点，还有两样，牛轧糖和凤梨酥，这两样是老人特地让照顾他的阿姨去买的，说要招待从台湾来的客人。

一样的时间一样的场景一样的目的，一切都与上次来时一样，唯一不同的是，老人的神情比上次更加安逸，状态比上次更加悠哉，对我们的到来比上次更加期待，好像一个他苦苦守护的秘密终于要揭开面纱，揭开了，他也就轻松而无遗憾了。

第四章　1936 一封信的烦恼

1

第二天，薛耀邦起了个大早，早餐才刚端上桌，一根油条一块油饼一碗锅边，他就迫不及待地吃了起来。母亲见状，嗔怪道："慢点慢点，小心烫了嘴！"

薛耀邦说："虽然在学校每天吃的也都是这些，可吃来吃去，还是我们南后街上小摊贩的锅边油条最好吃最地道。"

其实母亲平时都是自己做早餐的，熬点粥，就点小菜，最多再上街边买点油条虾酥，蘸着酱油配稀饭，也是美味。薛耀邦好不容易回来一趟，他最爱吃南后街上的早点，母亲就每天早上不重样地给他买，让他在回学校前吃个够。

母亲说："喜欢你就多吃点，下次回来又得好几个月了。"

正说着，薛秀秀也过来了，她两眼惺忪，还没睡够的样子，她往桌前凑了凑，看到满满一大桌好吃的，抗议道："妈，你可真够偏心的，哥一回来你就变着花样给他买各种好吃的，平时我怎么没这种待遇呀！"说完，抓起一根油条吃了起来。

母亲轻轻拍了拍她的手，怪道："哎哟，女孩子家家的，吃东西怎么这么不讲究，不是有筷子嘛！"

薛秀秀嚼着油条，满足而享受地笑了笑，然后才坐下，正经吃起早餐来。她看了看四周，突然想起来："对了，爸呢？他平时可是最早起的呀。"

母亲说："昨晚看医书看到半夜，这会儿还睡着呢。"

"耀邦，昨晚你和少君赏灯赏得如何？"母亲突然来了兴致，好像一早上就为了等这个话题。

一听到这话，薛耀邦和薛秀秀都停下了手中的筷子，动作虽一致，可两人的心思却大不相同。哥哥想，昨晚压根就没和荣少君一起赏灯，连话都没说几句，这会儿该怎么回复母亲，才能既让她满意又不至于让她误会两人的关系正迅速发展；妹妹想，可不能让大家知道少君和黄之远的事，如果哥哥问起昨晚见面前她和少君去了哪里，该怎么回答？薛秀秀的担心也许是多余的，因为薛耀邦这个当事人比她更担心，他得赶紧编排个理由。

"昨天晚上的灯市很好看，花样也是多样新奇，少君也很喜欢，只不过许是我太久没回来了，一开始两人还有点生疏，后来我向她详细说了说大学里的学业和生活，和秀秀一样，她也对大学校园十分感兴趣，这才慢慢熟络起来。"

母亲听了很高兴，一脸喜悦道："那就好那就好，能聊得到一块儿是再好不过的了。趁着这段时间放假在家，你要和少君多相处，下次回来又得好长时间呢。"

薛耀邦顺从道："知道了妈。"然后又不紧不慢地吃起了锅边。

听了两人的对话，薛秀秀先是稍稍放了心，接着又满脑子疑惑，放心是因为哥哥没有刨根问底，把昨晚的情况一五一十地询问告知，惊讶的是，他居然把话编排得如此完美，不留丝毫破绽，就像真的一样，把母亲都骗过去了。不过，哥哥为什么要撒谎呢，难道仅仅是因为他昨晚没按照母亲的计划执行，担心母亲失望？可哥哥向来是有主见的人，不会轻易被他人左右自己的想法，虽然哥哥平时对父母也都十分孝顺听从，但如果有什么是他不愿意顺从的，只有一种可能，那就是他真的不愿意。这么说来，即使是母亲特地交代让他和少君相处，他既没有做到又编个谎话来应付，难道是因为……薛秀秀不敢往下想，虽然如果真的如她所想，对少君是个天大的好消息，可对两家的关系却是不利的。一边是自己的好姐妹，一边是自己的好哥哥，她当然希望两人都能获得想要的快乐和幸福，可如果要他们做出不能如己所愿的决定，这种无奈和痛苦是她不愿意看到的。

哥哥的真实想法到底是怎样的，即使两人不相爱，也必须遵循父母之命媒妁之言而成亲吗？薛秀秀思考得投入，连东西都忘了吃，还是母亲提醒了一句，她才回过神来，故作轻松地咬了一口油条："今天的油条炸得不够脆，不香呢。"

饭后，薛秀秀正在厅里坐着，无所事事，看见薛耀邦穿戴整齐要出门，便问道："哥，你这是要去哪儿？"

薛耀邦说："我一个同学最近迷上了摄影，说趁着中秋要来拍点灯市的照片，顺便也逛逛南后街，让我领着他到处转转。"

薛秀秀本以为哥哥是要去找少君呢，听他这么一说，她倒是来了兴趣，街上照相馆是有不少，可自己有照相机的人可不多，她倒想见识见识，于是说："我能跟你一块儿去吗，反正我待着也没事。"

薛耀邦说："怎么不可以，我们走吧。"

薛秀秀高兴得直拍手叫好："我去换身衣服，马上就来。"说着一路小跑回了房间。

薛耀邦的这位同学姓赵，是他协和大学同窗，也是舍友，他的父亲三兄弟在福州上下杭办食品厂，产品销售全省甚至东南亚，因此整个家族在福州城内也算是财力雄厚的大家族了。上个月，他在南洋经商的舅舅给他带回来一台徕卡相机，一放假，他就迫不及待地想出来试试。南后街算是福州最热闹的地方之一，又遇上中秋灯市，再加上有薛耀邦这个同学住在这儿，赵同学便想趁这个机会把南后街好好看看。

两人约好在南后街靠近澳门路的那头碰面。薛耀邦和薛秀秀走到澳门路，并没有看见同学的身影，薛耀邦掏出怀表看看，正好是他们约定的九点钟，赵同学家离这儿不算近，迟到一会儿也是可以理解的。

兄妹俩站在河边，有一句没一句地聊天，这时，薛秀秀看见一个背着相机的年轻人，她指着问道："哥，你看，那个人是你同学吗？"

薛耀邦朝薛秀秀指着的方向定睛一看，果不其然，还真是他。只见赵同学蹲在小石桥边，举着相机对着一个正坐在家门口，手上不知正做着什么的年轻人拍照。兄妹俩朝着同学的方向走去。

走到赵同学身边时，他正聚精会神地构图拍照，薛耀邦没有打扰他，等他按下快门，这才发觉身边站着人，他抬头一看，惊喜道："你怎么知道我在这儿？"

薛耀邦说："我在河边等你半天，你自己倒是先玩儿起来了。"

赵同学说："真是不好意思，其实我早就到了，看时间还早，就自己先逛逛，看到这位年轻人正扎花灯，觉得有趣，便过来看看，没想到拍得太入迷，耽误了时间。"

哥哥和赵同学轻松地交谈，一旁的薛秀秀可轻松不起

来，因为眼前扎花灯的这位年轻人正是黄之远。两人发现
对方的第一反应都是有些意外且不知所措，黄之远和荣少
君的事只有他们三人知道，而薛秀秀又怎么会认识一个扎
花灯的年轻人呢，所以，她只能假装是陌生人。而黄之远，
撇开荣少君不说，中和堂的薛少爷薛小姐在南后街谁不认
识，南后街附近的人家但凡有个头疼脑热的，都愿意上中
和堂看病，薛家的两个孩子可以说是大家看着长大的，要
装作不认识，倒是让人觉得奇怪了。

黄之远只能和他们打招呼："是中和堂的薛少爷薛小
姐，你们好。"

薛耀邦说："别叫什么少爷小姐的，大家都住在南后
街，都是邻居嘛。这位是我的大学同学，摄影爱好者，来
南后街拍照。"

黄之远谦虚道："我一个小学徒，有什么可拍的嘛，要
拍就拍南后街上的花灯，那些才是上乘的艺术品，我做的
这些都是废品。"

大家看到一地的竹篾、铁丝、宣纸等制作花灯的材料，
有几个已经编好的框架，几个编了一半的，还有宣纸剪裁
出的各种形状，应该是用来糊在竹框架上的。薛耀邦问：
"这灯市都已经结束了，怎么还扎花灯呢？"

黄之远说："我们家只有我父亲是花灯师傅，我还只
是个学徒，还没做出个满意的花灯呢，这些是我用来练
手的。"

赵同学说:"灯市结束了,花灯师傅都休息了,要不是你在这儿练习,我还拍不到这么难得的照片呢。大家只看到花灯,却很难看到花灯制作的过程,我就把这个过程记录下来,我觉得这些照片很有意义。"

黄之远挠挠头,他不明白,这么烦琐枯燥的工序,一个个还未完成的拿不出手的半成品,在这个背着相机的学生眼里,怎么就成了有意义的了,他不好意思地笑了笑,不知道该说些什么。

在这里耽搁了好些时间,再不走,午饭之前可逛不完南后街,三人便向黄之远告辞。正准备离开,薛耀邦看见那一地的材料之中有一个制作了一半的花灯十分眼熟,那是一只兔子,虽然这个花灯看起来并不复杂,可兔子的姿态和眼神却十分灵动,唯一可惜的是,兔子的耳朵似乎不太对称,也许就因为这个小小的瑕疵,它就只能成为废品了吧。

三人离开黄之远家,朝南后街走去。刚走没多远,竟遇见了荣少君,是薛秀秀先看见她的。

"少君,你这是去哪儿?"薛秀秀上前问道。

荣少君见到三人也很是意外,但她不能如实告诉好姐妹自己来这里的原因,看荣少君的表情有些为难,薛秀秀猜到了几分。她应该是来找黄之远的。

"早餐吃多了,出来转转。"

"我哥哥的同学来南后街拍照,我跟着玩玩,时间紧迫，我们先走了，你慢慢转吧。"薛秀秀不想耽误荣少君和黄之远见面，几句话就打发大家离开，也省得哥哥起疑心。

不过，薛耀邦确实在心里多想了一点，妹妹和荣少君可是形影不离的好姐妹，就差绑在一起了，今天是怎么了，一个独自一人散步消食，一个竟和他这个哥哥一起逛起街来，即使在街上偶遇，也就三两句话道别了，这可不像是好姐妹间的相处方式。

三人和荣少君匆匆告别，刚走几步，突然一个刹那，薛耀邦的脑海里闪现出一个画面，刚才看到的那个兔子花灯，不就是昨天晚上荣少君拿在手上的那个吗？

2

南后街上的中秋灯市，一般要持续好几个晚上，虽然现在是大白天，没有了夜晚亮灯后的流光溢彩、光影浮动，花灯要显得逊色不少，但还是能从花灯多样的形态和精美的工艺一窥灯市盛况。赵同学拿着相机，恨不得将每个花灯都仔细拍下来，把花灯师傅们的奇思妙想和巧夺天工都记录在影像之中。

"南后街上的灯市果然名不虚传，只可惜我今天带的胶卷不够，不能拍的尽兴咯。"一路上，赵同学对灯市啧啧称赞。

薛耀邦陪着赵同学赏花灯，同学一边拍照，他一边解释花灯形态所呈现出的寓意，薛秀秀昨天晚上和荣少君已经将灯市看了个遍了，本就是闲着无事跟着哥哥出来逛逛，没想到这位赵同学竟能将花灯研究得如此仔细，她不免感到有些无聊。薛秀秀无所事事地左顾右盼，却无意中望见了对面街的两个熟悉面孔，一位穿着长衫的少年，身后跟着一个穿着白色西装的少年。两人手里各抱着一个牛皮纸袋，应该是刚买完东西，长衫少年走得稳当，而身后的西装少年却步伐夸张，时而大大叉开双腿，像一只大猩猩，时而又扭臀摆腰像一个张扬的少妇，时而甚至直接走到了长衫少年的身边，对着长衫少年挤眉弄眼扮鬼脸，而无论西装少年如何挑逗嘲弄，长衫少年都不紧不慢地走着，两耳不闻身边事，淡定得像尊菩萨。

不用猜，那长衫少年是聚成轩的荣叔夏，而西装少年便是少君那整日没个正形的哥哥荣少康了。

今早，荣叔夏饭后在书房练了一个小时的字，出来院子里透透气舒展舒展筋骨，遇上正打算出门的母亲，母亲说要去百饼园买些糕点回来，父亲晚上看书看得晚，总喜欢吃点百饼园的糕点做点心。反正也要活动活动，荣叔夏便帮母亲出门买糕点。经过荣安堂门口，正坐在店里百无聊赖昏昏欲睡的荣少康，看到这戴着眼镜穿着长衫的身影，顿时来了精神，他告诉正在裱画的父亲说去找同学，还没等父亲答应，一溜烟便没影了。

荣少康一路尾随荣叔夏，看看他到底要去哪里做些什么，平时除了上下学，难得见着荣叔夏出现在这南后街上，除了上学堂，他不是待在店里帮忙照看生意，就是躲在书房里读书写字。真是稀奇，这书呆子今天居然出门了，我可要好好看看到底是什么事能把他从家里拽出来。荣少康好奇又期待地悄悄跟着，脑瓜子里不断搜刮着整人的把戏。

见荣叔夏进了百饼园，荣少康还有点小失望，原来只是来买点心，还以为有什么稀奇事呢。虽然这结果令他失望，不过，以他荣少康整人的小机灵，脑瓜子快速转动之后还是有了坏点子。

出门前，母亲吩咐了该买些什么，还没等当掌柜的招呼，荣叔夏便一一道："花生糕、绿豆糕各一份，猪油糕两份，再来八两麻花，一斤米花糖。"他想起妹妹云姝喜欢吃云片糕，又补充："再加一份云片糕。"

掌柜的吆喝："好咧，您稍等。"

待掌柜的给荣叔夏拿完东西，他一边将东西包起来，一边问一旁的荣少康："这位少爷，您要点什么？"

荣少康揶揄道："照这位小爷的给我来一份。"说完朝着身旁的荣叔夏挑衅地笑笑，好像要激怒对方。

被荣少康挑衅惯了，荣叔夏早看出了他的花招，要当真了，可就中了对方的把戏了。因此荣叔夏一点反应也没有，待掌柜的包好点心，付了钱，便径直离开了。

见荣叔夏这般，荣少康催促老板，"赶紧的赶紧的！"等不及掌柜的将点心包好，荣少康一股脑把东西都塞进纸袋里，钱往柜台上一扔，快步出了百饼园。

小把戏没有达到预期的效果，荣少康不甘心，戏弄这书呆子的机会可不能白白浪费了，于是他就这么狗皮膏药似的粘在荣叔夏身后，肆意干扰，让他不能自在。这一幕，恰巧被薛秀秀撞见了。

虽然薛秀秀和荣少君是好姐妹好闺蜜，可好姐妹的这个哥哥，她却不敢恭维，无心学习不说，还因为鬼点子多而"声名远扬"，学校里谁不知道他呀，尤其是成绩好又老实听话的学生，绝对是他中意捉弄的重点对象。

荣少康喜欢捉弄荣叔夏，关于这点薛秀秀早有耳闻，荣少君不时在她面前数落自己的哥哥，按理说，荣少康怎么也得喊荣叔夏一声堂哥，本就是一家人，怎么就对立上了呢，薛秀秀不得其解。不了解归不了解，看到荣少康在大街上这么欺负荣叔夏，薛秀秀还是有点抱不平，荣少康虽然在别人面前嚣张跋扈惯了，可不知为什么，却唯独对哥哥薛耀邦毕恭毕敬，要是让哥哥出面，荣少康肯定乖乖就范。于是，薛秀秀碰了碰哥哥的胳膊，指着街对面："哥，你看。"

薛耀邦朝街对面望去，看见动作夸张表情古怪的荣少康，他知道妹妹的用意，正打算对着对面街的荣少康挥手示意，手还没来得及举起，却先被荣叔夏望见了，率先微笑点头示意。身后的荣少康顺着荣叔夏的眼神望过去，这才看见了薛耀邦，立马收敛起了动作和表情。

薛耀邦与赵同学简单说明了情况，三人便走到对面街。

薛耀邦打趣道："这一大早的，两位莫不是出来赏灯的吧？"

荣少康自知理亏，抢先辩解道："看惯了夜晚亮起的花灯，这白天的灯虽然少了些光彩，但也别有一番趣味。"

听这解释，薛秀秀翻了个大白眼，明摆着就是胡说八道，少君怎么有个这么不靠谱的哥哥呢。薛耀邦自然知道荣少康是在随口胡诌，他微笑着不揭穿，却友好地看向荣叔夏。

荣叔夏缓缓开口："出来为父亲和妹妹买了些点心而已，没想到这么巧，遇到大家了。"

听荣叔夏说到"妹妹"，薛耀邦的心里咯噔一下，原来荣云姝喜欢吃点心。

薛耀邦看到纸袋上的商标字样："原来令尊令妹也喜欢百饼园的点心。这百饼园的点心确实一绝，不愧是老招牌。"

"只是父亲喜欢吃点心罢了，妹妹不喜甜食，却唯独爱这云片糕。"

在荣叔夏所说的文字中，薛耀邦竟主动过滤出与荣云姝有关的信息，就像一种本能，不用特意过脑子就记下了。荣云姝不喜欢甜食，独爱云片糕。

薛耀邦想得有些出神，还好荣少康接着道："耀邦哥，你们在这又是做什么呢？"他看看站在薛耀邦身后的同学，眼神落在了他背着的相机上。

薛耀邦介绍道："这是我大学同学，热爱摄影，趁着放假来南后街随便拍拍。"然后又向同学介绍荣少康和荣叔夏，"这两位是和我从小一起长大的好朋友，也是南后街上荣安堂和聚成轩的少爷。"

赵同学说："荣安堂，就是那个鼎鼎有名的裱褙世家荣安堂？"

"正是。"

赵同学有些意外，"久仰久仰，早就听过荣安堂的大名了，没想到今天竟有幸见到荣少爷，幸会幸会。"

因为荣安堂的名气，荣少康在外没少受青睐，虽觉得徒受虚名，毕竟自己没打算继承衣钵，但也让他沾沾自喜很是受用，"哪里哪里，都是祖上留下的手艺罢了。"

"聚成轩，应该是以书画见长的书店吧？虽然是后起之秀，但也名声在外，我也略知一二，可谓福州城中书画界的翘楚。"

见赵同学竟对这两家店如此熟悉，薛耀邦惊讶："你居然这么清楚？"

赵同学挠挠头："咳，平时闲来无事就爱关注些文艺类见闻，稍微有点名气的还是有所耳闻的。"

"对了，我有个不情之请，不知是否合适。我想用镜头记录下这些老手艺，除去个人爱好不说，也算是为福州文化和历史留下点记忆。不知两位少爷及令尊是否方便。"

有客人来家里，况且还是薛耀邦的客人，荣少康高兴还来不及："方便方便，每天拿着字画上我们家等着裱褙的人那叫一个多，不过不影响你拍照的，人多热闹嘛，还能多一点拍摄素材。"

与之形成鲜明对比的，荣叔夏仍旧保持儒雅矜持："荣安堂过去三个店面就是聚成轩了，随时欢迎关顾寒舍。母亲还等着我的点心呢，抱歉我得先走了，各位告辞。"

荣叔夏与众人道别后，便离开了。

荣少康领着薛耀邦等人来到荣安堂，恰逢节假日，客人络绎不绝，拿着字画上门裱褙的，裱好了来取货的，店里等候的客人坐成了排，秦妈忙着端茶送水，就连荣太太也开始帮忙了。

"我这才刚出去一会儿呢，店里就这么热闹了。"

"少爷你可回来了，店里都快忙不过来了，夫人还指望着你帮忙呢。"秦妈正为客人续上茶水。

荣少康推脱道："我可没空帮忙，你看谁来了。"

荣太太正从后坊出来，手里拿着一卷客人待取的字画，她一眼就看见了薛耀邦，喜形于色："是薛少爷呀，今天怎么有空过来，莫非也有字画要裱褙？"

薛耀邦还没来得及开口，荣少康便抢先说道，还带着几分自豪："耀邦哥的同学是个摄影师，特地来我们店里拍照，为我们荣安堂，也为老福州的裱褙文化做宣传呢。"

赵同学赶紧解释："荣安堂是久负盛名的裱褙世家，哪里需要我来做宣传，我也不是什么摄影师，只是爱好摄影罢了，趁着中秋节来南后街拍花灯，南后街文化荟萃，裱褙可是一门传统的老手艺，应该把它记录下来。"

"伯母，真是不好意思，不知道店里生意这么好，我们来得唐突了。"

荣太太道："不唐突不唐突，既然是耀邦的同学，那也是自己人，我们欢迎的。只是今天客人确实多了点，大家都手忙脚乱的，招待不周，请见谅。"

"少康，快带大家去厅堂歇着，秦妈，给孩子们备些上好的大红袍。"

"对了，少君呢？快去把少君叫来，耀邦都来了，她怕是还在睡懒觉呢吧。"看到薛耀邦，荣太太当然想到了自己的女儿，又想起那天女儿拿着那枚田黄石雕发呆的场景，嘴角不由扬起一丝笑意。

荣少康道："我说母亲大人，你都忙糊涂了吧，荣少君她一早就出去了，我都还在吃早饭呢，她急急忙忙就出门了。"

荣太太回想了想，拍拍脑袋："你看我这记性，真是忙糊涂了。"又觉得遗憾："哎，真是不巧，可是这丫头一大早上哪儿了呢，也不知道什么时候能回来。"

每当有可能牵涉到荣少君和黄之远之间的"秘密"，薛秀秀总是第一个跳出来解释："伯母，我们刚刚在澳门河边见着少君了，说是早餐吃多了出去消消食，我想应该很快就会回来的。"

"那就好那就好。"荣太太稍稍宽心，想着女儿应该一会儿就能回来和薛少爷见上面了。

3

荣少康领着大家上厅堂喝茶休息，赵同学却闲不住，等茶的功夫，他竟在小花园里摆弄起相机来。花园虽是普通的花园，却被打理得整洁而不失趣味，花园左侧是一座八角亭，亭子边是一个小花圃，种满各种不可名状的小花，花园右侧是一棵白玉兰树，在白玉兰花开的季节，花香满园，树的后面是一座假山，用海石和太湖石垒砌而成，并设有台阶可登上假山顶部。赵同学又是在八角亭里坐坐，又是登上假山顶，手里举着相机，尝试从不同角度捕捉不同景致。花园中央是一口水井，井里两尾金鱼，游得欢快，活泼灵动，同学在井边对着金鱼看了许久，以他一个摄影爱好者的眼光，觉得这两尾金鱼为整个花园增添了许多生机和活力。

茶水端上来了，薛耀邦喊赵同学过来喝茶，他却蹲在井边，像是对厅堂里的大家说话，又像是自言自语，"这两只金鱼可真好啊……"

荣少康不以为然："咳，不就两只鱼嘛，至于看这么久，不过这俩鱼的年纪可比我都大，据说打我爹小时候就在这井里了。"

赵同学讶异："哦，是吗？这倒是稀奇了。"

薛秀秀起身走到井边，虽然从小就和荣少君在这花园里玩耍，花园里的一景一物她都熟悉不过，但关于这两只鱼的事今天还是头一次听说："这两只金鱼我倒是从小看到大，可从来不知道竟这么有来头。"

正当薛秀秀弯下腰，半曲着身子、斜着脑袋看井中的金鱼时，赵同学快速按下快门，一个女孩的美好、俏皮被适时记录了下来。

薛秀秀跺了跺脚，嗔怪道："你怎么把我拍进去了呀！"

赵同学调皮地笑笑，灵机一动："不如大家来个合影吧，这花园的景致多好呀。"

荣少康第一个拍手叫好，"好啊好啊，从来拍照都是在照相馆，出了照相馆还从来没拍过呢，这个机会难得，我要拍。"说着走到花园中。

厅堂里就剩下个薛耀邦，想发表意见也已经来不及了，见大家兴致这么高，他也跟着来到花园里："我们在哪儿拍？"

赵同学环视花园一周，最后把目光落在了那颗白玉兰树上："不如就在树下吧，树后是假山，这背景相当丰富了。"

三人来到树下，薛耀邦站中间，薛秀秀和荣少康分别在其左右手，荣少康嬉皮笑脸的，将胳膊搭在薛耀邦肩膀上，一副亲密无间的好兄弟模样，薛秀秀则半坐在树干的分叉上，与薛耀邦稍稍分开了点距离。三人齐齐看向镜头，荣少康的笑容堆满了脸，嘴咧得老大，两排洁白的牙齿展露无遗，笑得没心没肺无忧无虑，薛耀邦虽然也笑开了，但他的笑是稳重而可靠的，俊朗而温暖的，薛秀秀则要矜持一点，她只是微微一笑，但却稍稍歪了歪脑袋，多了几分邻家妹妹的可爱活力。

同学按下快门，三个人被记录在一张影像之中。这是三人唯一的一张合影，印记着他们的青春韶华，印记着他们所属的这个时代。

合完影，赵同学偶然间发现，有一段树权上挂着一个花灯，他好奇："咦，这儿还有一个花灯呢，刚刚怎么没发现。"

大家朝树上看去，荣少康说："怎么把这么个小破灯挂这儿了。"他又转向大家："不用说，这肯定是荣少君的，除了她，没人会买花灯，还是这么个丑兔子。"

薛耀邦盯着花灯看了一会儿，没错了，荣少君的这个花灯和刚才在黄之远家看到的那个废品一模一样。从昨天晚上到今天早上，薛耀邦硬生生把南后街逛了一遍又一遍，无论是街边挂着的，还是小摊小贩贩卖的，抑或是孩童手中提着的，薛耀邦没见过第二个一样的兔子花灯，这个兔子花灯造型比较简单，做工也不算精细，绝对够不上可以出售的标准，因此可以推测，荣少君的这个兔子灯很有可能是独一份的。偏偏巧就巧在，薛耀邦不仅看到了这个独一份的花灯，还看到了与之相似的半成品。难不成，这花灯是专为荣少君一人扎的？薛耀邦不再往下琢磨了。

拍了照喝了茶，荣太太领着大家上后坊参观。本以为赵同学只是随便拍拍店铺而已，可他想了解更加细节的东西，裱褙的每一道工序他都希望能记录下来。荣安堂的作坊是从来不让外人进的，可既然是薛耀邦这个"未来女婿"的朋友，荣太太自然也乐意，一边领着大家参观，一边为大家解释裱褙技艺的知识和工序。

秦妈在店里忙着招呼客人，荣少君回来了，秦妈知道荣太太的心思，荣少君前脚刚踏进荣安堂的门槛，秦妈后脚就进了作坊。

"荣太太，小姐回来了。"

荣太太惊喜："少君回来了，太好了，快让她过来。"说完又觉得自己是不是表现得太过明显了，又补充道："秀秀在这儿呢。"

话音刚落，荣少君的声音便飘了进来："秀秀在这儿有什么稀奇的呀。"待她进了作坊，看见这么一大群人，愣了愣，刚刚在澳门河边和他们打了照面，这会儿怎么全到家里来了？

"你可算回来了。"薛秀秀说着对荣少君使了个眼色，这话里有话，也只有两人懂。

荣少康说："耀邦哥和他的同学今天可是我的客人。"说着他指了指赵同学胸前的相机，自豪得好像这相机是他的。"看见没，照相机，这位摄影师哥哥要把我们荣安堂的裱褙技艺用影像记录下来，让更多的人了解裱褙这项传统手艺。还有，我们刚刚还在花园拍了张合影呢。"

荣少君没有回应哥哥的话，而是对着赵同学说："秀秀在这儿不稀奇，照相机这么个新鲜玩意儿出现在我们这老作坊里可就稀奇了，谢谢你把这项老手艺记录下来，有心了。"然后才看了看荣少康，白了他一眼。

这俩兄妹斗嘴怄气惯了，荣少康也没好气道："你那破兔子灯别挂在花园里，多煞风景啊。"

一听到她的兔子花灯，荣少君立马紧张起来："你不准动我的灯！"

荣少康一看荣少君急了，将计就计："实在太丑了，我把它扔了。"

"你！"荣少君信以为真，急得跳脚，二话不说正要转身去花园看看，还是薛耀邦告知实情："他骗你的，你的兔子灯还好好地在树上挂着呢。"

荣少君看了看薛秀秀，薛秀秀点点头，她这才放下心来。

荣太太怪道："不就一个花灯嘛，至于你们兄妹俩吵成这样，这么多客人在呢。"

然后话锋一转，对薛耀邦三人热情道："这时间也不早了，都留下来吃午饭吧。"

"秦妈，中午多做几道菜，耀邦和秀秀爱吃什么你是知道的。"

薛耀邦说："今天麻烦伯母您了，午饭我们就不吃了，我们还得去趟聚成轩，正好我这同学想尝尝南后街上的小吃，中午我们就在外面吃了。"

荣太太还想挽留："小吃随时可以吃嘛，好不容易来家里一趟，还是吃了饭再走吧。"

赵同学说："今天您能让我进作坊来拍照，已经感激不尽了，不敢再麻烦了。好不容易来一趟南后街，也想好好逛一逛、吃一吃。"

逛了一上午，薛秀秀有些累了，而且也想和荣少君说说话，她决定不和哥哥他们一起去聚成轩了："哥，我就不去了，我在少君这儿吃午饭。"

荣太太也不好一再挽留，便送大家出门。

知道要去聚成轩，荣少康来了兴致，他也想一同前去，可又没有什么好的理由，看到拿着裱好的字画走出店门的客人，他突然想起来，前几天晚上大伯拿着一幅画让父亲裱褙，这么多天过去了，差不多应该裱好了。

他问母亲："妈，大伯那幅画裱好了没有？"

荣太太一拍脑袋："你不说我差点忘了，你爸昨晚刚裱好，说是今天拿过去，可从一早上忙到现在，竟把这事给忘了，你大伯他还等着要呢。"

荣少康心下一喜："那正好，我帮你拿过去。"

他让秦妈把那幅画拿来，跟着薛耀邦他们一同前去聚成轩。

4

缙绅官眷，巨商富户聚集的南后街集中了大量书坊，聚成轩算是其中的佼佼者，因此也是门庭若市，买书、刻书者络绎不绝。当大家走进聚成轩时，荣复礼正在书架前和几位客人交流读书心得，荣叔夏正为一位客人挑选书籍，谁也没有注意到又有人进店了。荣少康见无人来迎，故作姿态地来了一句："老板，来客咯。"

书坊虽然人多，但读书人向来儒雅喜静，交流起来也是轻声细语的，宾客盈门的店铺并无鼎沸人声，荣少康的这一嗓子一下子打破了安静的氛围，吸引了所有人注意。未见其人先闻其声，荣复礼转身一看是荣少康，心下一沉，侄儿对聚成轩的成见他这个做大伯的是清楚的，平时别说进来聚成轩了，就是在这南后街上撞见了，也不一定会打招呼，今天真是稀奇了，侄儿怎么就来了，还是和中和堂的薛少爷一起来的。纵使心中有疑问和猜测，荣复礼却没有表现出惊讶和意外，仍然是时常的那副平和泰然。

"是中和堂的薛少爷和少康侄儿，今日怎么有空光临聚成轩？"

荣少康故作正经道："逛书坊当然是为了买书看书了，我说大伯，最近有什么好书推荐呀。"

荣复礼朝各个区域指了指："这边是古旧书籍，这边是国外的翻译著作，后面那排是近些年的新作，里面那排是孤本善本，那边的角落是历史的文人字画。不知侄儿想要哪一方面的书籍。"

荣少康装模作样地朝四周看了看，信步走到右手边的那排书架旁，随手拿起一本，随便翻了翻："唔，就这本了。"

荣复礼看了看封面："译自林纾的《巴黎茶花女遗事》，原著小仲马，法国的大文学家，原来侄儿喜爱外国文学。"

荣少康对什么外国文学中国文学可没兴趣，大仲马小仲马还是什么马也无所谓，这书拿回去指定被他压箱底，他只是拿大伯寻个开心而已，可是大伯一本正经的态度又没让他寻着多少开心，一下子失了兴致，也自觉没意思。这才想起正事，抽出夹在腋下的那卷画。

"这是前几天你让我爸裱的那幅画，已经裱好了，拿去吧。"

荣复礼接过画："真是麻烦三友兄了，也让侄儿受累跑一趟。"与荣少康的没大没小形成鲜明对比，谦恭的态度，倒让人觉得两人是不是差辈儿了。

"对了，不知薛少爷想要什么书呢？"荣复礼看了看一旁的赵同学，"这位是？"

荣叔夏见状，上前解释道："这位是薛大哥的同学，他们今天来主要是想拍一些照片。我刚才在路上碰见他们了，是我邀请他们来的。"

同学又将他来南后街摄影的初衷解释了一遍，知道聚成轩不仅是一家书坊，还兼营刻书业务，他想拍些刻书的工序。荣复礼便让荣叔夏带大家到后面的工坊参观。

经过花园，荣云姝正坐在花园的石桌旁，桌上铺满了刚摘下的月季、小菊等新鲜花枝，她正为这些小花修枝插瓶。

"云姝，来客人了。"

荣云姝转身，看见走在最前面的荣少康，起身准备问好，这才看见跟在后面的薛耀邦，瞬间像是喉咙哽住了，一时竟不知如何开口，但还是强装镇定："是少康哥和薛少爷。"

"这位是薛少爷的同学，想来拍些刻书的照片，我带他们参观参观作坊。"

荣云姝向这位初次见面的客人微微欠身，微笑示好，一转眼又瞥到了一旁的薛耀邦，脸颊泛起微红。好在他们没有在花园多做停留，打过招呼后，荣叔夏就领着他们去作坊了。

荣云姝坐下打算继续插花，可不自主的，一颗心怦怦直跳到嗓子眼儿，脸颊比刚才更红了，好像有什么令她感到羞愧似的。她又想起了那盒胭脂，昨晚两人刚在灯市上见过，没想到今天又见面了，而且还是薛少爷来了家里，说起来其实两人之前很少有机会见面，虽然都住在南后街上，而且聚成轩和荣安堂还是同胞兄弟，但中和堂向来和荣安堂的关系更亲密些，荣云姝想，这其中有很大一部分原因是薛少爷和堂姐少君订下娃娃亲的缘故。一个是妙手回春的中医世家，一个是手艺精湛的裱褙世家，两个鼎鼎有名的家族订下的亲事，在南后街无人不知无人不晓，似乎大家早已将他们认为是一对，成亲只是时间问题而已。既然早已是公认的既定事实，自己怎么还会对薛少爷产生不一样的感觉呢？想着想着，她竟有些心烦意乱起来。

此时，正在作坊参观的薛耀邦也根本无法静下心来，耳边是荣叔夏对刻书工序的介绍，眼前是师傅们专注地作业，可脑海里飘着的全是刚才院子里荣云姝被鲜花围绕的样子。其实，刚才在街上碰见荣叔夏，听到他说荣云姝爱吃云片糕，从那时起，薛耀邦的脑子里有关荣云姝的画面就没有停止过，昨晚在灯市，他们偶遇时她的惊喜却又克制，他们聊天时她的言谈气质，他们一同走回聚成轩时她的款款而行，他将胭脂塞进她手里，指尖触碰的那瞬间冰凉和柔软，以及离开聚成轩后他独自一人走在南后街的心乱如麻和心潮涌动。昨晚的悸动似乎还未来得及消化，今天无意间又打了个照面，见面却又说不上话。此时的薛耀邦心里混乱着，昨晚送人姑娘的那盒胭脂，她是怎么想的？两人分别时似乎还有话未说出口，那欲言又止的是些什么？难道今天就这么匆匆一见了，还是找她解释清楚，或者下次再见会是什么时候？

薛耀邦是个遵循内心的行动派，而此时他的内心告诉自己，回到院子向荣云姝说点什么。于是，他借口小解，离开作坊来到院里。

　　荣云姝仍然坐在石桌旁，心不在焉地修剪花枝，薛耀邦不敢靠得太近，离着石桌几米的距离："你喜欢月季和小菊？"

　　听见这熟悉的声音，荣云姝抬起头，有点惊喜又有点慌张："只是恰巧院里种着些罢了。"

　　"那喜欢吃云片糕，莫不是恰巧店铺里卖着吧？"

　　见荣云姝羞涩中又露出些惊讶，薛耀邦继续道："不喜甜食却唯独喜欢云片糕。刚才在街上碰见叔夏，是他告诉我的。"

　　荣云姝微微一笑："原来是这样。"

　　"昨晚的胭脂，谢谢你了。"

　　薛耀邦没想到荣云姝会先提起这事，他便顺着话题往下："你可喜欢？"

　　"本是普普通通的一盒胭脂，可有可无的，若说有什么特别之处，便是送它之人罢了。"

　　说罢，荣云姝将一枝淡黄色月季插入瓶中，让原本稍显素淡的花束变得跳跃明亮。一向偏爱浅淡素雅的她不知为何要让花束明媚起来，就像她不知为何会出此言一样，好像一切言行都顺理成章顺其自然，自然而然地也就不去计较后果了。

　　薛耀邦倒是感到十分意外，他揣摩着话里的意思，其实这意思再也明显不过了，只不过在某些特别之人眼里，一字一句都变得可以琢磨可以考究。

"虽是普普通通的一盒胭脂，但送给了特别之人，也就不普通了。"

说完这话，薛耀邦原本微笑着的脸却突然变得有些严肃有些失落，虽然两人隔着仅有的几米距离，但他突然觉得横亘在两人间的是一条鸿沟，这条鸿沟无法逾越，因为它承载了一个十几年的承诺，即使这承诺非他所为也非他所愿，但他却奈何不了挣脱不去。

荣云姝听见薛耀邦的回应，先是些许惊喜，但细腻敏感如她，紧接着又察觉到了薛耀邦那微妙的表情变化，她知道他在想什么，也很清楚当下他们的这些对话是不应该被说出来的，怎么可以说出来呢，人家那可是父母之命媒妁之言，名正言顺的关系，还有信物为证，在这些面前，一盒胭脂根本不值一提。

一想到这些，荣云姝像被当头棒喝，一下子清醒过来，瞬间被失落笼罩："也仅仅是盒胭脂罢了。"

说完便起身回房，独留薛耀邦一人在院子里，还有一桌子的零落花枝。

5

假期结束，薛耀邦要回学校了。这天晚上，母亲正帮他整理行李，即使学校就在福州城，即使再过几个月就能放假回来，母亲的交代却事无巨细，好像儿子是要离家千里。

"妈，您就别忙活了，这些东西学校都有的，我饿不着。"看母亲往行李箱里塞了几包肉松肉脯，薛耀邦赶忙制止。

"学校的哪有这好吃，立日有的肉松最正宗不过了。"

薛耀邦无奈，只好任由母亲收拾。

"离开前记得和少君打声招呼，还有，学业归学业，但在学校也别忘了常给少君写信，别让人姑娘空等着。"

本来和母亲唠家常唠得好好的，谁知突然转到这么个话题上来，不过对于母亲来说，儿子和未来儿媳妇的事也算是家常之一，只是在薛耀邦这儿却显得为难了。

见薛耀邦不说话，母亲追问："怎么，和少君闹不愉快了？前几天赏灯你们不是还好好的吗，老实说，是不是你惹少君不高兴了？"

说的是荣少君，可薛耀邦脑海里却浮现出荣云姝的身影来。中和堂和荣安堂两家人作为世交，又是南后街上有名的招牌，他自然明白两家订下娃娃亲的意义有多重大，但他不明白的是，如果他和荣少君之间压根不存在感情，甚至各自有心仪之人，是否还要奉父母之命，坚持这门亲事。难道大人们宁愿遵守他们所谓的约定，也不愿关照两人的真实感受吗？并非出于自愿的婚事又有什么意义。

薛耀邦想试探试探母亲的心思："妈，我一定要和少君成亲吗？"

母亲停下手中的活儿，惊讶而不解地看着眼前的儿子："你这话什么意思，从小订下的娃娃亲哪有随便反悔的，这门亲事早就是板上钉钉的了，变不了。"

"少君是个好姑娘，和秀秀又从小好得跟一个人似的，我可是把她当自己亲闺女看待的，你要是敢对她不好，我可不饶你。"

话已至此，薛耀邦明白，他是说什么也没有用的了。母亲走后，薛耀邦久久无法入睡，他从抽屉里拿出一个红缎袋子，袋子里是一块田黄石雕，作为两家当初定亲时的信物。薛耀邦细细抚触着石雕上的纹路，据说这两枚田黄石雕出自一位雕刻大师之手。当年，薛耀邦的太爷爷告老还乡，在南后街开了中和堂，太爷爷清末御医的名声在外，吸引了不少病人前来就诊，其中一位便是这雕刻大师的妻子，她得了一种罕见的怪病，几年间几经辗转就医也无法根治，抱着最后一丝希望来中和堂求诊，没想到竟把这顽疾治愈。为了表示感激，大师将珍藏的两块上好田黄石，用他炉火纯青的技艺，雕刻出两枚玉佩，单说这两块石头就已经价值连城，再加上他大师的手艺，应该说这两块雕刻是绝无仅有的了。

两块田黄石雕作为传家之宝被一代代传承下来，一直传到了中和堂的第三代掌门人薛宝国手里。薛家和荣家是世交，为了亲上加亲，当年两家为孩子订下了娃娃亲，薛宝琛拿出两块田黄石雕作为订亲信物，为了表示诚意，也足见薛家对这门亲事的重视。

上一辈互相留下的美好期许，在薛耀邦看来，却是无奈和枷锁，他所接受的思想教会他自由和自主，这种传统的包办婚姻他向来不能苟同。话说得容易，可真正要与这种传统对抗却是十分艰难的，他可以反悔而不顾流言，但荣少君呢，毕竟是女孩子家，被退亲可是会招致不少蜚语，还有薛荣两家的关系，几代的交情，会不会因为他的反悔而从此断绝，这些都是他在做出决定前不得不考虑的。

顾虑会有，但在十八九岁的青春年华，暗生情愫和一腔热血也会有，生性浪漫又受过西式教育的薛耀邦，更愿意遵循内心，遵循自己的真实情感。何以寄相思，久不能寐的他拿出纸笔，将内心的情感一一表达。

夜已深，南后街上的商铺都已歇业，偶有一两户人家还透出微光，四下寂静，即使是不时传来的打更声也慵懒而无力。从中和堂到聚成轩的距离不远，薛耀邦却像是走了十万八千里，走得缓慢却坚定，他不知道手上的这封信能否在今晚顺利送出去，所幸，当他走到聚成轩门口时，一个年轻伙计正要合上最后一扇门板，被薛耀邦拦下了。

"可否帮我个忙？"

"是薛少爷，这么晚了有何吩咐？"

"将这封信交由你家小姐，切记，不要让任何人发现。"

"知道了。"

这天晚上对于荣云姝来说也是一个难眠之夜，她辗转到后半夜才渐渐入睡，第二天又早早醒来，她走出房门，在院子里碰见了后厨负责做饭的福婶。

"荣小姐今天起得早啊。"

"昨晚睡得早，自然醒得也早了。"荣云姝微笑着强掩疲态。

正在厨房往水缸倒水的伙计听了，往门外望了望，看见院子里的荣小姐，他放下水桶，回房里拿上那封信，等福婶进了厨房，才赶紧出来。

"荣小姐，这是薛少爷给你的。"他压低了声音，从袖子里隐隐露出信封的一角："说是别让人发现了。"

荣云姝心下一惊，薛少爷居然会以这种方式与她联系，又觉得忐忑，这信里到底又写了些什么。她从伙计手里快速抽出信封，轻声道谢后，便匆匆回房了。

云姝小姐：

在写下这封信之前，我挣扎了许久，最终怀着忐忑的心情，冒昧将我的真实情感说之与你。

自灯市一别，仅仅两日，这两日里，我思绪万千，从我们偶遇相谈甚欢，到告别时我悄悄买下那盒胭脂，再到送你回聚成轩，到底是怎样的情感驱动着我的言行，主导着这两日在我脑海里不断浮现的那天晚上你的容貌。仔细想来，我们只不过是走在南后街上打了照面点头问声好的泛

163

泛之交，几乎没有多余的交集，但在灯市上的那一面，我们交谈甚欢，让我竟有种相见恨晚之感，我不知道你是否喜欢那盒胭脂，也许只是你随意拿起来的一盒而已，可不知为何，当你说要离开，思想深处的某根神经促使我买下被你拿起的那盒胭脂，把它送给你。

原以为我们的联系到此为止了，谁承想第二天在南后街见到叔夏兄，又从他口中得知你喜爱云片糕，好不容易平复的心竟又被高高悬起，从那时起，我便开始不安与慌张，托同学的福，我有幸前来聚成轩，直到在花园见到你，那颗悬着的心才落地，找到归属般安稳。后来在作坊我更是无心参观，便回到花园，原本我还苦恼该如何表达才能让你了解我的情感，又不至于让你为难，你的那句话让我意外，也为我带来生机和希望。

只是，我们的交谈最后也草草而终，归于沉寂。我知道你的顾虑，那便是我和你的堂姐荣少君小姐的婚事，这何尝不是我的顾虑呢。我向来是不赞同包办婚姻的，对于少君小姐，我一向把她当妹妹看待，若是要作为妻子，我是无论如何也无法接受的。在遵循自我的真实情感与所谓的父母之命间，我会坚定地选择前者，但如何摆脱传统和时代的桎梏，我万分苦恼，我不愿意成为

破坏中和堂与荣安堂两家关系的罪人，也不希望
为少君小姐招致不好的名声，但我更想要自主地
恋爱与生活。

在这夜深人静之时，几多思绪在我脑海里翻
腾纠缠，最终决定给你写下这些文字，我的心也
稍稍安定了些。不知你在看到这封信后会有何感
受，我冒昧地揣测又是否冒犯到你，如若以上种
种给你造成困扰与为难，你便一笑置之，权当我
的自作多情，如若我有幸能与你有同样的情感，
那么请不要让它平息。人这一生总要为一些事而
奋不顾身，哪怕有困难重重，我相信，只要信念
坚定，总有迎来美好的一天。

荣云姝一遍又一遍地读着信上的文字，心里早已翻江
倒海。从灯市上的偶遇到昨天的登门造访，还有那个这几
天被她不断拿出来细细抚摸又仔细存放的胭脂盒，她的心
情又何尝不像薛耀邦在信中所描述的一般呢。这封信让她
激动，激动自己的感情竟然得到了相同的回应，又让她不
安，不安必然来自堂姐少君，而与薛耀邦的思想自由不同
的是，荣云姝却是保守与传统的，在约定俗成的传统面前，
薛耀邦想到的是打破与反抗，是坚定信念就会有美好未来，
而荣云姝则恰恰相反，她更多的是失落和无可奈何，在她
看来，传统是必须要遵循的，她不知如何拒绝，也从未想

过要拒绝。

聚成轩虽然是一家主营古旧书籍的书坊，但也会出售优秀的外国文学作品，这方面的作品荣云姝自然也读过一些，如果说中国传统文学赋予了她典雅矜持的气质，那么外国文学便在追求自由和思想开放上给了她启蒙，尤其是恋爱自由，可这启蒙还仅仅停留在思想上，若是让她做出进一步的行动，至少在目前看来是万万不可能的。几天来自己的辗转反侧日思夜想，好不容易得到回应和契合，难道就这么放弃了？正如薛耀邦在信中所担心的，他的这封信的的确确是让荣云姝为难了，如果没有这封信，也许随着时间的流逝，情感会渐渐被掩埋，而如今因为这封信，本就躁动不安的心被激起更强烈的波浪，情感的天平摇摆不定，更增添了纠结两难。

两种选择僵持不下，荣云姝也只好付诸文字。她拿出纸笔，给薛耀邦写了一封回信。只不过，薛耀邦已经回学校了，要将信亲自送到他手上是不可能的了，只能邮寄，两人的联系，她也想要保密，可是如果自己的名字出现在信封上，势必会被察觉，那么，该用什么样的称呼，才既不会被发现又能让薛耀邦看出来这信是自己寄来的呢。荣云姝正想着法子，门外响起了敲门声。

"小姐，太太让我喊你吃早饭了。"

荣云姝赶紧收起信，定了定神，缓缓打开门，是刚才送信的那个伙计，依海，荣云姝顿时有了主意。

6

中秋一过，天气渐凉，眼看就要进入初秋时节。燥热褪去，秋风习习，人们的户外活动也慢慢多了起来。正是逛街出游的好时候，可这段时间，薛秀秀却时常待在家里，不见她和好姐妹荣少君出来闲逛。

母亲见秀秀一个人坐在院子里，拿着一本书似看非看，便问："最近怎么不见你和少君一起玩啊，秋高气爽的，正是玩耍的好时候呢。"

薛秀秀先是愣了愣，接着灵机一动："明年就要升学了，我这不抓紧时间学习功课呢吗，那可是华南女子学院，不努力怎么考得进去嘛。"

"噢哟，难得见你对功课这么上心，也好，少君的功课比你好，你可得努力赶上，你们这俩好姐妹，能上同一所学校是再好不过的了。"

薛秀秀的话只说对了一半，她和荣少君明年的确是要升学了，不过她待在家可不是为了什么功课，以她的成绩，升上华南女子学院绰绰有余，在本该和好姐妹一同逛街玩耍的好时节却待在家里，其实是为了让少君和黄之远有更多时间独处，毕竟，等升了学，见面的时间就更少了。

为了不让人发现，荣少君和黄之远的见面通常不会选择在南后街，要不是在澳门路，要不是在离澳门路不远的乌石山。福州城的格局，三山一水，三面环山一面环水，这"三山"的其中之一便是乌石山。山不算高，仅有 86 米，却有 36 奇景和 200 多处摩崖石刻，作为福州城的风景名胜，乌石山是市民出行游玩的好去处之一。

生长在南后街，荣少君和黄之远早已将乌石山的每一条道每一处景了如指掌，他们来这儿可不是为了游玩赏景，而是避开南后街和澳门路附近的熟人，找一个清净地独处。乌石山的最高点凌霄台是个很好的选择，最高点不仅人流稀少，还能俯瞰福州城，是两人约会见面的不二之选。毕竟离南后街和澳门路较近，为了避免遇见熟人，他们通常各自从家里出发，约定好时间来山顶汇合，这天也不例外，只不过都超过约定时间半个小时了，荣少君才急急赶来。

黄之远等得心慌，有点懊恼又有点担心："怎么这么晚才来？"

荣少君一副闷闷不乐的样子，黄之远猜，她肯定是遇到了烦心事。"发生什么事了？"

荣少君在亭子里坐下，情绪失落："刚刚出门时被我妈撞个正着，问我最近怎么老是出门。"

"你不是跟她说和薛秀秀在一起吗？"

"是呀，可谁知道，昨天她在菜市场碰见薛太太了，两人一聊才发现，我俩最近并没有时常在一起，母亲就起了疑心。"

"那你是怎么说的？"

"我编了个借口，说是一个住在道山路的同学，邀我去家里给她补习英文。"

虽然没有被察觉，但黄之远心里仍然有担心，毕竟他和荣少君的关系还是秘密，即使有一天被大家所知，这段关系也是不被祝福的，荣少君有婚约在身不说，两家的巨大差距也决定了他们的关系仅能止步于此。

黄之远难掩失落，他知道，他们最终是要正视这个问题："找借口也不是一个长久的办法。"

荣少君看穿了黄之远的心思，她知道他在担心什么，这何尝又不是她所担心的呢。可目前她也无能为力，南后街上两家颇有名望的家族，自小订下了娃娃亲，即使还未成亲，但在南后街上的人们看来，两人的夫妻关系已经成为默认的事实了，若是突然宣布婚事取消，那对两家人来说无疑是个不小的打击和变故。

现在的荣少君还无法做出什么来改变这个既定事实，但她对黄之远的感情不会有变，她清楚黄之远的顾虑，也愿意帮他打消顾虑，给他信心。荣少君从怀里掏出一个红色绒布袋，交到黄之远手中。

"这个你拿着。"

"这是什么？"黄之远打开布袋，里面是那枚田黄石雕刻："玉兔守月"。

"这石雕是我们两家定亲时的信物，我和他一人一个，现在我将它交给你保管。"

"我知道你在担心什么，虽然我现在还没办法做些什么阻止和薛家的婚事，可是你相信我，我是不可能和他成亲的。这两个石雕象征着我们两家的婚约，一个代表我，一个代表他，我把这个给你，你在它就在。"

黄之远细细观察着手中的石雕，石头是上等的石头，雕工是上等的雕工，将这样一块雕刻作为订亲信物，足见薛家的诚意和实力，同时，黄之远也看到了自身的差距，一个是名招牌大家族，一个是扎花灯的普通人家，他一下子觉得自己低到了尘埃里，眼前的荣少君，一个大家闺秀，怎么也应该和薛耀邦那样的俊朗少爷登对，怎么能和自己这么个没钱没地位的粗人在一起呢。

见黄之远不说话，只是静静地看着石雕，荣少君问道："怎么，你不想要？"

"你一个大家小姐，确定要和我这么个普通人在一起？"黄之远怔怔地看着荣少君，深情中又带着一丝不易察觉的遗憾。

"难道我们不都是要度过普普通通一生的普通人吗？我可没觉得自己就高人一等，也从没觉得扎花灯就上不了台面，南后街能有那么热闹的灯市，还不是靠着你们花灯师傅，都是靠手艺吃饭，谁比谁更高贵，谁又比谁更优越呢。"

荣少君的意思，黄之远都明白，并且他也是这么认为的，他从没觉得南后街上的那些官商巨贾高人一等，也没觉得自己不如那些少爷小姐，可是，当面对感情，面对荣少君的未婚夫，他怯弱了，来自世俗的舆论、偏见，现实条件等等，都会成为阻碍他们的绊脚石。他不忍心让荣少君承受这些。

"也许在你看来不是问题，但在其他人看来却是天大的问题，你的父母是绝对不同意你嫁给我这么个穷小子的。"

荣少君有些意外地看着黄之远，奇怪他今天怎么如此消极自卑，当初她会选择和他在一起，就是看中了他身上那股不卑不亢不服输的劲儿。也许从现实条件看来，他的确是个"穷小子"，但他努力上进，一心继承父亲的手艺，并打算代代相传，也许几十年后也如这南后街上的众多老字号一样，他们黄氏花灯也能在南后街上有一席之地。一开始，黄之远还担心荣少君会嘲笑他的所谓"理想"，没想到荣少君却十分欣赏他的志向，想当初她太爷爷不就是从一个裱褙的小学徒做起的，然后将手艺一代一代传下来的吗？扎灯和裱褙一样，都是一门手艺，没有高低贵贱之分，无论哪个，只要手艺精进了，都能传承。

在荣少君的鼓励下，黄之远更加努力地学习扎灯手艺，不仅仅是手艺，他还敢于创新，在传统花灯的基础上，尝试加入新元素，吸引更多年轻人目光。在发扬传承这门手艺上，他向来是充满信心的，对未来，他向来是充满希望的，对和荣少君之间的感情上，他也向来是积极乐观的。可今天，他却突然有了失落的情绪，因为他真切感觉到，现实正在步步逼近，手中的这枚石雕提醒着他，荣少君终究是要和薛耀邦成亲的。

"就算不同意我嫁给你，我也不可能进薛家的门，我根本只拿他当大哥哥看待，没有感情的婚姻是不会幸福的。"荣少君说得决绝。

"你们毕竟是南后街上的大家族，难道就不怕招致流言吗？"

"我可不是传统封建旧家族的小姐，什么婚约什么承诺的，又不是我亲口答应的，我为什么要遵守呢。没有人可以替我做任何决定，只有我自己能选择我要过什么样的生活。"

的确，从小受西式教育的荣少君，思想自由开放，有强烈的自我意识，最鄙弃的就是封建社会那一套，当母亲第一次将定亲之事告知她的时候，她的内心就是拒绝的，只不过当时年纪尚小，遥遥无期的事呢，她也没太放在心上。随着他们慢慢长大，母亲提起此事的频率也越来越高，如今薛耀邦眼看着就要从大学毕业，她也即将成年，婚事算是近在眼前了，看来不向家里坦白是不行了。

虽然拒绝这门婚事的过程会很艰难，但在冥冥之中荣少君觉得这事也并非完全不可能。以她对薛耀邦的了解，她发现薛耀邦其实与她有很多相似之处，他也摈弃封建传统，不服从一切包办，其对自由的追求程度与自己相比有过之而无不及。因此，她觉得薛耀邦应该能理解自己的想法，如果以他作为突破口，可能要容易些。她打算先让秀秀去探探他哥哥的口风，然后等他下次放假回来再当面找他谈。

想到这，荣少君总算放松了点，她拿过黄之远手中的石雕，将它重新包好，塞进黄之远的口袋中。"你就安心收着吧，等我取消婚约的那一天，再把它归还薛家。"

"这天凉得真快，中秋节才刚过，秋风就起了。"结束了一个沉重的话题，荣少君顿时轻松起来，一阵风吹过，她不由打了个冷战。

黄之远被荣少君的善解人意所感动，他久久地望着她甜甜的侧脸，明显看到她的眼睛因凉风而微微眯起，他握起她的手，揣进自己的口袋里。荣少君回过头看他。

黄之远也轻松一笑，眼神却看向远处："天凉了，注意保暖。"

两人就这么拉着手坐着，什么也不说什么也不做，眼里却都生出无比的温柔和安定，好像就要这么一直坐下去，度过平凡而柔软的一生。

7

周六下午，同学们都出去玩了，只有薛耀邦一人待在宿舍，他正半躺在床上看书。赵同学兴高采烈地走进来，未见其人先闻其声。

"耀邦，快来看看这是什么？"

薛耀邦从床上起身，见赵同学手里拿着一个牛皮纸包裹和一封信。赵同学先将那封信交给他："这封信你先收着，刚才在收发室看到的，就帮你带过来了。"

薛耀邦纳闷，自己并没有和谁在书信往来，怎么会有信呢？他看了看信封上的信息，他的名字和学校地址倒是清清楚楚，但是没有寄件地址，只有一个寄件人，依海，这依海又是谁，为什么会给他写信。他摸不着头脑。

赵同学兴奋道："这信你一会儿慢慢看，先来看看我这个。"他迫不及待地将包裹拆开，里面是一沓照片。原来是上次他们在南后街拍的那些照片，过了将近一个月，影楼才给洗好。

薛耀邦一下子被照片吸引，暂且将信扔在一边，两人细细看起来。照片总共有五十多张，一部分是南后街上的风土人情，灯市上的花灯，街边的小摊小贩，商铺前排队的人群，穿着时髦的太太小姐，英俊挺拔的少爷公子，另一部分是在聚成轩、荣安堂以及黄之远家门口拍的各个行当的手艺人，还有几张，是在荣安堂花园里他们几个人的合影。照片虽是黑白的，但却把南后街上最市井、最日常的一面展现了出来，就像一幅幅风情画，烟火气十足，而手艺人的那部分，捕捉细节，突出技艺，抽丝剥茧般将一个个老行当背后的精湛细致层层展示。

"这可以嘛，经你这么一拍，南后街的热闹和风情都被你展现出来了，我一个在南后街土生土长的人，从没发现这条街这么有意思。"

同样刚看到照片的赵同学，也觉得自己拍得不错，又听到这样的评价，更是喜出望外："这组照片确实比我以往拍得都要好，看来好相机就是不一样。"

"相机是一回事，拍摄者的技术又是一回事，没有好的审美和技术，相机再好也无济于事。"

"真的这么好？那如果将这照片拿去报社投稿，你说能被录用吗？"

"你要投稿登报？"

"上个礼拜在报纸上看到一个征稿启事，征集关于福州城风土人情的稿件，文字图片皆可，既然这组照片拍得还算可以，想来也许可以试试。"赵同学有些跃跃欲试。

"那就大胆尝试吧！从专业角度我给不了你建议，但要从一个读者的角度来看，如果是我从报纸上看到这组照片，我会想着去南后街走一走，看一看。"

赵同学激动得拍掌，"那就这么决定了！"说完拿着照片就要走。

赵同学如此迅速，薛耀邦都来不及反应，"你这又是要去哪里啊？"

"当然是给报社投稿去啦！"话音刚落便不见人影了。薛耀邦无奈地笑笑摇摇头，这风风火火的个性，还真是说一不二。

薛耀邦重新又躺回床上，正要从桌上拿起书来，突然看见刚才那封不明来信，赶紧拆开来看看。拆开信封打开信，那隽秀的字迹和信的第一行文字，便让他心潮澎湃。

　　耀邦少爷：

　　　　我是云妹。

　　　　当你看到信封的时候一定会奇怪，请容我解释。就像你将信交给我家伙计时说的，我也希望我们的信件往来是保密的，但出于对信件传递的考虑，我只好让那天替你送信的那个伙计替我把这信寄出，也就是依海。

　　　　人这一生总要为一些事而奋不顾身，这句话给了我勇气，但又更多了担忧，难道在我们奋不顾身之前，不需要考虑他人的感受吗，难道仅仅为了自己的自由，就可以放弃和他人的联系吗，如果真是这样的话，那么这奋不顾身的代价将是巨大的。

　　　　你问我是否有与你同样的情感，即使我内心纠结无比，但还是不得不直面它、承认它，是的，我与你有同样的情感。但我明白，这情感是不被允许，也不可能被接受的，正如你所说，中和堂和荣安堂作为南后街上鼎鼎有名的两个家族，其之间的联姻必定是不容置疑的，你的退出不但对荣家，对我的堂姐少君也必定会带来伤害。在考虑这种种因素之后，我觉得我们都应该收起私心，就当这是生命中一段美好的插曲，静静安放在心底吧。

读完信，薛耀邦的内心欣喜与烦恼交加。欣喜是因为原来荣云姝也有与自己同样的情感，这并不只是他的一厢情愿，感情得到回应，当然喜悦，而烦恼依旧是那个烦恼，婚约，传统与世俗。虽然根本问题还悬而未决，但在看到这封信后，至少让他更加坚定了与传统对抗到底的决心和信心，荣云姝的感情给了他力量，就算她不看好这段关系，就算会遇到重重阻碍，也不能阻止他为自己想要的生活而努力抗争。

在不上学堂的日子里，荣云姝的生活十分简单，早上会在店铺里帮忙，了解些新近出版的书，和到店的文人墨客交谈学习。午饭后简单小憩一会儿，然后带一本书，到澳门河边阅读，一直到夕阳西下。这天，荣云姝照例来到澳门河边，她拿着书看了好一会儿，却仍然停留在刚翻开的那一页上，等她回过神来才发现，原来自己走神了，她试图重新进入书中的情节，却未能成功，心里总是莫名地躁动不安，静不下来，书中的文字也就仅仅只是文字了。

都说秋天是让人伤感的季节，荣云姝也难免悲从中来，她自有她的心事，而季节更为她的心事蒙上一层阴郁和忧伤。原本她以为，自己的那封回信已经明确表达了立场，

两人短暂的联系会就此结束，没想到，昨天她竟又收到了
薛耀邦的来信，信里所表达的不但没有如她所期望的那般，
让各自的感情埋藏在心底，反而更加坚定地表明初心不改
的态度。在寄出那封信之后，荣云姝已经开始让自己慢慢
放下忘却，可这封回信却又让她内心的真实情感死灰复燃，
或者说，这爱情萌动之火压根就没有灭透，春风吹又生
罢了。

正当荣云姝对着澳门河陷入沉思，一声"云姝小姐"
让她一个恍惚，被拉回了现实，她转身一看，是店里的伙
计依海。

不在状态的一幕被伙计撞见，荣云姝有些不知所措，
急忙找借口掩饰："读书读得有些累了，看看河面放松放
松，没承想竟出了神。"

"对了，依海，你怎么会在这儿？"

依海说："老父亲从老家来福州治病，我早上向太太告
了假，陪着父亲看病后又吃了个午饭。"

荣云姝说："你父亲的病严重吗？是否需要帮助？"

没想到堂堂大小姐竟会关心一个伙计的事情，依海有
些受宠若惊："一些小毛病，不碍事，看完病也顺便走走
亲戚。"

"原来是这样……"荣云姝不经意留意到，依海的上衣
口袋里露出一截红色绸布，眼神便停留了一会儿，依海察
觉了，将红绸布往口袋里塞了回去，显而易见地，他腼腆

地笑了笑，脸上泛起了一阵红。

荣云姝有些好奇，依海便解释道："这是老家的媳妇儿给我织的鞋垫，父亲特地给我带过来了。"一边说着，一边不好意思地挠挠头。

荣云姝惊讶，依海的年纪比自己还小一岁，"你已经成家了？"

"没呢，只是定亲而已。"

看依海一脸不好意思的幸福样子，荣云姝猜想，依海和未婚妻肯定是两情相悦的，是两个人的你情我愿而非父母之命让他们两个决定厮守终身。她又想到了薛耀邦和堂姐少君，同样是订下的婚约，两者谁更幸福谁更幸运，显而易见了。而包括自己在内的他们三个人，注定要成为这个婚约的牺牲品。

依海见小姐的脸上突然暗淡下来，像是有了心事："云姝小姐，你怎么了？"

荣云姝勉强地笑笑："没什么，依海，祝你和你的未婚妻美满幸福。"话音刚落，笑容便消失了，好像这句话对她来说是一种伤害。

"谢谢云姝小姐。"

虽然依海年纪轻轻，没读过几年书，更未见过什么世面，但他心思细腻，善解人意，老实本分，当初荣复礼会招他来店铺当伙计，也正是看中了这一点。自从那个晚上薛少爷把一封信神神秘秘地交到他手里，他便有了几分怀疑，后来小姐又假借他的名义给薛少爷寄信，昨天薛少爷寄回来的信又是以他作为收件人，他便更加确定了两人间的关系不寻常。今天不是他第一次见到小姐独自发呆出神了，自从收到薛少爷的第一封信，小姐就时常心神不宁，茶饭不思，虽然很清楚自己作为伙计，不该过问主人家的私事，但他担心小姐的忧郁无处排解，便试图安慰开导她。

"云姝小姐，我能否斗胆问一问，这些天看你总是郁郁寡欢，是不是因为薛少爷的事？"依海问得小心翼翼，生怕惹小姐不开心。

荣云姝和薛耀邦的书信往来瞒着所有人，但她知道，让依海作为传递人，这件事在他这儿就已经不是秘密了，既然依海问起来，她也就实话实说了。

"你知道我和薛少爷的事？"

"看你们频繁书信往来，虽然同住在南后街上，却不能明着交流，我也就猜着三分了。可是，你们为什么不能往来自由呢？"依海来聚成轩还不到一年，还未听闻中和堂和荣安堂联姻的事。

"因为薛少爷和少君堂姐订下了娃娃亲。"

依海没想到竟是这么个因素阻碍着薛少爷和小姐，他替他们两个惋惜，也感慨薛少爷和荣少君小姐这身不由己的婚姻。

"可是，我能看得出，薛少爷对小姐你的衷心。"

"这又有什么用呢，南后街上人尽皆知的事，父母定下的事，又怎么能改变呢？"荣云姝感叹道，"我多么羡慕你啊，能选择和自己的心上人度过一生。"

"云姝小姐，你可别笑话我了，我一个穷小子，有什么可羡慕的。你有文化，家世好，是大家闺秀，就算没有薛少爷，也总有陈少爷张少爷为你倾心的。不过，我看薛少爷不是思想顽固之人，他有主见有个性，也许不会为了父母之命而委屈自己也说不定呢。"

"他说他愿意追求真实的内心，要与父母之命抗争到底。可我不想他这么做，毕竟他要对抗的东西太根深蒂固了，毕竟少君是我的堂姐呀。"

"云姝小姐，你也别担心太多了，薛少爷自有他的做法，即使最后无法如愿，你们之间真实存在的感情也是珍贵而难忘的。"

荣云姝没想到，平时家里不起眼的一个伙计，竟如此懂得安慰人，说的话看似朴素，却字字在理。结果如何固然重要，但更让人留恋回味的，是过程中的真实体会和感受，难道不是吗？

"时间不早了，我答应太太早些回去，小姐你也别想太多，事情总有解决的办法的。"

依海回了聚成轩，荣云姝仍然呆坐在澳门河边，河水在秋风下微微荡漾，就像她的心泛着波澜。

第五章　2018 伤心咖啡馆和
百年七星楼

1

　　被隔壁楼出殡的丧乐吵醒，我拿起床头的手机一看，刚刚五点半，又看见通知栏出现的一条信息，显示时间是半夜三点多钟，是黄梓榆导演发来的，我赶紧打开来看。父亲病危，黄导买了最早的机票回台湾，等处理完家事再来福州。

　　昨天晚上为了理清萧老的故事，我工作到一点多钟，目前只睡了四个小时不到，可在看到黄导的信息后，脑袋竟无比清醒。家族的谜底眼看就要被揭开，黄导的父亲若是不测，那无疑会令人遗憾。

　　我一骨碌从床上起来，冲了杯咖啡就坐到电脑前，继续关于萧老未完成的工作。刚进入状态，手机微信来了消息，是唐庆庆，这可真是稀奇了，这么一大早的，她找我做什么。

"醒了吗？我在你家楼下。"

看到这条信息，我大吃一惊，她怎么大早上的就跑过来了，虽然我有早起写作的习惯，但却不是每天如此，很有可能我今天睡得晚了，她就只能等着了。我发消息让她赶紧上来。

看她的状态我就知道，她肯定一夜没睡好，双眼无神，一脸疲态，本就有些黑眼圈的她，现在的黑眼圈更是重到像化了烟熏妆。平时见惯了唐庆庆大大咧咧没心没肺的样子，突然这么郁郁寡欢，我还真是有点不适应，也有点担心。

"你这是怎么了？"我给她也冲了杯咖啡。

她见我电脑屏幕亮着，说："你今天起得也够早的呀，我还想着你肯定没起呢，都做好了等你几个小时的准备了。"

"既然知道我有可能没起，怎么还这么早过来？"

"躺了一晚上，躺得心都慌了，反正也是待着，待哪里不一样啊。"

她看了眼我电脑上正打开的文档："你在写关于那个台湾导演的小说？"

"不是导演，是导演的爷爷，也不是小说，只是把从萧老那儿听来的故事理理清楚。"

唐庆庆喝了半杯咖啡，突然眼前一亮，来了精神，搞得我有一种错觉，好像是这咖啡的效果立竿见影："我告诉你一件事，你绝对想不到。"

"你知道董家恒来福州是因为什么吗？"

"难道不是为了开咖啡店？"

"开咖啡店只是其一，还有一个原因，他也是来福州帮家族寻根的，是他的曾外公外婆。"

说起来我与董家恒并不算熟识，之前在集珍堂碰见算是偶然，他正好在那儿帮忙，然后便是他的咖啡馆开业，如果不是因为他在福州只有唐庆庆一个朋友，我和导演也不会被拉去捧场了。一个仅有过两面之缘并再无联系的台湾年轻人，竟与黄导有同样的目的，我突然来了兴趣。

唐庆庆向我详细介绍了关于董家恒曾外公外婆的事，毫无疑问，那半块石雕引起了我的注意。

"你外婆怎么说？"我猜董家恒肯定是找过秦老太太的。

"他的确来向外婆打听过情况，可外婆似乎也无能为力。"

"董家恒还年轻，外婆也还健在，既然在福州创业，如果有所收获，也许就这么留下来了，寻亲的事，慢慢来。"

"要真是这样就好了，说不准哪天他就回台湾了。"唐庆庆喝完了剩下的咖啡，好不容易有些明亮起来的眼神又暗淡下来。

"他要回台湾？"

唐庆庆说，咖啡馆开了三个多月了，收益比他们预期的要糟糕很多，他们的创业资金本来就不多，剩下的钱，算上日常生活和店里的开销，撑不了几个月了。他们的咖啡店只是单纯做咖啡，眼看生意不景气，陆凡建议要不换个思路，将咖啡馆变成轻食店，除了咖啡外，还可以出售果汁奶茶、沙拉意面三明治等小食，食物品种变多了，食客的选择多了，大家自然就愿意来了。但董家恒却持保留意见，开咖啡馆不仅是他创业的初衷，也是他一直以来的梦想，创业伊始难免会有各种不如意，毕竟他们才刚来不久，还没摸透本土市场，但他想再坚持坚持，增加些营销和宣传活动，看看情况是否会有所改善。

目前，两人正为不同意见进退两难，唐庆庆担心，如果达不成共识，他们还真有打道回府的可能。

"就算打道回府，那也是他们自己的决定，你又不能替人家拿主意。"在唐庆庆说的间隙，我又为她倒了一杯咖啡，不以为然地说了一句，话刚出口，我便从她的表情中看出了端倪。

"怎么，你担心他回台湾？"

唐庆庆的眼神闪烁了一下，有点扭捏，缺乏底气，完全不像她平常的做派，"留这儿挺好的，走什么呀。"

我猜，她是对人动心了。

"他知道你的想法吗？"我没明说，但她明白我说的是什么。

"应该不知道吧，我又没说。"她的声音小小的，口吻轻轻地，好像受了什么委屈似的。

"那他要真回去了怎么办？"

唐庆庆无奈又乞求的眼神看着我，我知道，这正是她天没亮就来找我的理由。

"如果你真的不想让他回台湾，两个办法，要不帮他把咖啡馆的生意搞上去，要不帮他完成外婆的心愿。"

她想了几秒，然后依旧用无奈又乞求的眼神看着我，我知道，她觉得两个办法都不好在短期内实现。

我继续出招，"第一条路，你可以帮忙；第二条路，你外婆可以帮忙。这么看来，也并非束手无策。"

"要你看，哪条路比较快？"

"要我看，第一条路是首选，你一个台湾青年创业联合会的志愿者，干的不就是这个嘛。那么多创业失败又成功的案例，搁董家恒身上就没辙了？"

唐庆庆仔细想了想，若有所思道："好像是这么个道理……"

"那不结了，与其花时间烦恼纠结，不如好好考虑考虑怎么帮他比较实在。"

"嗯……"她拖了一个意味深长的长音，好像一切尽在掌握中，然后脸上的表情才渐渐开朗起来。

"既然这样……好吧，那你忙去吧，我实在太困了绷不住了，在你这儿睡会儿，一会儿还要去集珍堂呢。"说完自顾自地上床，被子一蒙便睡了。

就这么完了？我一头雾水，一晚没睡，天没亮就出门，冒着有可能干等几个小时的风险，这么两杯咖啡的时间就给打发了？好吧，还是那个大大咧咧没心没肺的唐庆庆。

董家恒没有想到，和自己从大学到现在玩了十多年的死党，竟也有谈不拢的一天。好朋友间怎么可能没吵过架红过脸，只不过以前的吵架红脸无关痛痒，要不了几天就能和好如初，可这次，关系到未来的前途命运、人生理想，董家恒预感他们是真的要就此分道扬镳了。

"如果你还是坚持已见的话，我也只好离开了。"三天前他们之间那场关于咖啡馆发展定位的争论以陆凡抛下的最后通牒结束。

这不是他们第一次讨论这个话题，咖啡馆开业的第一个月，营业额就远远未达预期，他们便开始反思。董家恒觉得，可能是因为开业时间不长，加之他们在宣传营销上并没有花很多心思，导致很多人还不知道这家新店的存在，而陆凡在咖啡馆这一个月的时间里观察发现，路过咖啡馆的人并不算少，可当人们看了门口小黑板上的菜单之后，大部分都选择离开，还有几次，客人在点餐时问他是否出售其他小食，陆凡由此推测，是咖啡馆的食物选择太少。

理想固然重要，但实现理想的第一步是生存，以他们目前的资金情况，已经不允许他们再做过多的挣扎和尝试，陆凡建议将咖啡馆改成轻食店，快速提高营业额。而董家恒又不愿违背初心，也不愿在这么短时间内就放弃，两人就此争执不下。

　　这几天陆凡都没到咖啡馆来，店里只有董家恒一个人，客人三三两两，稀稀拉拉，有时一整天接待的客人一只手都数得过来。创业的不如意，与好朋友的分歧，让董家恒感到失落挫败。他独自坐在吧台，刚为自己冲好一杯咖啡，并不是他想喝，而是试图让自己忙碌起来，只有在冲咖啡的时候，他才能回归一个咖啡师的身份，让自己暂时与外界隔离。

　　他一边喝咖啡，一边浏览微信朋友圈，突然看到上次在七星楼偶遇的林大哥更新的朋友圈，原来七星楼在南后街的新店开业了。他为这条朋友圈点了个赞。也就半分钟不到的时间，林大哥居然回复他，强烈推荐他去新店坐坐，再吃一碗捞化。想起两人上次愉快的聊天，林大哥的爽朗和健谈，对了，自己的咖啡馆开业，怎么没想到要请他来坐坐呢。董家恒立马回复，大哥约个时间，林大哥回复，说走就走，就明天了！

2

　　唐庆庆已经好几天没离开过集珍堂了，外婆应邀参加为期半个月的"寿山石文化论坛"，便由唐庆庆帮忙看店。

晚上九点多钟，正在电脑前敲敲打打的她接到外婆电话，这是外婆离开的第四天第一次打电话回来。

"庆庆，这几天店里怎么样？"

"挺好的，外婆，你走之前雕好的那几枚石雕我已经抛光打磨好了，通知了客人后天来取。这几天你不在，客人也不多，就是几位老顾客来预定了几枚印章，不过说是不着急，等你回来再刻也不迟。"

"一切顺利就好。今晚大家出去聚餐了，这些天开会有些累了，我就一个人留在酒店休息，想起来了就给你打了电话。"

秦老太太说完，电话那天没有回应，喊了几声后唐庆庆才回过神来："外婆你刚刚说什么？"

"庆庆啊，你是不是跟朋友在外面玩？那我就不打扰你了。"唐庆庆朋友多，三天两头的晚上就有饭局，秦老太太以为她又跟朋友们在一起了。

"没有，外婆，我在家呢，正在工作。"

"哦，把石头带回家里刻了？我不在，你很勤奋嘛。"

"不是雕石头，是帮人设计营销宣传方案。"

秦老太太听得一头雾水："你这是做的什么工作嘛？"

刚才唐庆庆一直在电脑上看资料，电话打得心不在焉，见外婆问起，这件事她也确实没和外婆说过，便将自己的计划告诉外婆。"外婆，我打算帮家恒创业，让他可以留在福州。"

"家恒的咖啡馆目前情况不太好，可能都撑不到三个月，他和他的合伙人陆凡出现了分歧，如果两人都僵持下去，真的只能打铺盖回台湾了。我觉得手冲咖啡这个项目其实挺好，虽然小众，但未来是个发展趋势，他们现在生意不好，其实有很多客观因素，比如店面的选址、宣传等，所以我想帮他在这些方面做出些改善，希望能让他的生意好起来。"

秦老太太听了沉默了一会儿，问："你为什么要帮他？"

"都是朋友嘛，朋友有困难，能帮就帮呗。"

把外孙女一手带大，她的心思当外婆的再清楚不过了，别人的咖啡馆，别人的生意，她说起来就跟自己家的似的，秦老太太觉得肯定不仅仅是帮朋友这么简单。

电话这头，秦老太太沉默，唐庆庆知道，她是瞒不过外婆的了，从小到大，她又有哪件事瞒过外婆呢。她只好老实交代。

"好吧，果然什么事都瞒不过你。我不想让他回台湾，想让他在福州一直待下去。有两个办法，一个是帮他解决生意上的问题，一个是帮他解决他曾外公外婆的事情，他之前来店里找过你，后者在短时间内是基本不可能实现的，那么只有前者咯，利用联合会的优势，我还是有可能替他想出办法的。"

"是啊，这么说来，他也算是半个福州人了，又到福州创业，看来和福州缘分不浅。虽然接触不多，但我看得出来，董家恒是个踏实肯干、低调谦逊的孩子，你要真想让他留下来，就尽力去帮他吧。但外婆要提醒你一句，缘分天注定，是你的怎么也跑不掉，不是你的你也强求不来，你只管尽最大努力去做，结果如何，不要太在意了。"

"我知道的外婆。那我先工作了，你也早点休息吧。"

挂了电话，秦美含老太太的心里并不平静，董家恒这个初来乍到，与她毫不相干的台湾年轻人，确实给她带来了不小波澜。那天在集珍堂，董家恒的那几张照片的的确确把她惊到了，尤其是那张只剩半块的寿山石雕刻，如果说其他几样东西还算比较普及常见，那这半块石雕却是绝无仅有的，这世上不可能有第二块与之一模一样的石雕，这石雕也不可能有其他主人。

无意中看到床头柜上带日期的时钟，原来今天是周六，她又拿起手机，拨出一个号码。

"小何，今天情况怎么样，有收获吗？"

"还是没有。"电话那头的声音稍显遗憾，又带点见惯不怪的无奈。

秦老太太匆匆挂了电话，这个答案是她料想到了的，三十多年了，从来没有变过。为一个问题的答案苦苦找寻三十多年，秦美含所找的正是与那半枚寿山石雕相匹配的另一半，以及与之配对的另一枚。

每周三晚上十点钟，当大部分人准备上床入睡，秦美含却穿衣停当，背一个小挎包，包里放一个手电筒和一些现金，精神地出门了。不到十分钟的路程，到达鼓山脚下樟林村的一处主干道，不过几百户人家的小村子，白天残破冷寂，而到了晚上，整个城市陷入酣睡，这儿却变得格外热闹，主干道人群拥挤，手电筒发出的无数光束打亮了夜空，如同白昼。这是一个集市，成百上千个商贩聚集于此，人潮涌动间，每个摊位前都有不少顾客驻足，每人手上打着个手电，对着大小不一形态各异的寿山石"相石"，一直持续到次日凌晨三四点，人群才渐渐散去。集市是福州最早的"鬼市"，交易寿山石。

"鬼市"原是老北京的一类市场，鼓山脚下的樟林村作为寿山石文化发源地，20世纪80年代，寿山原石贸易在这里一度兴起，也衍生出了"鬼市"的福州版本。夜间淘石需要具备一定识别石头的本领，更考验买家眼力，因此交易在夜间进行，而手电光在漆黑中照射出来的光亮又如同鬼影般恍惚，"鬼市"因此得名。被"鬼市"吸引而来的多半是寿山石雕刻艺人和远道而来的淘石客，他们可能以低廉的价格淘到价值连城的宝贝，也有可能因为看走眼而后悔莫及，一夜暴富和一夜返贫在"鬼市"上轮番上演。

秦美含来这儿可不是为了淘石，三十多年前的她还只是一个年轻而普通的寿山石雕刻师傅，在樟林村附近经营着自己的雕刻作坊，贩卖手艺起家，她既没有一夜暴富的侥幸心理，也对淘石无甚兴趣，她之所以冒着夜晚湿冷的空气来到"鬼市"，是为了两枚田黄石雕刻，"鬼市"不仅能淘到价值连城的原石，也隐藏着一些年代久远或颇具价值的石雕作品，是否能发掘，就全凭淘石客的一双火眼金睛了。秦美含不需要火眼金睛，石雕的样子早已在她脑海入木三分了，又是这世上仅有的独一无二，只需一眼就能辨别，她需要的仅仅只是耐心和好运。雕刻艺人最不缺的就是耐心，加之找石雕这件事是她从小到大都一直记在脑海里的，这辈子是要尽最大努力去完成了，可任凭她苦苦寻觅，好运却迟迟不来。

从 20 世纪 80 年代开始到现在，三十多年过去了，"鬼市"的叫法虽流传至今，但原石交易却早已从夜间变为了白天，除了樟林村，三十年间又兴起了大大小小不少的寿山石交易集市，定期定点有一定规模，寻找两枚石雕，秦美含也有了更多去处，加上她在寿山石文化界的手艺和名气，人脉和门路也越来越广，即便如此，两枚石雕却依然下落不明，连点蛛丝马迹都没有，仿佛从来没有在这世上存在过。

也许还真没存在过，秦美含有时这么想，但从小长辈的交代以及家族的故事又让她坚信石雕一定存在过，哪怕已经灰飞烟灭，存在过的东西，循着家族的那一溜儿历史，就一定不会留不下线索和痕迹。两枚石雕，找了三十多年，并且秦美含还会一直找下去，直到自己离世，如今的她仍然去大大小小的寿山石集市，风雨无阻，一次不落，这次出来参加会议，她还特意交代熟人帮忙留意，今天是周六，集市在双星特艺城，她赶紧打电话询问，但结果如何，她也早已习惯了。

三十多年的找寻，没想到会在一个陌生的年轻人身上看到希望。

秦老太太从没见过那两枚石雕，但石雕的样子却深深印在她的记忆里几十年，那是经年累月的、不厌其烦的、精准无误的反复描述与记忆，好像一刀一刀刻进脑海里，生了根发了芽，想忘也忘不掉。虽然她如今年事已高，虽然那照片上的石雕只有半块，但她却能无比确定，雕刻在她记忆里的那块石雕与这照片上的如出一辙。

董家恒来集珍堂寻求帮助，可秦老太太并没有给他想要的帮助，对于自己的孙女唐庆庆，她也没有透露半句，别说他们了，就连她自己对这件事都十分不可思议。自己苦苦寻找了几十年的东西，真就藏在一个从台湾来的年轻人身上？她不敢轻易下定论。不过，有这张照片在，事情就有了眉目，她已经等了几十年，她要趁着自己的记忆还明确，思维还清晰，找到探寻了一辈子的答案。

3

咖啡馆开业以来头一次，董家恒闭门歇业半天，为了赴林大哥的约。

新开业的七星楼位于安民巷和黄巷之间，都不用特意抬头看招牌，老远就能望见占了半个街道的花篮，以及不断进出的食客，让人一眼就能看出新店开业的崭新和热闹。站在七星楼门口，董家恒被其规模所震惊，两个两层楼的店铺打通，组成七星楼的超大店面，这规模在南后街的商铺里是绝无仅有的，董家恒想起之前在澳门路的那家旧店，就是路边的一个普通小店而已，店面不起眼，装潢也十分简单，而眼前的这家新店，就算说是一家小酒楼也不为过了，两者的差距不可同日而语。

走进七星楼，里面更是一派升腾景象，档口后冒着香气和热气的食物，档口前拥挤着点餐的食客，来来往往忙碌着的店员，吆喝声聊天声碗筷声此起彼伏，像是瞬间迷失在了某处，董家恒一下子还真有些蒙圈了。直到一个声音穿过层层嘈杂，钻入耳朵，"小董，这里这里。"

都不用辨别……

董家恒走过去，林大哥神采奕奕地坐在桌前，面前是满满一桌子的福州小吃，董家恒意外得有些不知所措。"林大哥，你这是满汉全席吧。"

"福州小吃版的满汉全席，怎么样，我今天就让你把福州小吃吃个遍。"林大哥挥挥手让董家恒赶紧坐下，早已备齐了餐具和调味料，让董家恒一一品尝。

"这豆芽煎饼，要蘸着店里特制的甜酸酱才好吃，炒米粉要拌上蒜头酱，油条最地道的吃法，是在锅边糊的汤里沾一沾，时间不能长，绵软又带点酥脆才是最香，鲜捞不用说了，和虾油是绝配。吃完了咸的，当然要来点饭后甜品，花生汤藕粉芋泥八宝饭，爽口又解腻。"

光是听林大哥介绍，董家恒馋得口水都要流出来了，来福州这段时间，福州小吃其实他也吃过不少，可该沾什么调料怎么吃，也没那么多讲究，听林大哥这么一说，好像自己吃过的都不算数了似的，迫切想要统统再尝一遍。董家恒也不客气，按照林大哥的搭配，拿起筷子就吃起来，果然独有一番风味。

"虽然锅边油条拌面扁肉之类的，我早餐也经常吃，可今天在这里吃到的，是我吃过的最好吃的福州小吃了。"

"你也不看看这是哪里，七星楼，多少老福州人的记忆啊，你就说我吧，从小吃到现在，大半辈子咯，还是就好这一口。"

"老字号就是不一样，难怪我的福州朋友强烈推荐我来这儿呢。"

"你那朋友没推荐你去'聚春园'？"看董家恒一脸疑惑，林大哥接着解释，"'聚春园'可是最老的中华老字号了，七星楼和它比起来，还要晚上一百多年呢，听说过'佛跳墙'吧，闽菜的代表'佛跳墙'就源自'聚春园'。如果说'聚春园'是前辈是长者，那么七星楼就是新兴后辈，两者各有所长，在福州人心中也都是数一数二的地位了。"

"佛跳墙"的名字可是如雷贯耳了，哪怕没来过福州，董家恒在台湾时就对这道驰名中外的闽菜有所耳闻，刚来福州时也想着和陆凡一起去尝尝，可听说正宗的"佛跳墙"价格不菲，两人也就作罢了。

"'聚春园'在哪儿？"

"东街口，离这儿不远，不过那是家大饭店，做的也主要是大菜硬菜，不邀上个八个十个好友可吃不过来，七星楼就不一样了，几样小吃，分量也不大，一个人也没负担。"

"不过我觉得七星楼这规模，也很有点小饭馆的味道呢。"

董家恒环顾四周，细细打量起店内环境。同样是一溜儿排开的明档厨房，澳门路的那家旧店，装修明快简洁，更像是普通的快餐店，而这家新店，可以看得出，老板花了很多心思在装潢上，食客吃的不仅是味道，也是环境和氛围。桌椅是原木的，上面还带着粗粝的纹路，门窗是中式传统花窗，色泽是做旧的，就连店铺的招牌也是一块稍显陈旧的木质牌匾，看上去有些年月了，风吹日晒得有些陈旧褪色，让上面刻着的七星楼三个字更显深邃久远。

店内装潢的一大特色是点缀角落和墙上的装饰摆件，这些装饰可不仅仅是装饰这么简单，它们都是七星楼的创始人流传下来的老物件。一把菜刀，一块案板，一个竹编的漏勺，一口铁锅，它们被玻璃罩着，分别安放在店铺的不同角落。墙上的名堂就更多了，一张半个多世纪前"七星堂"的菜单，一本流传了三代的陈氏食谱，一张创始人与妻儿的黑白合影，以及几张当时七星楼店内食客满堂、档口内热气腾腾的景象。还有两张，一张是用铅字排版的印刷物，还有一幅画，一只猴子正钻出水帘洞。这些都用简单的木质相框裱了起来，应该是复印件而非原件了。

从内到外、从上到下，这家新开的七星楼古朴典雅，更加接近一个"老字号"的气质和韵味。

林大哥见董家恒看得仔细，想是他也被这店内的氛围给吸引住了，"这些东西都是老板的爷爷传下来的，绝对算得上老古董了。"

"本就是老字号，又有这么多流传下来的老物件，应该很值钱吧。"

"前几年有收藏爱好者想出高价购买，都被老板拒绝了，老祖宗的东西，怎么敢卖？"

"哦，好像大哥你和老板很熟的样子。"董家恒觉得林大哥说起老板就像说起自己的一个朋友。

"从小吃到大的，老板又和我年纪差不多，能不熟吗，我俩可是从穿开裆裤起就认识了，到现在，已经快要迈过一个甲子咯。"林大哥说得意味深长，好像下一秒就要进入回忆里。

董家恒正想着怎么往下接话，两个身影正向这边靠近，未见其人先闻其声，"老伙计，下个月我的六十大寿，你可赏脸光顾啊？"

林大哥一抬头，眼前所见好像在意料之中，"我敢不赏脸吗，陈大老板的大寿，就算天上下刀子，我顶着菜板也得去不是？"

"需要菜板吗，我这厨子没别的，菜板多得是！"说完两个好友自顾自地大笑起来。

眼前的这位便是七星楼现在的老板，七星楼便是从他太爷爷那儿传下来的，他身边还跟着一位年轻人，三十岁上下，打扮新潮，与陈老板的稳重保守相比，倒显得格格不入了。

"这新店怎么样，还可以吧。"陈老板说着向身边的年轻人努努嘴，"喏，都是他的主意。"

"可以啊小子，这刚从国外回来，就给你爸露了这么一手，年轻有为啊。"林大哥向年轻人竖起大拇指。

"我哪里还年轻啊林伯伯，奔三的人了。"

"三十怎么了，三十而立嘛，正是大展身手的好年纪，你在国外学习了那么久，也是时候回来给你爸帮帮忙了，不然呐，就你爸这老古董，哪做得出这么有品位的设计嘛。"

陈老板说："是啊，不了解还真不知道，现在的年轻人啊，想法一套一套的，不得不承认，自己真是老了。"

林大哥说："那可不，要不说未来还是他们年轻人的，现在儿子回来了，还这么有出息，你啊，可以放心将七星楼交给他了。"

陈老板说："完全放手还早了些，只能先让他慢慢参与进来，毕竟是老祖宗传下的招牌，可不能毁在自己手里了。"

正聊着，一位员工从二楼喊下来，说是让陈老板上去办公室一趟，林大哥见状道："新店开业够忙的，你快去吧，有空再聊。"

林大哥和陈老板说话间，董家恒一直默默坐在一旁，听他们的对话，他大概也能猜到个八九分，年轻人是陈老板的儿子，刚从国外留学回来，而这七星楼的新店多半是他设计的。两人走后，林大哥接着向董家恒解释，陈老板的儿子在国外学习设计，一年前陈老板打算将七星楼搬到南后街重新开张，便找来儿子帮忙装修设计，没想到儿子虽然年纪轻轻，可却将家族的历史和七星楼作为老字号的古老韵味融入设计中，才有了这个无论是老食客还是年轻人都广受好评的七星楼。

一间百年老字号，一个从国外留学回来的年轻后人，陈旧与崭新的结合，古老与新潮的碰撞，让置身于此的董家恒觉得此地又多了些旖旎和梦幻。他的眼神不断在几个老物件间流连徘徊，最终落到了那幅画上，一只顽猴正探出洞口，再也简单不过了，董家恒好奇的是，这画连贯是连贯，但连贯得有些奇怪，好像是被什么劈成两半似的，总觉得前后两部分不太契合。

林大哥见他目不转睛盯着看，说道："这画看着奇怪吧？不只你觉得奇怪，就连陈老板自己也觉得奇怪，这画只是作为传家宝传到了他手里，可关于画的来龙去脉，他却一点也不了解，肯定不是什么名家名作，无甚价值，可据说是这所有传家宝里最宝贝的一个。你说奇怪吧。"

"那这画又为什么传下来了呢？总得有个说法吧。"

"这说法，估计也只有这七星楼的创始人才知道咯。"

4

历经半年，董家恒和陆凡在大陆的首次创业最终以失败告终。首次，是董家恒的首次，而对于陆凡来说，是首次，也是唯一的一次。他打算回台湾。

原本董家恒也做了回台湾的打算，可他在福州牵挂的太多，一是外婆交代的事，至今一点眉目也没有；二是，其实他对开手冲咖啡馆有执念的，不像陆凡是为了打发时间顺带赚钱，咖啡馆是董家恒的梦想，梦想还没实现，他怎么甘心认输。如今陆凡退出，自己的积蓄也所剩无几，两人毕竟是多年的好友，董家恒不忍心让他空手回台湾，自己的梦想总不能让别人跟着买单。于是他把两人剩下的大部分钱给了陆凡，而自己除了店里的设备物料之外，一无所有。回去还是留下，董家恒进退两难。

咖啡馆已经关门三天了，这三天，按照原本的营业时间，董家恒按时上班下班，不做别的，只是独自坐在吧台，为自己冲上一壶又一壶咖啡，喝一天，也清醒一天。再有一个礼拜房租就到期了，董家恒不知道下次再会有一家属于自己的咖啡馆是什么时候，下次再站在吧台前为食客冲出一杯杯风味各异的咖啡又会是什么时候，他只想趁着这最后的时间，好好感受一间咖啡小馆为自己带来的愉悦和满足。哪怕这里空无一人。

嘎吱一声，门响了，董家恒一度以为自己出现了幻觉，已经关门大吉了，怎么还会有人来呢，等到真的有人出现在他面前，他才回过神来，是唐庆庆。

"人家都是喝闷酒，你这算怎么回事，喝闷咖啡？"唐庆庆故作轻松，试图打破沉寂。

"你怎么来了？"董家恒有些意外唐庆庆的到来。

"不介意给我冲杯咖啡吧？"

董家恒手掌示意自己对面的位置，"请坐，稍等。"

唐庆庆就这么看着面前的董家恒冲咖啡，她突然发现，认识了他这么久，好像还没认真看过他工作的样子，一杯手冲咖啡所需的工具、步骤、冲泡手法，甚至对水温的要求，她也都不曾了解过，她不禁诧异，即便如此，她居然还为一家手冲咖啡馆做了营销方案。可转头又想，这些又有什么关系呢，她只希望以后能每天看着他在吧台里忙碌，希望以后的任何一天都像现在一样，今后他冲的每一杯咖啡都有一位食客等候着，就像此刻她在等待着属于她的那杯咖啡一样。

咖啡端过来，董家恒也看到了吧台上的文件，唐庆庆用食指点了点。

"这是什么。"

"你先看看。"

董家恒大体看了看，疑虑的眼神看向面前的唐庆庆。

"好不容易来一趟，就这么走了有点可惜，不如留下来再试试。"说这话时，唐庆庆的眼神有些闪烁，她知道自己这话里有另一层意思。"况且，你外婆交代的事也没办完呢。"最后这句话，她只是在替自己掩饰。

"最近福州的文化圈正在筹备一个市集活动，手工艺、美食、文化，文艺的、小而精的各类东西都可以参与，我觉得手冲咖啡就是很好的一个宣传点，虽然现在福州的咖啡市场还没有成熟，但喝腻了连锁咖啡店的咖啡，一些年轻人也慢慢开始向更纯粹的风味靠近，这个时候我觉得对你的咖啡馆是一个很好的推广契机。"

"你的咖啡馆生意不好，其实是多方面的因素，投入的时间太短，大家还来不及知道你就要关门了，宣传不够，福州有几家很不错的咖啡馆，前期都是大力宣传，吸引了一批客人，东西做得确实好，然后大家就口口相传，口碑和名声就这么传下来了。还有一个原因，就是店面的选址，毕竟这里不是市中心，确实偏了点。"

说完她又补充一句，与之前的干脆利落相比，语气明显弱了点，好像真的在反思似的，"这也怪我。"

听着唐庆庆认真解释，董家恒有些惊讶，不是惊讶她的逻辑明确条理清晰，而是惊讶于她竟然默默地做了如此详细的分析和规划，好像开咖啡馆不是他一个人的事，而是他们两个人的事。尤其是最后那句话，让他觉得像是受到了莫大的恩惠，似乎也挑拨起了董家恒内心深处的敏感神经。

"很感谢你为我做的这些，可是，我现在口袋空空。"说到这，董家恒深感惭愧，无奈而自嘲地笑了笑，"养活自己都成问题，哪还有闲钱参加活动。"

"对了，联合会正在策划一个创业竞赛，筛选有发展前景的创业项目，目前正在筹备阶段，应该下个月会正式启动，如果项目被选上，联合会会给予一系列的帮助和扶持，包括资金上的，我觉得你也不妨试一试。反正这个竞赛又不需要花钱，你只需要尽可能完美地阐述你的项目就行。"

有那么一瞬间，董家恒甚至怀疑这家咖啡馆是不是自己的，如何度过这段低谷期，如何定位、重启咖啡馆，唐庆庆这一毫不相干的"外人"尚且对咖啡馆未来的发展做了详细规划，而他这个"老板"却还在放弃的边缘徘徊，董家恒内心的愧疚和自责又更深了。

"谢谢你替我想得这么周到，说来也是惭愧，作为当事人，我自己还一点想法也没有。"

一时间，董家恒的脑袋有些乱，他无法一下子做出决定，毕竟失败过一次，在做出下一步选择前，他的考虑需要更加慎重。他很感激唐庆庆，但又没办法立刻给她回应，他怕再一次失败，也怕让她失望伤心。

唐庆庆是善解人意的，她理解董家恒此时复杂而纠结的心情，也理解一个人在还未来得及消化第一次失误时，却要他立马迈出下一步，是仓促而无理的，因此她不想让他感到压力。

"没关系，这也单纯只是我的想法而已，至于接下来如何，还是你自己做决定。"唐庆庆顿了顿，诚恳道，"其实，我也是看你最近为这事挺低落的，就想着怎么才能让你开心点，我是很看好你的咖啡馆的，真的，这是实话，刚好又遇上有这样两个活动，就当是给你传递个信息吧，希望能对你有帮助。"她试图将语气放轻松，"不过，不管你最后做出什么样的决定，作为你的朋友，我都会支持你的。"

说完，唐庆庆将剩下的咖啡一口喝掉，又恢复了平日里嘻嘻哈哈无烦无恼的样子，"我说董老板，你今天这咖啡可以啊，够香够醇，是我喜欢的口味。"

董家恒也一扫脸上阴霾，微笑配合道："我说唐大小姐，这可是我们店里最好的豆子，招待您哪敢怠慢呐。"

一整个下午，董家恒都在思考唐庆庆的建议，市集和竞赛两个活动十分吸引他，如果这两个活动举办在他创业之初，也许咖啡馆就不至于失败了。董家恒目前最大的问题在于资金，就算他的项目成功被联合会选中，第二次开店也需要一大笔开销，这笔钱又从哪来。经历了一次失败，现在好不容易机会来了，他不忍心眼看着机会从面前溜走。

他想起离家时外婆对他的支持和鼓励，走出舒适区，趁着年轻拼一拼闯一闯，即使最后失败，也不失为生命中一次难能可贵的经历。

董家恒想起了外婆，好像快一个月没给外婆打电话了，他拿出手机，拨出了家里的号码。

"家恒呐，我就猜到是你给我打电话了。"电话刚接通，董家恒还没来得及开口，外婆便说道，听语气，外婆肯定是喜笑颜开的，"我想你肯定是很忙的，本来想给你打电话的，又怕会不会打扰到你，我就想，等你不忙了肯定会打回来的。"

听到外婆的声音，董家恒顿时感到鼻子酸了酸，对外婆和家的思念瞬间袭来，打了他一个猝不及防，这段时间因为咖啡馆的去留心力交瘁，停下之后才发现，原来已经很长时间没和家里联系了，而外婆还为他着想，怕打扰到他而不敢来电话。董家恒感到自责懊悔。

"外婆，你最近身体怎么样，吃饭睡觉好不好，降压药有没有按时吃？"

"好好好，我一切都好。你呢，咖啡馆的生意怎么样，是不是很忙？你和陆凡两个人要是实在忙不过来，就多雇几个员工，别把自己累垮了。"

外婆应该以为自己在福州一切顺利吧，或者她希望自己能一切顺利，可事实却恰恰相反。董家恒犹豫是否要将实情告诉外婆，可他知道，从小到大，没有什么能瞒得过外婆，从小到大，没有什么事是他不能从外婆那儿得到慰藉的。

"咖啡馆，可能要经营不下去了。"

"唔……"电话那头，外婆轻出一口气，似乎这个结果出乎她意料，但她在表现些许遗憾的同时，又要考虑该如何给董家恒安慰和鼓励。

外婆仍旧慢条斯理，语气中丝毫没有表现出意外和责备，"是哪个环节出现了问题呢？如果找到原因，还有没有挽救的可能？"

董家恒将咖啡馆的经营情况、他与陆凡之间的分歧，以及唐庆庆给他的建议都向外婆——说明，这段时间以来他的复杂情绪也总算找到了宣泄口。

"唐庆庆，就是到福州以后帮了你很多的那个女孩子？"

"她说我的咖啡馆是有前景的，劝我留下来。"

到底是过来人，外婆觉出了这个叫唐庆庆的女孩的不一般，也到底看着董家恒从小长大，她听出了董家恒在说到这个名字时，说得不像是个普通朋友，腼腆又带着点克制。

"既然她给了你这么多中肯的建议，你决定好去留了吗，你的顾虑又在哪里呢？"

"最大的问题是资金，陆凡退出，我总不能让人家空手回去吧，剩下的大部分钱我都留给他了。就算有完美的规划，但是以目前的资金状况，是支撑不起来第二次开店的。"

"你如果真的打算留下来，外婆倒是有些积蓄，我也一把年纪了……"还没等外婆说完，董家恒就打断，"外婆，我是不可能拿你的钱的，我会自己再考虑考虑，如果你给我钱，我立马回台湾。"

"真的不需要帮忙？"

"你能听我说这么多，给我支持鼓励，已经是帮很大忙了，剩下的就让我自己处理吧。"

"听你这么说，庆庆这个女孩子是很好的，她这么帮你，你不要让人家失望了。"

"对了外婆，你交代我的事……"

董家恒还没说完，外婆赶紧接话道："我的事你不要着急，先把咖啡馆安定下来，你曾外公外婆的事，也不是一天两天能解决的。"她知道这件事希望渺茫，毕竟半个多世纪了，而她自己又不曾到过大陆，仅靠父母留下的几个老物件找到当年的人事物，基本相当于大海捞针，他不想给董家恒添麻烦，也不想因为这件事影响他的事业和生活。

董家恒听出了外婆话里的意思，他心疼外婆的同时，也深感无能为力，他无法许诺外婆什么，但他还是会尽力寻找，尽力能让外婆在晚年了然关于故乡和父母的一切。

挂了电话，虽然还未完全下定决心，但董家恒似乎对接下来的路有了那么一点想法和期待。

5

三坊七巷里有名人故居二十八处,游客进入参观需要收费,自三坊七巷改造以来,这些故居我一个也没进去过,虽然收费不高,大概在二十到三十元不等,但由于兴趣不大,觉得没什么看头,也就从来不会想着要进去了,借着找石雕的契机,让我有机会进入各个故居看看。

老李向上级相关部门递交了申请,相关部门对导演家族的事十分重视,毕竟牵扯到三坊七巷的一段历史,又关系两岸,这件事若是有了个结果,那在福州乃至福建的文化圈都是举足轻重的。经上级部门批复,以老李为代表的管委会要全力配合导演的需求,尽早帮助他找到那枚田黄石雕,厘清导演的家族脉络,也为导演拍电影打下基础。

老李带队,施工队配合井底工作,一个上午才走了三个院子。虽然我只是跟在一旁走走看看,但一上午不停歇地来来回回,也乏了。和大家简单吃了午饭,便想到集珍堂找唐庆庆。上次她唐突来我家以后,我们就没有联系过,我也想看看她最近怎么样。

进了集珍堂,远远望见柜台后面的唐庆庆,看来秦老太太还没回来。

"哟,陈大作家,今天怎么有空光顾小店呀?"唐庆庆见了我,惊喜地打招呼。

这状态看起来不错,看来之前的烦恼似乎已经不再是烦恼了。

"逛了一早上的名人故居，吃了午饭就想着过来坐坐，顺便看看你怎么样。"

"想我了就直说嘛，不用'顺便'。"唐庆庆打趣道。

"看来麻烦已经解决了？"

唐庆庆没有回答，只是得意地窃笑，一副水到渠成尽在掌握的傲娇劲儿，我猜，应该是八九不离十了。这会儿正是大中午，店里没有客人，唐庆庆让学徒帮忙看店，领着我进了茶水室。

"你猜怎么着？"刚一坐下来，她便迫不及待地神神秘秘道。

"我猜你的问题解决了。快说，你最后走的哪一条路？"

"按你的吩咐，走的第一条，果然见效。"

"董家恒决定留下来了？"

"按照我给他的营销方案，打算二次创业。"

"可以啊你，具体说说呗。"

那天唐庆庆到咖啡馆找董家恒，为他列出了具体方案，董家恒虽然也不想轻易放弃，可与陆凡分道扬镳后，眼见着自己捉襟见肘，方案再好，也没有足够的资金支持，他一度陷入两难。虽然董家恒并没有当场决定是否留下，可看他稍显平淡的回应，唐庆庆觉得希望不大，自己花了这么多时间为他制定了方案，最后却很有可能留不住他，从咖啡馆出来，唐庆庆一直很失落。

失落的情绪持续了好几天，她甚至开始想象，没有了咖啡馆需要帮忙，她还能做些什么，但同时她又抱有侥幸心理，万一最后董家恒决定留下来了呢，毕竟开咖啡馆是他的梦想，而不仅仅只是一份糊口的工作。就在悲喜交加、失望和希望轮番上阵了三天后，董家恒竟主动上门来，当唐庆庆看见站在集珍堂门口的董家恒，她知道董家恒是告诉她决定留下来了，此前几天她曾在心里不断上演的几种结局的可能性，又以更快的速度在脑海里变换重播。

唐庆庆想象着，这是董家恒最后一次踏进集珍堂的门槛，是他们最后一次坐在一起喝咖啡，最后一次见面聊天，也是最后一次在他们彼此的人生中出现，此后再无瓜葛。就是抱着这样了无期待心如止水的心态，董家恒的一番话却让她的内心渐渐活泛起来，一场谈话下来，她的心里经历了"好像不是那么回事""似乎有转机""八成是这样了""他决定留下来了""我的妈呀我又活过来了"这一惊险过程。

郑重严肃眉头紧锁地把董家恒迎进集珍堂，最后却喜上眉梢笑逐颜开地把人送走了。

"这可真是一件大好事，值得庆祝。"

"这可多亏了你，要不是你替我出主意，估计这会儿他都拎着行李上飞机了。"她又想了想，"不对不对，也许都已经下了飞机到台湾了呢。"

"我只是给你一点意见，具体怎么做，不还是靠你自己，说起来都是你自己的功劳。"看她笑得合不拢嘴，我又开玩笑道，"还有，如果不是你对人家足够喜欢，就算我手把手教你，你也是留不住人家的。"

没想到平日开惯玩笑，向来厚脸皮的她居然脸红了，"哎哟，只不过我一个人在这儿胡思乱想，谁知道人家什么心思，搞不好到头来是我自己一厢情愿。"

"你管他是不是一厢情愿，最后的结果如你愿了不也很好吗。又不是你拿刀架他脖子上逼他留下来的，也是他自己的选择。日后你们相处的机会还多着呢，慢慢来。"

"这结果好是好了，可是现在还有一个最大的问题，他目前的存款确实支撑不起第二次创业，别说有多少富余了，他现在也只够个基本生活开销而已。"还没高兴几分钟，她又开始忧心忡忡起来。

"他自己的打算呢？"

"现在只能等着项目被联合会选中，这样会拿到一笔补贴，可这补贴有多少，又是以什么形式补给，据我了解，联合会还没最终确定具体方案。这些我也都告诉他了，他说只能再想办法了。目前最重要的是好好为两个活动做准备。"

"钱的确是一个大问题，他在福州就你一个朋友，总不能回头向台湾的亲戚朋友借吧。"

"其实我一直有一个想法，不知道可行不可行。他的合伙人陆凡，他们两人从大学一路走过来，好得跟亲兄弟似的，这次因为咖啡馆的定位产生分歧，两人之前又不是没吵过架红过脸，这次居然直接就翻脸，好像从此老死不相往来。董家恒也是够义气，本来开咖啡馆也是他自己的理想，陆凡一起投资也只是帮忙，现在生意做不成了，他又不愿意按照陆凡的思路改变，总不能让他跟着亏钱吧，所以他把剩下的大部分钱都给了陆凡，自己只留下了店里的设备和一些生活费，不然他也不至于口袋空空了。"

"其实他当初跟我说没钱的时候，我脑子里冒出来的第一个想法是我借他钱，可我知道他肯定是不会接受的，所以我想能不能这样，我出面找陆凡，就说是他先把拿回去的那笔钱借给董家恒，其实这钱我出。"

"两人都老死不相往来了，你觉得陆凡能帮这忙吗？"

"我能做那没把握的事吗？陆凡几天前联系过我，问我董家恒的近况，两人表面上虽然翻脸了，但其实心里还是关心对方的，毕竟是这么多年的朋友了。而且我能感觉到，冲动过后，陆凡可能是想开了，他们不会老死不相往来的。"

"所以你也想借这个契机让他们和好？"

"和不和好的不是我能决定的，倒是借陆凡手给董家恒支持，这我还是有把握的。"

"我对他俩的了解不多，没办法给你太多建议，如果你觉得可以，那就试试，反正你已经做了那么多了，帮人就帮到底吧。帮董家恒也是在帮你自己。"

唐庆庆当然明白我的意思，既然一心要让董家恒留下，就得让人留得安心稳妥，"大作家说话就是不一样，明白，通透。"

"你可别抬举我，不然以后动不动就半夜冲到我家来，我可消受不起。"

6

文艺市集活动在三坊七巷对面的朱紫坊举办，朱紫坊是沿河的一条小巷，说是巷，其实两边道路宽阔，遍布住家和小商店，与南后街一端的澳门路相似。安泰河的一段从中间穿过，各个摊位便在河岸两边摆开。在众多手作、艺术类的摊位中，董家恒的咖啡摊是难得提供食物的，而且还是少见的手冲咖啡，游客们眼见一杯咖啡被装进杯子前的全过程，兼具专业性和观赏性，摊位前因此聚集了不少食客。

本来董家恒是打算一个人来的，一个小摊位而已，能有多少人光顾，可唐庆庆非得跟着来，说是帮他打打下手也好，眼看着食客把摊位团团围住，唐庆庆觉得自己算是来对了。不过她也仅仅只是打下手。对手冲咖啡的操作一无所知，只能眼看着董家恒一个人不停地冲咖啡。

"你一个人可以吗，要不我让店里的那个咖啡师过来帮忙吧？"

"有你帮忙已经很好了，剩下的我一个人可以搞定。"

"你确定？"董家恒手里的手冲壶就没放下来过，唐庆庆看看摊位边等候的游客，生怕有人等不及就要离开。不过能有这场面，她也是万万没想到，看来手冲咖啡并非没有市场。

"怎么样，这场面没想到吧？"唐庆庆轻声说道，带着一丝得意，好像生意兴隆的是她家的店铺。

"咖啡馆开了几个月，从来没有哪一天的客人有现在这么多。"

"这活动参加得值吧，嘿嘿，你要怎么感谢我呀？"

几个月来的沉寂总算看到了转机，似乎接下去的计划也能一帆风顺马到成功，唐庆庆在脑子里描绘着咖啡馆的美好蓝图，兴奋得有些过头，她是替董家恒高兴，也为自己能帮到他而感到欣慰。总之就是在各种乐观情绪的作用下，她"得意忘形"得开始"论功行赏"，可此话一出，她便后悔了，她怕董家恒误会。还没等对方回应，她便收起了刚才过度活跃的状态，就连语气和笑容都变得客气而有距离感，就像对待一个只是工作关系的伙伴。

"还有六杯，加油。"

送走了第一拨客人，董家恒和唐庆庆两人正收拾客人留下的一次性杯子和纸巾等，一个熟悉的声音出现在摊位前，"小伙子。"

董家恒抬头一看，是林大哥。和林大哥吃了两次饭，董家恒觉得他也算得上自己在福州的一个朋友了，市集开始前几天，董家恒给他发微信，请他来喝杯咖啡，虽然是在开咖啡馆前就与林大哥在七星楼相遇相识，可他竟也没请人家来咖啡馆坐坐，心中觉得过意不去，便想着借这个机会请林大哥喝杯咖啡。

"我刚刚一路走过来，看见很多人拿着这个纸杯，看来生意不错嘛。"

"就是一个小摊子，能有什么生意。"

"虽然我们认识时间不长，但好歹也一起吃过两次饭，才知道原来你是开咖啡馆的。"林大哥嗔怪道，"太不够意思了吧，现在才告诉我。"

"真是不好意思，小店开业也没邀请大哥你来，今天咖啡随便喝，就当补偿了。"

"你的店开在哪里啊？以后我带朋友光顾。"

董家恒不好意思道："店开了没几个月，生意不理想，已经关门大吉了。"

"哦……"林大哥安慰道，"没事，创业哪有一次成功的，总要尝试几次的嘛，再接再厉，生意肯定会好起来的。"

林大哥看见一旁的唐庆庆，他们聊天的时间里，这个女孩子一直在埋头收拾东西，他赞赏道，"女朋友啊？你看女朋友多支持你，两个人一起努力，不怕没有好结果。"

一听这话，董家恒愣住了，唐庆庆也停下了手中的动

作，两人互相看了看，知道是被误会了，尴尬得脸都红了
起来。

"林大哥，我们只是好朋友。"董家恒不好意思地解
释道。

林大哥看看两人，知道自己闹出了笑话，但又觉得，
好朋友能这么帮忙，就算两人间现在没什么，照这么相处
下去，肯定朝着有什么的方向发展了。

"不好意思不好意思，你们就当我没说过，没说过。"

董家恒突然想起来，还没向两人介绍过对方，正好可
以结束这个尴尬的场面，便立马转移话题，"对了，还没给
你们做介绍呢。这位是我朋友，唐庆庆，到福州以来她帮
了我很多，这位是林大哥，第一次在七星楼吃捞化的时候
认识的，也是很特别的缘分了。"

"你已经去过七星楼了？怎么样，我推荐的不错吧，七
星楼在福州可是响当当的名气。"

"你看，老福州都喜欢七星楼吧。"

"和林大哥一起吃小吃，还能知道不少关于七星楼的历
史呢，老字号果然不简单。"

"你好好干，搞不好你这咖啡馆也能搞出个老字号来。"

"那我可不敢想，能养活自己已经很满足了。"

林大哥已经快喝完一杯咖啡了，董家恒正要给他再倒
一杯，林大哥拿胳膊挡住了董家恒伸过来的咖啡壶，"够了
够了，不能再喝了，我得先走，约了人打麻将。"

"又打麻将，林大哥你这生活可真是太惬意了。"

"老了老了，又不像你们年轻人有理想有斗志，也只能打打麻将消磨时间了。"林大哥喝完剩下的咖啡，将纸杯扔进一旁的垃圾桶，"记住啦，下回新店开业可得叫我，我带几个朋友给你捧场。"

"借你吉言，但愿新店开业的那天可以早点到来。"

"一定的一定的。"林大哥看了看一旁微笑的唐庆庆，又给董家恒一个会意的眼神，"一起努力嘛。"

两人的眼神不约而同地交汇，又都不好意思地红了脸。

林大哥走后不久，秦老太太竟出现在摊位前，唐庆庆见了，惊喜又意外。

"外婆，你怎么会来？"

"家恒的生意，我就不能来光顾啦？"

"当然欢迎，只是你也没和我说呀。"

"外婆，不知道你要来，我这里也没有像样的杯子，你将就喝。"董家恒知道秦老太太优雅得体惯了，用一次性纸杯喝咖啡，确实不太讲究，他觉得像秦老太太这样像从旧画报里走出来的人，就应该穿着旗袍，端着精致的骨瓷杯，慢条斯理地喝着咖啡。

"哪有那么讲究，有专业咖啡师冲出来的咖啡喝就很好了。"秦老太太接过董家恒送过来的咖啡，即使是端着纸杯站在摊位边，也难掩她的典雅姿态。

"今天生意怎么样？"

"生意可好了外婆，你没看到那客人，都是一拨一拨地来的，嗒，你看，咖啡粉已经用掉一大半了。"因为外婆的到来，唐庆庆似乎比刚才林大哥在时活跃了点。

"那很好嘛，算是有了个好的开头，希望接下去能越来越好。"

董家恒说："今天这样我已经很满意了，从来没想过我的咖啡能卖得这么好。"

"这说明你的咖啡确实好喝啊，所以啊，你要对自己有信心，要对接下来的创业竞赛有信心。"

秦老太太看着外孙女给董家恒加油鼓劲，想起之前她在电话里说起要帮董家恒创业时的严肃认真，好像那是她自己的事一样，这样一看，竟觉得两人就像一对小两口，抱着对未来的期待相互支撑。外孙女的心思她是清楚的，那么董家恒呢，如果他也有同样的心思，那是再好不过的了，可如果没有呢，那庆庆应该会很失望吧。不过，年轻人的事，还是随他们去吧。

能不能做成自己的外孙女婿，秦老太太不好猜测，可如果能确定董家恒的另一个身份，那么对于他们家来说，也是一件了不得的大事。

"时间差不多了，你们午饭想吃什么？"

外婆这么一说，唐庆庆觉得还真有些饿了，她在脑海中搜索附近的美食，突然想起来，"那就七星楼吧，南后街的新店开业，我们还没去过呢。"

"那就七星楼吧。"

说起来，秦老太太也算是七星楼的常客了，无论是旧店还是新店，离南后街都不远，秦老太太也就时不时地光顾了。搬到南后街，秦老太太还是第一次来，一进店门，就被店内的装饰风格所吸引，质朴复古，各种老物件做点缀，和她的集珍堂有异曲同工之妙。

唐庆庆也为店里的老物件惊叹，不可思议道："'集珍堂'也有这么多宝贝呐，老字号不愧是老字号，不过之前也没见摆出来过。"

董家恒说："老板说，新店比旧店面积大了三倍，之前是没处放，这下店面扩大，当然要把祖辈上的东西摆出来了，一是展现老字号的历史，二是也能吸引顾客。"

"这新店是老板的儿子设计的，年轻人新潮的思想加上老字号的历史，新店才会这么独特。"

"你这么了解？"

"林大哥不仅是七星楼老食客，也是店家的老朋友，开业前几天我和他来这儿吃小吃，有幸见到老板和他儿子，也就了解一些了。"

"这家店外婆之前也了解一二，不过也只了解个大概，看来你可以给外婆做补充了。"

"我哪有资格补充，要是外婆想了解更多的，我可以让林大哥找老板，他虽然看上去不苟言笑的，其实很热情的。"说着董家恒环顾店内，似乎没有看见陈老板的身影，猜想今天他可能没来店里。

董家恒和唐庆庆聊着，秦老太太却一言不发，她仔细地观察店内的每个物件，尤其是墙上的那些照片，她向来对旧照片旧报纸情有独钟，若是新发现了半个多世纪前的报纸照片，她总要仔细地看上半天，好像上面有她要找的人，记载了她要了解的事，又好像她要把上面的每个人每个字都印在脑海里，成为她记忆里可供搜索的证据。

看到那幅"金猴出洞"，秦老太太本来安详沉寂的眼神里忽而闪过一丝惊奇诧异，她记忆最深处的某个影像被调动起来，与墙上这幅画对照拼接，再三确认，严丝合缝。

7

唐庆庆没有想到，在她准备借陆凡之手帮助董家恒之前，会先一步接到陆凡的电话。

"家恒最近怎么样？咖啡馆还好吗？"这是陆凡在礼貌性地问候唐庆庆后说的第一句话。

"看来你还当他是好朋友。"

"从大学到现在，我们的快乐、痛苦、顺境、逆境，所有经历过的重要的不重要的事情，都有彼此在场，你说这情谊是能说散就散的吗？"

"那你们还闹得那么僵，老死不相往来的。"

"我知道自己冲动了，所以赎罪来了。"

"赎罪？有没有这么严重啊。"

陆凡接下来的话让唐庆庆一万个意外，一个是董家恒的死党，一个是一心想让董家恒留下来的暗恋者，尽管出于不同的目的，但两人竟然想到一块儿去了。听着陆凡的计划，唐庆庆暗自惊喜。

其实一回到台湾，陆凡就后悔了，毕竟是董家恒的梦想，毕竟也是自己自愿跟着来福州创业，干的还是董家恒的老本行，他一个外行，理应按照董家恒的规划发展。虽然目前还没赚到钱，难道就一定要转型轻食店才有出路吗？改善咖啡馆的不足之处难道就不值得尝试吗？为什么自己要对咖啡馆全盘否定呢？陆凡反复问着自己，如果这些问题他当时就能想到，也许两个人之间就不是现在这种局面了。

陆凡懊悔，已经辞职的他也还没有新的工作机会，回到台湾一个礼拜，他不知道该干些什么，对未来也尚未有明确的目标规划。就在他对一切都茫然无措的时候，以前公司的一个同事突然联系他，希望他能加入自己的公司。陆凡纳闷，几个月前还工作得好好的同事，怎么就有了自己的公司了呢？原来，同事在他辞职后不久也递交了辞呈，联合同行业的几个熟人共同创业，陆凡在前公司算得上是高级技术人员了，也发展到了一定的职位，他当初之所以辞职，就是因为升迁无望，觉得很难再有更高的发展，所以才决定停下脚步，认真思考自己想要的是什么。

没想到自己的第一次创业失败，而同事的公司却做得有声有色，这不禁让陆凡开始反思，是自己当初辞职得贸然，还是辞职后漫无目的地跟随好友去大陆创业。陆凡有过硬的专业技术和职业素养，同事愿意开出与前公司相同的工资给他，并承诺在公司上轨道之后给予一定的股权，让他成为合伙人之一。陆凡考虑了很久，从大学毕业到进入实力出众的前公司，到一路晋升为高级技术主管，再到突然辞职，跟随董家恒去福州创业，仅仅几个月创业失败，回到台湾，为未来辗转反侧苦思冥想之后又意外接到同事的工作邀约，毕业工作以来度过的无数个不眠不休的日夜浮现在眼前，撇开薪资待遇不说，陆凡觉得，可能自己还是更合适日夜颠倒的敲代码生活吧。在考虑了两天后，他接受了同事的聘请。

刚回到台湾时他通过微信与唐庆庆联系过一次，了解了董家恒的现状，知道他也许打算继续留下来开咖啡馆，可苦于资金短缺，确定工作后的第一时间，他便想为他解决燃眉之急，将离开时董家恒给他的那些钱还给他。

"如果你就这么直接给他，他是肯定不会收的。"唐庆庆的反驳十分肯定。

"这也正是我担心的，所以，我在考虑要找一个什么样的理由让他接受这笔钱。"说着陆凡笑了笑，"看来你对他还挺了解。"

电话这头，唐庆庆的脸红了一阵，好像被人窥探出了些什么，心跳跑到了嗓子眼儿，然后极力让自己的语气变得平稳，"和你们好歹也相处了几个月了，还是了解一点的嘛，就像你，我就猜到你不可能不管他的。"她在为自己找台阶下。

"所以，你有没有什么好办法？"

"办法倒是有一个，不过行不行得通，现在还不能确定。"

"联合会举办的创业大赛，若是获奖会有一定的奖励，我想如果家恒能有幸被选上，那就以奖金的名义把这笔钱给他，只不过大赛的奖励会以什么形式给予，奖金又会有多少，我就不得而知了。"

"到时候我撒个小谎，编个理由，也许能把他糊弄过去。这事难不倒我。"

"那我只要把钱备好，就等你通知了。"

"没问题。"

"对了，除了开咖啡馆的事，家恒平时的生活也要麻烦你多关照，他这个人，忙起来什么都不顾了，还得靠你多管着他点。"

唐庆庆从这话里听出了异样，难道是自己的热情太过于明显，连远在海峡对岸的陆凡都看得出来了？不过她可不打算立马承认，毕竟当前最重要的还是帮董家恒把咖啡馆开起来，如果连他人都留不下，她的感情再炽烈又有什么用呢？

"喂，你怎么像个交代后事的老妈子啊，你这么不放心，怎么还跑那么远。"

"跑远的明明是他好吗，不过有你在，我一切放心。"

唐庆庆自觉糗大了，看来陆凡是一百个确定她对董家恒的感情了，为了不露怯，她打了个哈哈，就匆匆挂了电话。

市集活动反响不错，咖啡馆的资金问题也已经解决，现在就全力准备创业大赛了。这段时间，唐庆庆带着董家恒参加了几场联合会的创业分享会，认识了不少台湾创业青年，董家恒学习到了不少，也更加清楚地认识了自己的短板和优势，让他目标更加明确，也更加有信心准备此次大赛。

所有事情都在朝着好的方向发展，唐庆庆的心情也开朗不少，每天奔波于集珍堂和联合会之间，虽然劳累，但只要是和董家恒在一起，只要是为了他能留下来而做的一点点努力，疲惫便一扫而空。

最近唐庆庆经常早出晚归，回到家时通常外婆已经睡下，可这天她刚打开家门，便看见外婆独自一人坐在餐桌前，桌上摆满了她的收藏和相册。这是这段时间以来，她第三次发现外婆一个人对着这些东西发呆了。

"外婆，怎么还不睡觉？"显然，秦老太太没有听见外孙女回来的声响。

"庆庆回来啦，最近很忙吧。"秦老太太抬起头，摘下老花镜。

"创业大赛时间差不多了，最近是会忙一些。"

秦老太太笑笑，看穿一切的语气，"嗯，一边忙着联合会准备大赛，一边忙着帮家恒参加大赛。"

唐庆庆从背后环绕住秦老太太，亲昵道："我的好外婆，怎么什么都瞒不过你呢？"

"你什么能瞒得过我呀？屁股上那胎记什么形状我都能给你完完整整地画出来。"

"既然你这么厉害，那你帮我估算估算，这回家恒的胜算有多大。"

"从市集活动来看，效果确实不错，至少可以肯定，手冲咖啡不会没有市场。联合会这些年扶持的创业项目，咖啡馆确实是没有过的，应该可以让大家耳目一新，这么估计……胜算七成吧。"

唐庆庆有些失望，"才七成啊……"

"剩下的三成，就要看你们咯，是不是能把这个项目解说得有新意、吸引人，对咖啡馆的规划是否有前瞻性和可发展性，你们可要加把劲哦。"

"这个你就放心吧，虽然我不能说百分百完美，但至少也是有相当把握的。"打消了顾虑，唐庆庆又开心起来，"我有点饿了外婆，有没有什么可吃的？"

"我今天包了饺子，在冰箱。"

唐庆庆回房间换了身衣服，便在厨房开始煮饺子。秦老太太看着她进进出出，还时不时哼着小曲儿，似乎心情不错，这些天虽然她早出晚归，但每天都一副充满干劲、不知疲倦的样子，看来爱情的力量确实是无穷的，尤其是她这个思想单纯、性格耿直的外孙女，八字还没一撇的事情竟也能让她忙得不亦乐乎，这爱情至上的模样还真是跟她的曾祖有些像了。

唐庆庆的曾外祖父母，她不曾见过，秦老太太也鲜少向她说起过祖辈的事情。看着外孙女为了爱情自顾自执着而欢喜的样子，秦老太太也由衷地替她开心，她看着外孙女忙碌，慈祥地微笑着，低头看了眼桌上的东西，心里又像被什么揪了一下，五味杂陈。

锅里的水沸了，咕噜咕噜声和外孙女的声音一同传来，"外婆，你最近怎么老是把这些宝贝翻出来看呀？"

"庆庆啊，家恒最近还有在忙他外婆的事情吗？"

"咖啡馆的事情还忙不过来呢，他哪有空忙其他事情，不过他说了，外婆说那件事不着急，等他咖啡馆开起来了再说了。不过，连外婆你这都没点线索，我估计他这事悬了。"

"哦……"秦老太太陷入沉思，这似乎与她的想象有些出入，原本她以为董家恒会对家族的事很上心，就像那位台湾来的导演，不过人家就是为了爷爷的事来的，而董家恒只是在创业之余顺便帮外婆寻亲罢了。

"对了，上次我们去七星楼，听家恒说，好像他跟老板很熟吧？"

"家恒熟悉的是那位林大哥，跟老板倒谈不上熟悉，只是有过一面之缘，林大哥倒是和老板是发小。"

秦老太太又想了想，好像做了一个重大决定般郑重，"改天，我们再去七星楼坐坐吧。"

"好呀，外婆你果然还是最爱七星楼的小吃呢。"

秦老太太幽幽道："只是许久没吃了，馋了。"

第六章　1937 爱情和自由

1

腊月二十八，年味渐浓，南后街上的花灯又挂上了，张灯结彩，流光浮动。糕点店、裱褙店、书坊等生意异常火爆，采购年货的、买对联写对联的、放烟花爆竹的，小小的一条南后街好不热闹。

离南后街不远的乌石山却没有了平日的游客如织，大家都忙着过年，山上冷清不少。本该加入人群欢声笑语的节日，薛耀邦却逆着人流，登上乌石山，他找到一处凉亭坐下，坐下又站起，如此反复，被兴奋和不安围绕着，即使是遇事沉稳内敛的他也不可避免手足无措。他来回踱步，时不时朝着他来的方向望去，好像下一秒那个期待的身影便能出现。

她总算出现了，一身藏青色旗袍，外面搭一件翻领坎肩，十七八岁的年纪，却有稍长于年龄的沉稳典雅。自中秋一别，薛耀邦和荣云姝已经四个多月没见面了，四个月间的期盼焦灼、暧昧悸动、思念渐浓和互诉衷肠，全靠一封封文字传达。寒假回来前的最后一封信，两人约定在腊月二十八这天的下午见面，即使两人在信里天南地北地谈话，也无比期盼着下一次见面，但真到要相见的时刻，紧张和无措还是占了上风。

"你总算来了。"薛耀邦看似镇定，实则心跳已经到了嗓子眼儿。

"等了很久吗？"

"没有，就一会儿，我的意思是，四个多月，总算见着了。"

荣云姝脸上一下子红了，腼腆如她，一下子竟不知如何回答。

两人都显得有些局促而拘谨，薛耀邦在学校与老师同学相处融洽，健谈随和，可到了荣云姝面前却变得缓慢笨拙，他试图找到合适的语言打开局面，可仅仅止步于脑海中的想象，还未说出口便被自我否定，不是太直白，就是太内敛。

两人沿着山道信步，沉默了一路，在一个开阔处偶遇一簇迎春花丛，明亮的鹅黄在冬季的萧条中显得格外耀眼。

"这迎春花真好看，淡淡的黄，像极了春光明媚的样子。"向来喜爱花草的荣云姝见了这特别的景致，忍不住赞叹。

"迎春迎春，这花就是为迎接春天而开的吧。"薛耀邦立刻附和，心里庆幸又惊喜，没想到这局面还是由对方打开的。

"如果冬天来了，春天还会远吗？英国诗人雪莱的诗，我前些天才读到的。"

"荣小姐喜欢英文诗歌？"

"我哪会什么英文，读的译作，不过我倒是很希望能有机会学习英文。"

"机会肯定是有的，等上了大学，英文是必修课。"

"哦？那你一定英文很好吧。"

"If Winter comes, can Spring be far behind?"薛耀邦朗诵出了这句诗歌的英文原版。

第一次，荣云姝露出了开朗天真的笑容，就像愿望成真的孩童，发自内心不由自主地笑起来，而非腼腆的、矜持的、有所保留的，这一笑像风吹起的水波，荡漾进了薛耀邦心里，把他深深感染，让他深深爱上。

薛耀邦不好意思地挠挠头，"这都是课堂上教的，我也只是完成学业罢了。"

"你明年夏天就要毕业了吧，有什么打算？"

薛耀邦很开心荣云姝找到话题，主动和自己聊天，原本他还以为对方太过腼腆，两人会冷场，他赶紧顺着话题回答。"如果有可能的话，我打算出国留学。"

"留学？"

"是啊，我想去德国，进修哲学。"

荣云姝的眼底闪过一丝失落，细腻如薛耀邦，他立刻就察觉到了这异样的情绪，紧接着补充道："我也只是想想而已，至于去还是不去，去哪所学校，还远没有着落呢。况且，我也想征求征求你的意见。"薛耀邦说得小心翼翼，他希望荣云姝能明白自己的意思。

"我的意见？我连大学的大门都没进去过，能有什么意见。"

"如果你不想让我去，我就不去了。"薛耀邦突然严肃起来，真诚地望着荣云姝的眼睛，像是要许下一个承诺。

荣云姝何尝不明白薛耀邦所谓的"征求意见"指的是什么，只是她没想到他会如此迫不及待、坚定绝对，她甚至有一点点喜悦。可是，就算她能主宰他的未来、他的前途，他是留下来还是离开，那他的婚姻呢？他的婚姻早在儿时就被家庭主宰了，而仅凭这一点，就决定了不仅仅是她荣云姝，就连他薛耀邦都无法完全掌控自己的未来。

"难道我能决定你的人生吗？也许连你都无法决定自己的人生。"荣云姝一下子变得理智起来。

薛耀邦知道，荣云姝说的是他和荣少君的婚约。

薛耀邦还未告诉父母他毕业后准备出国深造的打算，在薛老爷和薛太太的计划里，等明年薛耀邦从大学毕业，就帮他联系一个报社或者出版社的编辑工作，作为福州城知名的中医世家，薛老爷的人脉还是很广的。都说成家立业，眼看着还有一个学期儿子就要毕业，这次放假回来，他们对他的婚事格外上心，上次中秋节，薛太太只是委婉地让他约荣少君逛灯市，而今年过年，薛老爷和薛太太打算以提亲的名义，向荣安堂正式登门拜访。

放假回来的第一个晚上，晚餐格外丰富，荔枝肉、醉排骨、南煎肝、爆炒双脆、海蛎煎、炒米粉、酸辣肉皮汤，都是薛耀邦爱吃的家常菜，几个月没尝到母亲的手艺，薛耀邦甚是怀念，一上桌便闷头大吃，慰藉空虚了一段时间的味觉和胃。

"耀邦，你在学校是饿着了吧？"母亲看他吃得头也不抬，纳闷了。

"哪儿啊，是太久没吃到家里的饭菜了，想得慌。"

"爱吃你就多吃点。"薛太太往他碗里又夹了几块肉，脸上满是作为母亲的欣慰和骄傲。

薛老爷开口道："这次放假回来，你有什么打算没有？"

薛耀邦疑惑，这大过年的，能有什么打算，他不解地看着父亲，手里的筷子也没停下，正往嘴里扒拉炒米粉。

"马上就要毕业了，这最后一个假期，总得为毕业做点打算吧。"

薛耀邦还没打算将出国的想法告诉父母，一来学校需要申请，只有申请通过了才有出国的可能；二来留学的费用不菲，他不想完全伸手向家里要钱；再有就是荣云姝，他想听听她的想法。

除了出国留学，对于毕业薛耀邦还真没有过其他打算，正想着怎么回复父亲，薛老爷却先说道："你学的文学专业，也比较擅长写文章，我想找朋友帮帮忙，看看能不能在报社或者出版社给你找个编辑的职位。"

薛耀邦慢慢停下手中的筷子，没想到父亲为他考虑得这么充分，编辑可是他曾经梦寐以求的工作，能够以文字针砭时弊论道古今抒发胸臆，为读者提供自己的思想和观点，他觉得是一件特别畅快淋漓的事。

但上了大学以后，学习到了更多更高层次的知识，他的思想也随之改变，他发现自己并不满足于课堂所学到的知识，他需要更加广阔更深层次的思想空间。尤其是接触到了哲学，如果说文学是感性的、偏重于内心的，那么哲学就是理性的、偏重于思维和逻辑的，从近处看，要想写出有深度有思想的文章，除了内心敏锐的感知，也需要理性思维的加持，从长远看，哲学能够对一个人的人生观、世界观产生深远影响。

德意志民族历来被称作"哲学的民族"，康德、黑格尔、费尔巴哈、马克思、叔本华、尼采，这个民族为人类精神贡献出了许多杰出人物和思想财富，在老师的建议鼓励下，薛耀邦才有了去德国接受更专业更系统的哲学教育的想法，再加上他品学兼优，想申请留学并不困难，在各种因素作用下，他出国留学的想法愈加强烈。

没想到父母早已替他铺好了路，在还未决定出国与否的情况下，他只能先应承下来。

父亲安排好了工作，母亲又紧接着道："过了年，你也23岁了，都说成家立业，这工作有着落了，成家的事也该提上日程了，男大当婚女大当嫁嘛。我和你爸都想好了，趁着过年，我们上荣安堂拜访拜访，虽说这过年串门的我们每年都有，可今年不一样，我们是奔着提亲去的。亲事虽是从小就订下的，但该有的程序和礼节我们不能少了人家的。"

薛太太说得兴致勃勃，薛耀邦的眉头却越来越沉，婚约一事，看来是要尽快想个办法了。"妈的意思是，过年我们就上门提亲？"

薛太太笑得合不拢嘴，"是啊是啊，我和你爸是这么打算的，所以得好好准备准备。"

一旁的薛秀秀看似平静地吃着饭，耳朵却竖得老高，看来少君和哥哥的婚事是八九不离十了，她想起来要替好姐妹探探哥哥的口风，脑子一转，赶紧接话道："只是提亲嘛，娃娃亲都订了，提亲有什么难的。倒是哥哥，你可准备好迎娶我的好姐妹荣少君小姐了？"

薛耀邦的表情有些难堪，他意识到自己的不自在，又立刻让面部表情放松，语气也故作镇定，"当然没准备好了，你哥哥我可是以学业事业为重的，还未立足于社会，谈何儿女私情。"薛耀邦一副大义凛然的样子，他说得轻松，甚至听起来像是玩笑话，可这话却是他心里话。

母亲一听着急了，"这说的什么话，成家才能立业嘛，我和你爸成亲那会儿，他还在你爷爷的铺子里当学徒呢，成了亲有了家，才能安心专注事业，你看现在，这家传的手艺，一点不比你爷爷当年差。"

薛太太拿丈夫说事，薛老爷摆摆手，不好意思起来。

"可是，荣小姐和秀秀明年就要进大学了，好歹也等人家毕业再说吧。"薛耀邦一再想着拖延时间，只要时间充足，不怕等不来变数。

"是啊，少君肯定是要读书的，她可不甘心年纪轻轻就在家当太太。"薛秀秀也跟着推波助澜。

"我什么时候让少君在家待着了，她想念书去念就好了，而且想念多久就念多久，只不过多了一个妻子的身份嘛。"

薛老爷若有所思道："秀秀说得不无道理，毕竟少君还小，还有学业未完成，我看成亲的事要等她毕业再说。"

薛耀邦和薛秀秀一听，喜出望外，两兄妹心思不同，目的倒是一致，都想着这婚事能一拖再拖。

"那先办订婚宴？"

薛老爷顿了顿手里的筷子，"这倒是可以，请亲朋好友来家里吃个宴席，也轻松简单。"

虽然只是简单一个宴席，薛太太也十分欢喜，订婚宴办了，离成亲也更进一步了，"那行，等过完年我马上着手准备。"

"妈，你不用先和伯父伯母商量商量吗？"薛秀秀问道。

"哎呀，这还用商量，你伯父伯母他们也正有此意呢，不然我能催得这么紧吗！"

双方家长都对婚事如此上心和期盼，看来这事棘手了。此时，两兄妹的心里都各自盘算着自己的小九九。

2

正月初一，中和堂一家四口，带着些伴手礼上荣安堂拜年，伴手礼除了各种福州传统糕点小吃外，还有薛太太专门为未来儿媳妇荣少君新打的金饰，一对龙凤镯，一条富贵开花链，一个并蒂莲簪子，一看就是为成亲准备的。这么个排场来拜年，一点也不出乎荣安堂两位家长的意料，因为提亲的事是他们早已商量好的。其实以两家人的关系，订下了娃娃亲，提不提亲办不办订婚宴的，并没多大差别，两家本就是世交，这一代的两位掌门人荣三友和薛宝国，关系也好得像兄弟，本没那么多讲究，可中和堂觉得，既然是要娶媳妇过门，又是一个大户人家的媳妇，该有的排场和礼节一样也不能少，荣安堂也就顺着他们的意思办了。

"耀邦明年就要毕业了吧？毕业后的安排可有着落？"荣三友问道。

"父亲可能会安排我进报社或出版社工作。"

"哦，这个工作好啊，耀邦从小作文就好，又博学多闻，大学也是中文专业，报社和出版社正适合你。"

"多谢伯父夸奖，我一个刚毕业的学生，需要学习的还有很多，还要多努力才是。"

"多好的孩子啊，努力还谦虚，少康，你可得向你耀邦哥多学习学习。"荣太太说着看了眼荣少康。

荣少康虽然平时跋扈惯了，但他最佩服的就是薛耀邦了，他觉得薛耀邦不仅长得潇洒帅气，而且博学多才，这博学与荣叔夏又不同，在他看来，荣叔夏除了读书一无是处，是书呆子老古董，而薛耀邦聪敏灵光，机智活跃，还交际广泛，十分健谈，再加上荣少康对聚成轩就是带着先天的偏见，薛耀邦便因此成了他心中的"白月光"。

对于薛耀邦和妹妹荣少君的婚事，荣少康当然也十分欢喜，毕竟今后就是一家人了，"都快是一家人了，以后有的是时间学习。"他又转向薛耀邦，一脸崇拜恭敬，"耀邦哥，我也想念大学，可有几门功课就是不及格，你可得帮帮我呀。"

荣老爷听了脸一沉，"你还好意思说，都留级一年了，还不知道用功，明年跟少君一起毕业，要是再考不进大学，你就在店里当伙计吧。"

荣老爷一脸恨铁不成钢，本来荣少康去年就该进大学的，可是成绩不合格，只能留级一年，要不是薛老爷强烈要求，他还真就不打算念书了。堂堂荣安堂的大公子，门门功课不合格无法毕业，这要是传出去可是个笑话，荣老爷和荣太太劝说不成，最后还是叫来了薛耀邦开导一番，他才勉强答应留级一年。可即使是留级，也不见荣少康有任何长进，连书都读不好，还指望他今后继承家业吗，荣老爷也就破罐子破摔了，念得好是惊喜是意外，要念不好也只能随他去了。

大过年的又遇上两家人见面，这么好的一个日子，荣太太可不想被一点点小事破坏气氛，见荣老爷有些生气，她给他递过一杯茶，小声暗示他消消气，然后转移话题。

"时间过得真快啊，明年少君和秀秀就要进大学了，孩子们都长大了，可以不用我们操心了。"

薛太太说："等少君进了我们家门，你们就更不用操心了，她和秀秀亲如姐妹，我是要把她当女儿看的。"

长辈们说得热火朝天，可两位当事者却一言不发，心事重重的样子，只有薛秀秀看出了两人的异常，好姐们荣少君如此她当然理解，可哥哥为什么也一副闷闷不乐的样子呢，难道真像他自己所说的，还没做好成亲的准备。看到对面的荣少君好像如坐针毡，薛秀秀赶紧想个法子离开。

"对了少君，之前你说要把上学期的笔记借我看看的，我有好多地方没记全呢。"

还沉浸在忧伤中的荣少君一开始还纳闷什么笔记，然后脑子一转，猜想一定又是薛秀秀的小把戏，立马附和道："你要不说我都忘了呢，我现在就拿给你，省得一会儿又忘了。"

听到是与读书有关，四位家长也没说什么，让她们离开了。

两人来到荣少君的卧室，门一关，薛秀秀便邀功道："是不是要感谢我呀，让你脱离苦海。"

"只怕这苦海还没那么容易脱离。"荣少君有些悲观失落。

可如今现实情况也的确如此，只要订婚宴一办，转机可就难了，事到如今，平日里嘻嘻哈哈惯了的薛秀秀也开始担忧了。

"那能怎么办呢？"

荣少君拉着薛秀秀在床边坐下，"对了，我之前让你探探你哥的口风的，怎么样，有收获没有？"

薛秀秀将之前一家人在饭桌前谈话一五一十告诉荣少君，荣少君细细琢磨着，"没准备好……难道他也不想这么快成亲？"

薛秀秀挠挠头，"我也猜不透，但又说先要有一番事业再考虑儿女私情，难道他打算做出一番成绩再娶你？"她又突然拍了拍大腿，激动道："对了，有件事忘了跟你说，上次中秋节，就是我们在南后街遇见他和荣云姝的那个晚上，本来母亲是让他约你一起逛灯市的，第二天母亲问起你们逛的怎么样，你猜我哥他说什么，他居然说你们逛得很开心，可是明明你们连一句话都没说上呀。"

就像探案的警官获得了一条新线索，荣少君试图从中提取出有效信息，"他并没有按照伯母说的做却又撒谎说做了……"

"还有，我一直觉得奇怪的是，我哥他和聚成轩并不太熟，那天怎么就要送荣云姝回家呢？他们两个人就像这南后街上的任何两个人一样，见面一个点头之交而已，怎么就送人回家了呢？"

"他完全可以和我们一起逛灯市的，却要送不相熟的荣云姝回家，难不成你哥他……"

薛秀秀被荣少君的猜测大吃一惊，"不可能吧，他们哪有什么交集，怎么可能会有这种事。"

"我和黄之远还八竿子打不着呢，不也好上了吗？"荣少君越来越肯定自己的猜测。

"你这离经叛道的个性，谁能替你做得了决定吧？可荣云姝不一样，她可是十分传统的，中和堂和荣安堂订下娃娃亲的事这南后街谁不知道，况且聚成轩和你们家还是同胞兄弟，任谁有可能和我哥好上也不可能是她。"

薛秀秀说得有理有据，荣少君也觉得有几分道理，"就算他和荣云姝没好上，那就凭他的言行是不是也能肯定，你哥他应该是有心上人了？会不会是他大学同学？"

薛秀秀觉得这问题有点复杂，怎么还有点剪不断理还乱的意思，"我哥他有心上人了？可能吗？看他也不像是谈恋爱的样子啊。"

荣少君道："我倒希望是这样。"

"啊？"薛秀秀先是不解，然后又茅塞顿开，"我明白了，如果我哥和你的情况一样，那么你们要一起对抗婚约就容易多了。"

"所以，你要弄清楚你哥到底是不是有心上人了，是不是也压根不赞成这个婚约。"

薛秀秀一听，一个头两个大，好像摆在她面前的是个巨大的难题，"你说你俩结个婚，我跟着掺和什么劲啊。"说着她打了个哈欠，"昨天晚上守岁到半夜，一大早又被拉起来准备这准备那的，我都还困着呢，你们的问题太复杂，我现在可没脑子想这个，还是先睡会儿吧。"薛秀秀往床上一倒，作昏睡状。

荣少君用力拍了拍薛秀秀的大腿，"你还是不是我的好姐妹了，还为不为我的幸福着想了？"

"我的好姐妹，我当然为你的幸福着想了，可现在你能不能先为你好姐妹我的人身安全着想着想，再不睡一觉，我可就要困得死过去了呀。"薛秀秀干脆把鞋一脱，钻进柔软的被窝。

"好吧好吧你睡你睡，你睡醒了可得把我这当作头等大事知道没。"荣少君也跟着在床边躺下。

"知道啦知道啦。"薛秀秀含糊不清的声音，似乎真就要睡过去了。

荣少君躺在薛秀秀身边，两人小时候经常这么一起睡觉，或者在这里，或者在中和堂薛秀秀的卧室，分享一床被子，也分享彼此的心思。这小小的一张床窃去了两个小女孩多少的小秘密和私房话呀，小时候是去了哪里玩吃了什么好吃的，长大后是又做了几件新衣裳，是哪个簪子哪个头花更好看，再大一点，是情窦初开，是少女情怀总是春，是对未来怀抱的无数设想和期待。

不一会儿，薛秀秀便睡着了，荣少君清醒地躺在一边，毕业、婚约、黄之远，任由思绪纷乱，喜怒哀乐交替。

3

年前薛秀秀定做了一套洋装，因为将近年关，店里活儿多人手又不足，师傅只能让她年后来取，正月初四，开假的第一天，薛秀秀便迫不及待地取衣服去了。裁缝铺在南后街不远处的乌山路，乌山路是乌石山脚下的一条商业街，各式店铺星罗棋布，其热闹程度与南后街有得一比。取了衣服往回走，她一边走一边逛逛路边的小摊，卖花卖首饰卖胭脂粉彩的，卖糖葫芦卖泥人卖糖画的，开假第一天摊贩们齐齐出动，吸引众多出游的人们。

薛秀秀买了一串糖葫芦，正优哉游哉地边逛边吃，似乎在一个卖书的摊位边看到了熟悉的身影，定睛一看，是聚成轩的荣云姝，没想到竟会在这里碰见她，薛秀秀十分意外，又不禁佩服，不愧是善读书的荣云姝啊，连过年逛个市集都不忘买书。不过她觉得今天的荣云姝好像与往日有些不同，又仔细一看，原来她今天穿了一套粉色袄裙，梳两条麻花辫，侧边用精致的蝴蝶发夹点缀，她还画了口红，气色好了不少。

这打扮与平时的荣云姝大相径庭，平日她的衣服以素色居多，白的、淡的，就是没见过她穿过艳丽明亮的，朴素如她，发饰和妆容就更不用说了，一切从简，可今天的她居然一改往日风格，本就面容姣好的她，一番打扮后更显出众气质。薛秀秀被荣云姝的装扮吸引，想着也许是因为过年才改头换面的吧，她打算上前打个招呼。

她穿过层层人群，正打算在嘈杂的人声中高喊对方的名字，这时，一个男子来到荣云姝身边，把薛秀秀吓了一个激灵，这不是她哥哥薛耀邦吗。在原地怔住了几秒钟后，薛秀秀突然清醒过来，一个转身闪进了距离最近的一家店铺里，一来为了不让自己被发现，二来，她记着少君的交代，探探她哥哥的情况。

哥哥和荣云姝似乎朝着店铺的方向走过来了，他们路过店门口时，薛秀秀一边低头假装挑选商品，一边用余光望着两人慢慢从门口走过，她的心都已经跳到嗓子眼了，倒不是怕被发现，而是她怎么也不会想到，哥哥的确是有心上人了，并且这人还是聚成轩的荣云姝，如果真是这样，那么中秋节那晚发生的一切便都可以解释清楚了。容不得她耽误片刻，薛秀秀立马出了店铺，一路尾随。

　　川流不息的游人为薛秀秀提供了很好的掩护，她一路跟随两人到了乌石山下，原来两人是相约爬山来了。薛耀邦和荣云姝走走停停，赏赏花看看景，一路有说有笑，从容自在，最后他俩在半山腰的一处凉亭坐下。跟随了一路，薛耀邦和荣云姝的关系再肯定不过了，薛秀秀可没时间看他俩在亭子里你侬我侬，她立刻回头下山，直奔荣安堂。

　　薛秀秀气喘吁吁地到了荣安堂，谁知却扑了个空。

　　"少君一早就出去了，她没和你一起？"开假第一天，薛太太以为女儿准是和秀秀出去玩了。

　　不用猜，荣少君肯定是找黄之远去了，薛秀秀只能替她找借口，"哎呀，伯母你看我这脑子，我和少君约好了在乌山路碰面的，却记成来中和堂找她。"薛秀秀佯装迫切道，"我得赶紧走，她该等着急了。"

　　薛太太笑笑说："你慢点慢点，别着急，等就让她等会儿呗。"

　　话音刚落，薛秀秀就不见人影了。

　　薛秀秀假装跑两步，确定出了荣安堂的视野范围，才慢慢停下来，此时的她是既着急又生气，好不容易寻来一个重磅消息，拎着一大袋衣服连家都没来得及回，火急火燎就跑来告诉好姐妹，谁知居然跟情郎约会去了，只留她一个人在这儿干激动。薛秀秀只好悻悻而归。

　　就在薛秀秀为姐妹的终身幸福奔走的时候，荣少君的确和黄之远在一起，她今天打算做一件不寻常的事。

"我们去拍张照吧。"荣少君兴高采烈道。

"拍照？为什么要拍照？"

"难道你不想和我拍照？"

"我不是这个意思，只是我们见面不是很方便吗，再说了，如果照片被别人看到的话……"

黄之远话未说完，荣少君便紧接着道："我马上要订婚了。"

两人的关系至今只有薛秀秀知道，他们都把这段感情保护得小心翼翼，若是不幸让人知道，无论对于荣安堂还是中和堂来说都是一件棘手的事，所以，与薛耀邦一样，荣少君也在寻找合适的时机向家里坦白，只是她没想到，时机还未等到，却先等来了订婚的消息，订婚宴一办，解除婚约的可能性就更小了。荣少君想与黄之远有张合照，算是弥补一种遗憾，如果她真的只能嫁给薛耀邦，那这张照片也能成为她唯一的念想。

黄之远一怔，虽说他一直很清楚两家的娃娃亲是很难改变的，他和荣少君能走到最后的可能性微乎其微，可他没想到这一天会来得这么突然来得这么快，此时的他有种无力回天之感，他很想紧紧抓住这段感情不放，但现实却让他连伸手的机会都没有。

"这么说，我们就要分开了？你说要拍照，就是以后再没机会见面了吧？"黄之远突然着急失落起来。

"当然不是，我们不会就这么分开的，我还在想办法。

你知道吗，我觉得薛耀邦似乎对婚事也不是很上心，初一那天薛家来我们家提亲，我看他好像一副闷闷不乐的样子。"

"哪怕他不上心，哪怕他一千个一万个不愿意，可是这些能抵抗得了十几年的承诺吗？"

荣少君知道，在薛耀邦面前，黄之远始终是自卑的，哪怕他踏实努力地扎花灯，不断提高手艺，相信自己总有一天能在这门手艺上有所成就，但一回到出身和家世，在薛耀邦面前他当然只能矮一截，这也是一直让他感到无能为力的原因，他可以决定自己的未来，却无法选择出身和阶层。每次荣少君从黄之远的眼中看到无奈和失落，总让她觉得心疼，现实的桎梏让他无力改变，那么就需要她多努力些，努力让这种无奈和失落消失不见。

"承诺又不是我许下的，我不欠谁什么，即使真走到了成亲那一步……"荣少君想了想，斩钉截铁道，"我们就离开吧。"

"你是荣安堂的堂堂大小姐，未来还会是大学生，有无限光明的前途，两个百年家族结合，会让你的人生锦上添花……"

"这些我都不在乎。"荣少君语气坚定，眼神不容置疑。

其实黄之远并非不想努力和荣少君在一起，只是他知道自己所能给予她的，远远比不上薛耀邦能给予的多，他不忍心让从小衣食无忧自由自在生活惯了的荣少君跟着自己吃苦，所以，即使自己伤心难过，但从某种程度上讲，他竟有点希望荣少君最终还是能和薛耀邦顺利成亲。只是他没想到，荣少君会如此坚定决绝，这让他开始动摇，难道自己真的要放弃吗？

"你愿意跟我过苦日子吗？"

"你会对我好吗？"

"我会。"

"那我也愿意。"荣少君想了想又接着道："再说了，怎么会是苦日子呢，你不是还想做成花灯的百年老字号吗，就凭你这股子倔强劲儿，我觉得我是不会有苦日子过的。"

荣少君的眼神柔软却带着力量，给了黄之远巨大的信心和斗志，此时的他激动得想拥抱眼前的心上人，但却碍于可能会被熟人撞见，于是，他轻轻握了握荣少君的手，作为回应，荣少君在他掌心轻轻挠了挠，给予他温柔的坚定。

为了掩人耳目，他们选择到离南后街有段距离的道山路拍照，那里有家新开的吉祥照相馆。他们拍了一张红底的彩色照片，黄之远端坐在右侧，左侧的荣少君将脑袋微微靠向他肩膀，两人的笑容天真烂漫，灿若星光。

照片一式两份，两人各自保存。回到家，荣少君一头钻进房间里，将照片放进楠木盒子，这个盒子原先是用来放那块田黄石雕的，石雕早就给了黄之远，如今这盒子又有了珍藏之物，虽然只是一张照片，但这张照片的价值比

那块石雕高上千倍万倍，无论将来她走到哪里，这张照片
都将会跟随，见证她的所有喜悦与悲伤，得到与失去。

4

从荣安堂回来后，薛秀秀一直待在房间里，既不见哥
哥回来，也不见荣少君来找她，她一个人闷闷不乐又胡思
乱想了一整个下午。心里藏着事情，她什么事也做不了，
在房间里干待着，坐也不是站也不是，无聊的她一会儿把
衣柜里的衣服拿出来试试，一会儿又坐在梳妆台前画画眉
擦擦胭脂试试头花，一直到傍晚四点多钟的光景，门外传
来脚步声，激动的薛秀秀立马扔下手中的胭脂，冲出门去。

房门几乎是被撞开的，院子里的薛耀邦看见门内的妹
妹，没忍住哈哈大笑起来，本就生闷气的薛秀秀见了，觉
得莫名其妙，气更不打一处来，她两手叉腰，拿脚在门槛
上用力一踩，"哥你笑什么笑！"

薛耀邦笑得直不起腰，他扶着腰强忍住大笑，"秀秀，
你这是什么打扮，不会是要出门吧？"

薛秀秀立马转身回屋，冲到镜子前，仔细一看，也把
自己吓了一跳。眉毛只画了半边，胭脂红得像猴屁股，头
花红的黄的绿的插了满脑袋，简直像一顶大鸡冠，还有身
上的衣服，淡蓝素雅的学生装外面居然套了一件大花的夹
袄。这是什么奇怪的打扮嘛，薛秀秀被自己惊得羞愧难当，

赶紧脱了袄子摘了头花，又到脸盆边，也不顾水凉，把大花猫般的一张脸冲洗干净。

"你该不会是过年太开心了，把自己打扮得花枝招展迎新春吧。"薛耀邦也进来屋子里，看着妹妹回归正常。

"我有什么可开心的，开心的只有你们。"薛秀秀还没消气。

"我们？我还有谁？"

"你和……"薛秀秀本欲脱口而出"少君"两字，又收了回来，话锋一转，"对了哥，一大早出去到现在才回来，你这是去哪儿了？"

"喏，给你买好吃的了。"薛耀邦把手里的牛皮纸袋放到桌上，上面印着百饼园的商标。

"出去一整天就为了给我买点心呀，哥哥可真是太贴心了。"薛秀秀故作撒娇状。

薛耀邦有些心虚，他当然不能实话实说，可一下子又编排不出合适的理由，只能含糊其词："就在外面随便逛逛，开假第一天市集可热闹了，够好好逛上一天的。"

"哦？就一个人吗？哥哥向来不喜欢闲逛的呀。"

"那还能和谁，可不就是一个人吗。"薛耀邦在桌边坐下，给自己倒了一杯茶，表现出一副悠闲的样子强装镇定。

"是不是和荣云妹荣小姐呀？"

薛秀秀此话一出，薛耀邦吓了个激灵，他神色紧张地关上房门，小声道："是谁告诉你的？"

"我看见的，你俩还去了乌石山。"薛秀秀一点没藏着掖着，直接向哥哥坦白。

薛耀邦被妹妹彻底说蒙了，他是该承认还是再找些理由搪塞呢？他立在原地，不知道该如何回应，薛秀秀接着问，"你和荣小姐是真的？"

薛耀邦知道是瞒不过了，此时他担心的是荣少君，"少君她可知道？"

"本来是应该知道的，我一见着你们就跑回来找她了，可不巧，她一早也没在家。"

"我知道是我对不起她，我会找机会向她解释清楚的，可是……"薛耀邦感到愧疚，毕竟对方是女孩子，解除婚约对她来说，影响和伤害要比对自己来得大，这也是他最大的顾虑之一。

从哥哥这证实到了他和荣云姝的关系，其实薛秀秀的内心是有些窃喜的，哥哥和少君都有了各自的心上人，某种程度上这对于说服两个家族解除婚约是十分有利的，既不会对谁产生伤害，也不会有谁自觉愧对对方，要说唯一会造成消极情绪的，那可能就是双方家长了吧。

她也迫不及待地想将荣少君与黄之远的事告诉哥哥，减少他的愧疚让他放心，她开心地几欲开口，门外传来母亲的叫声。

"秀秀，少君来找你了，快出来。"

真是说曹操曹操到，还完全不知情的薛耀邦诧异地看着薛秀秀，而薛秀秀却一脸轻松，一副势在必得的样子，"来啦。"她大声回应，然后打开房门，荣少君正好在院子里，她立马将好姐妹迎进屋里。

见到薛耀邦也在，荣少君觉得惊讶，又有些不自在，她还想把照片给秀秀看呢，她哥哥在这儿干什么呢。

"你早上去找我了？"荣少君问道。

"你不会刚回来吧，我都等你一整天了。你今天去哪儿了？"

"有什么事吗？"荣少君向薛秀秀使了个眼色，今天去哪儿，当然不能现在说了。

薛秀秀向门口望了望，确认院子里没人，然后将门关上，请两位坐下，她清了清嗓子，郑重其事的样子好像有什么天大的消息要宣布。当然，这消息对于面对面坐着的薛耀邦和荣少君来说，也的确够震惊的了。

薛秀秀清了清嗓子，"哥，你不用觉得对不起少君，少君你也不用有顾虑。我今天去找你是想告诉你，我哥他和荣云姝荣小姐在一起了，而少君也早就有心上人了，哥，你可记得，中秋节赵同学在澳门河边拍的那个扎花灯的年轻人，就是他，他叫黄之远。"

听了薛秀秀一番话，薛耀邦和荣少君双双瞠目结舌，他们绝对不会想到对方已经有了心上人，更令人意想不到的是，一个是荣少君的堂妹荣云姝，而另一个竟是普通的花灯学徒。

"所以，你们可以结成盟友，唯一的任务，就是想办法如何说服家长们解除婚约。"

任薛秀秀说得有理有据头头是道，薛耀邦和荣少君还是没有完全回过神来，事情发生得太突然，而且两人还是面对面地知道了对方的事，就像被硬生生拉进一场梦，虚幻得好像跟自己无关。

"荣云妹，我堂妹？"荣少君还是有些不敢相信。她了解堂妹的个性，与她截然相反，堂妹是十分保守之人，大家闺秀，贤良淑德，尤其是在传统之事上，更是不会逾越半步，中和堂和荣安堂的娃娃亲是众所皆知的，也是不可违背的，按理说她是绝对不会破坏这段婚姻的，可为什么堂妹还会和薛耀邦在一起呢。这让荣少君十分费解。

"确实是这样。"薛耀邦解释，"不过这不关荣小姐的事，荣小姐向来保守传统，她一开始是坚决不同意同我在一起的，是我一而再再而三地劝说，让她正视自己的内心和情感。那个时候我并不知道你也反对这门婚事，所以，我如此鲁莽而意气用事，也有可能对你造成伤害。"

"好在我们两个都是勇于直面自我追求自由的人，这点我早就看出来了。"荣少君道。

"所以你觉得我们的勇敢能够对抗父母之命媒妁之言吗？如果我们各自向家里坦白，后果会如何？"

之前是他们要各自面对这个问题，现在事情明了，是他们两个人共同面对这个问题，可他们发现，结成联盟并不比单打独斗容易，毕竟他们要违抗的东西太根深蒂固了。

"照我妈的计划，年后她就要开始筹备订婚宴了，你俩时间紧迫啊。"高兴过后，薛秀秀也开始替两人着急。

薛耀邦觉得既然大家现在面对的是同一个问题，都有相同的目标，那么他就该把自己的想法一五一十告知。他想了想说："其实我有一个打算，大年初一那天伯父问我毕业后的去向，报社和出版社只是父亲为我安排的，其实我想出国留学，目前也在争取名额，如果我能以这个作为理由，也许可以让订婚宴推迟。"

"哥你要出国？去哪里？"

"德国，我想去德国进修哲学。"

"可是订婚宴就在年后，你应该不会这么快就走吧？"

"申请出国可是需要很多程序的，条件要求也不少，我可以以学业繁重为由，压根就没时间回来参加订婚宴。"

"然后呢？这也只是让宴席推迟而已，迟早是要办的。"

"我会尽力争取出去，还有，我想让云姝小姐跟我一起去。"

这个想法让薛秀秀和荣少君不可思议，这相当于什么，相当于私奔啊！荣云姝，一个遵守传统的大家闺秀，会做出私奔出国这种离经叛道的事吗！

薛耀邦知道两人很惊讶，其实连他自己都没把握荣云姝是否会跟随，不过他会尽力说服，就像他俩能通过信件建立感情，能一点一点走进对方的内心，也不过就是一次又一次的诚恳相谈、真心相待罢了。虽然这件事的确"叛逆"了些，但已经走到这一步了，他是不可能回头的，又为什么要回头呢，人只活一次，要为了自己，也要为了自己所热爱的。

"之前你已经答应爸会照他安排的做，这下你准备什么时候开口？"

"事不宜迟，就今晚吧。"

薛秀秀耸耸肩，有种不祥预感，"看来晚餐又免不了气氛严肃了。"

已经在外面待了一整天，荣少君也该回家了，薛秀秀送她出门，没有薛耀邦在旁边，荣少君终于可以把照片给薛秀秀看了，她从怀里掏出照片，在薛秀秀眼前晃了晃。

薛秀秀定睛一看，这下轮到她大吃一惊了，"你们居然拍照去了，是在照相弄拍的吧，不怕被发现？"照相弄是三坊七巷内的一条小巷子，以照相馆众多命名。

"我能那么傻吗，这照片是在道山路拍的，而且是一家新开的照相馆，熟人不多，而且我跟老板说了，不要把我们的照片挂在橱窗里，不会被发现的，你放心吧。"

薛秀秀仔细看了看照片，笑着说道："不过还真别说，黄之远虽然不是什么富家少爷，但这气质看上去还真有点大少爷的模样，要是换上像样的西装，比我哥可差不了多少。"

"什么叫差不了多少啊，是比你哥更加卓越出群好吗。"

荣少君心花怒放，一脸幸福样。

薛秀秀戳了戳她的脸，"瞧你这花痴样！"

两人说着走到了中和堂门口，荣少君赶紧将照片藏好，"好了好了不说了，我该回去了，不然我妈她又该刨根问底了。"

5

送走了荣少君，薛秀秀回到院子，哥哥和少君的事情总算明朗了，她本该替两人高兴，可此时薛秀秀却开心不起来，哥哥要出国留学这件事让她情绪失落。见薛耀邦的房间门打开着，她便走过去。

"哥。"薛耀邦正斜靠在床边，神情严肃，像在思考着什么，"你在考虑怎么向爸妈开口吧？"

见了妹妹，薛耀邦收起严肃的表情，笑容立马挂在了脸上，"是啊，毕竟不是一件小事。"

"父亲可是做好了让你接手中和堂的准备的，你要是真走了，他可怎么办呀？"

"不是还有你呢吗，你从小在药房待的时间比我长，懂得也比我多，让你接手再好不过了。"

"我一个女孩子，哪有接手家业的道理。"

薛耀邦嗔怪道："你说你，思想怎么还这么保守，女孩子怎么了，女孩子就不能做一番事业了？那你念大学为了什么，难道就为了相夫教子吗？"

"大人们可不就是这么想的吗，等毕业了帮我找个好人家，我也只能嫁作他人妇。"

"秀秀，你不是谁的附庸，你有自己的理想自己的生活，选择自己想走的路，然后大胆走下去，虽然难免会有世俗的羁绊，会有困难，但只要你认定了，就没人能改变。你看少君，她可以不顾封建传统，大胆追求自己的幸福，你要像她一样勇敢自由。"

"我也可羡慕她了，找到了自己的幸福，并且认定了一心走下去。哥，其实我也有梦想的。"

"哦？你的梦想是什么？"

"其实我并不想读什么华南女子学校，我想学医，救死扶伤。"

考上华南女子学校是荣少君的梦想，那可是福州城最好的女子大学，薛老爷薛太太便想让女儿一起进这所学校，两个好姐妹也能互相照顾。薛秀秀可不这么想。

她从小就喜欢在药房玩耍，说来也奇怪，哥哥薛耀邦最不喜欢中药味，苦涩刺鼻，好姐妹少君也对这药味避之不及。来医馆看病的孩童，甚至一走进药房就开始哭闹，这味道总是与病痛和难以下咽联系在一起，闻见了似乎就预示着一碗碗又臭又苦的汤药在等着他们。

可薛秀秀却爱极了这气味，初闻之下是苦涩，但苦涩过后却是隐秘的清新和甘甜，醍醐灌顶，回味悠长。小时候父亲带着她在药柜前认识各种草药，够不着拉环，就拿一把小凳子垫着，小手一勾，变魔法似的，每个小抽屉后面的气味都各不相同。闻味道辨药材，背《汤头歌》，记下每种药材最基本的属性，虽也有犯懒嫌烦的时候，但只要闻着这味儿了，精神头就起来了，什么懒什么难也都能克服了。

在药房长大的薛秀秀其实很崇拜父亲能够为患者解除病痛，从小潜移默化耳濡目染，她也希望自己能救死扶伤，可像他们这样的家族招牌、祖传手艺，向来传男不传女，中和堂是不可能让她实现从医的愿望的。

即使进了大学，她也不知道自己能学习什么专业，毕业后能从事什么职业，直到不久前，她无意中得知明年将会成立福州医科学校，并附设了护士职业学校，继承不了中医技艺，西医同样也能为患者服务，于是，进医学院学习的愿望便愈加强烈。

"救死扶伤好啊，这与我们中和堂的理念也是一脉相承的，无论中医西医，只要能医治患者，都是好医生。"

"我曾经向母亲透露过想学医的念头，可是她觉得女孩子家不适合在诊所抛头露面，还是找点安稳简单的事情做就好。"

"母亲那是封建思想，女孩子怎么了，你看看医院里的那些护士，不都是女孩子吗，人家何止抛头露面，还要面对鲜血、伤口、要给人扎针，心理素质不好的还做不了呢。

女孩子也能有自己擅长的领域。"

"哥，你这意思是十分支持我从医咯？"

"不管你做什么，哥都支持你，只要是你自己铁了心认定的，我都一百个支持。"

薛秀秀开心地给了薛耀邦一个大大的拥抱，"哥，还是你最了解我。"

"不过，你将面临一个和我一样的问题，就是如何说服爸妈。"

"你放心吧，有了你的支持和鼓励，我已经做好迎接疾风骤雨的准备了，但我是不会放弃的，明年我一定要上医科学校。"

刚刚开心起来的薛秀秀又突然感到失落，虽然父母从小对她疼爱有加，但要说这个家里谁对她最了解，谁在凡事上都能给予她最大的支持和肯定，那必须是哥哥薛耀邦，可哥哥就要离开了，要追求他自己的未来和幸福去了，以后遇到困难，还有谁会护着她理解她支持她。哥哥对于她来说，不仅仅是兄长，还是朋友是导师，都说长兄如父，在薛秀秀看来，哥哥是除了父亲之外，这个世界上最包容她疼爱她的男人，如今他却要离开，薛秀秀的心情失落失望到谷底，好像生活失去了依靠。

"哥，你非得出国留学吗？"

"我必须出国留学，你有你的梦想，我也有我的梦想。"薛耀邦看出了妹妹的不舍。

哥哥说得坚决，毫无反驳的余地，话已至此，薛秀秀也不好再说什么，无条件支持她梦想的哥哥，她又有什么理由不支持他的梦想呢。

"那我希望荣小姐能和你一同出国，希望你们能幸福。"

要说薛耀邦如果能顺利离开，他最放心不下的不是父母，反倒是妹妹，可看着她竟如此懂事，薛耀邦倍感欣慰，从小一起长大的妹妹，自己呵护备至的妹妹，他又怎么舍得呢？可作为兄长，他不能表现出过多悲伤，他要给妹妹树立榜样，给予她勇敢坚强，即使内心伤感，他也要保持温暖和微笑，摸摸妹妹的头，温柔地说一句，"傻丫头。"

出乎意料的，餐桌上的谈话非常顺利，当薛耀邦小心翼翼地提出出国留学的想法时，父亲表示十分意外和支持。

"留学也是一个不错的选择啊，我可真想不到，你居然愿意离开家漂洋过海。"

听说儿子要背井离乡，还要走那么远的海路去国外，母亲不能不担心，"为什么要离家那么远呢？想要进修，非得出国不可吗？"

"德意志民族有最好的哲学家思想家，也有最好的教授哲学的大学，我想学习哲学，必须要去德国。"

薛太太可不懂什么哲学家思想家，但儿子的这句"必须要去"让她失落又担心，她从没想过有一天子女会离开自己，在她的规划里，毕业后儿子耀邦会尽快和少君成亲，女儿秀秀也要趁早为她找一个好人家，子女们纷纷成家立业，养儿育女，她再看着孙辈长大，人生也就知足圆满了。可如今儿子却要离开那么远，还一去好几年，回来都老大不小了，到时候再娶少君过门，人家少君也不一定等得起。

"那少君怎么办，你们的婚事怎么办？"

终于说到了关键，薛耀邦开始小心谨慎，他看得出来母亲并不乐意他出国，如果成亲的事再不给她个满意的答复，她怕是要不同意他出国了。"三年，我读三年就回来了。"

"三年，你等得起，人家少君等得起吗？你离开三年，就不怕她跟人跑了啊？"

"我们可是订了娃娃亲了，难道还能反悔？"薛耀邦试探道。

"是不能反悔，可这也不是绝对的，如果，我是说如果，因为你几年时间不在身边，人家少君真的看上了别人，我们还能绑着她嫁进门不成。"

薛耀邦和薛秀秀心领神会地互相看了眼，发现对方眼里都在发光，本想先安抚母亲，让她安心放自己出国留学，没想到她的话无意间给了薛耀邦希望。按母亲这话的意思就是，虽然已经订下了娃娃亲，虽然这婚约基本上牢不可破坚不可摧，可万一有个不得已，也不能强行履约。这么说来，他可以大胆和云姝在一起，安心带她远渡重洋。薛耀邦心里窃喜，今天可真是个好日子，和少君互相表明心意，提出留学打算竟获得同意，又能顺利和自己心爱的人在一起，他为此焦灼了好几个月的心情总算轻松下来。

"成家立业固然重要，但和学业事业比起来，儿女私情还是先放一边吧。成家是早晚的事，男人还是要先以事业为重。"

父亲的这番话更是让薛耀邦喜出望外，他不仅支持自己的学业，而且对于成亲的事也不着急，自己一直以来最担心的事，没想到就这么迎刃而解了。

"知道了爸，我会争取获得留学名额的。"

丈夫都这么说了，薛太太也不好再说什么，但她还有自己的小小坚持，"既然你要出去这么久，那订婚宴可要好好办，我得抓紧时间准备。"

"订婚宴我怕是没时间回来了，等放完假一回学校，我就要开始准备申请事宜了，程序和要求还不少呢。"有父亲站在自己这边，薛耀邦趁热打铁，语气也理直气壮不少。

"这可怎么行，订婚宴是一定……"还没等薛太太说完，薛老爷就打断道："我本来也觉得订婚宴没什么必要，既然已经订下娃娃亲了，而且也有两枚田黄石作为信物，订婚宴不订婚宴的，办不办都没什么影响，耀邦既然学业繁重，那不办也行吧。"

薛太太听了气不打一处来，"年前和荣家都商量好的，怎么说变卦就变卦呢。"

"也就是你们两个当妈的商量好而已，其实三友和我的想法一样，多一事不如少一事，你明天跟荣太太说一声就

行了，这么多年我们两家关系就跟一家人一样，他们也不
会在意这些的。"

薛太太的心情一下子跌落到谷底，自己满怀欢喜精心
策划的订婚宴，一顿饭的时间就这么给打发了，儿子以学
业为重要出国留学，丈夫又对这些仪式上的事不上心，还
有女儿秀秀，秀秀倒是在一旁埋头吃饭一句话没说，薛太
太就像抓住一根救命稻草，毕竟事关她好姐妹少君，秀秀
应该不会不管。

"秀秀，这可是少君的订婚宴啊……"

"妈，既然爸和哥都发话了，我也不好说什么，我想少
君也是会理解的，是吧，爸，哥。"薛秀秀知道母亲孤立无
援，但没办法，她只能假装事不关己。

薛太太放下碗筷，一脸无奈不悦。

寒假结束，薛耀邦就回学校了，订婚宴取消，和荣云
姝之间的关系也趋向稳定，至于她会不会跟自己去德国，
还另说，毕竟自己也还没申请上留学名额，接下来的时间，
薛耀邦只为两件事而努力，争取出国，说服云姝。

薛秀秀和荣少君也对进入大学前的最后时光倍加珍惜，
虽说进了大学她们就要住进学校宿舍，脱离了父母，她们
的学习和生活会更加自由，但跨进高等学堂的大门也预示
着她们即将长大成人，要为自己的未来谋划打算，而不再
是那个无忧无虑的小姑娘了。尤其是薛秀秀，听了哥哥的
一番话后，她决定跟随自己的内心，报考福州医科学校，

无论父母最后赞成与否，她都会将学医作为自己为之努力的目标，在今后漫长的人生中，也许她的目标会改变，也许她会发现自己可能并不适合这个职业，但至少在当下，从医是她的最坚定理想。

6

1937 年的春天，以希望开始，南后街上中和堂、荣安堂、聚成轩的几个年轻人，都为迎接下一个即将到来的人生新阶段而努力奋斗，他们有理想，心里有默默爱着的人，梦想中的未来正向他们招手。

1937 年的夏天，以混乱开始，北平的一声枪响划破了黎明前的夜空，也响彻整片中华大地。福州城虽说还未被战火波及，但也并非安然无恙，福州各界通电声援华北抗日战争，先后成立福建抗敌后援会、难民救济会、警备司令部，局势愈加紧张，战争似乎也紧随其后。

荣少君和薛秀秀都如愿考上心仪的学校，薛耀邦也拿到了留学名额，在目前动荡的局势面前，难得有了这些个皆大欢喜的好事。只不过唯独薛秀秀的欢喜有些出人意料，尤其是荣少君。

"这么重要的决定都不提前告诉我，还是不是好姐妹了。"

"我本来也只是试试而已，也想不到能这么顺利考上。"

"你想从医还不容易，把中和堂接手过来不就好了，反正你哥对继承家业也不感兴趣。"

"你也知道的，我们家的手艺传男不传女，我爸妈也不愿意我在医馆抛头露面。"

"那就愿意你在医院抛头露面了？"

"所以啊，我是先斩后奏，考上了才告诉他们的，如果他们不同意，我就没有大学念了，他们也就只能勉强接受咯。"

其实，薛秀秀早就想将自己的想法告诉父母了，尤其是父亲对哥哥要出国留学一事特别支持，她觉得也许自己也能得到肯定，但又转念一想，父亲向来对哥哥在学业和事业上要求苛刻，所以当哥哥对自己提出了更高要求，父亲自然欢喜支持。而自己不一样，虽说父母也算思想开明，对女儿并没有封建社会的那一套要求，但毕竟是女孩子家，还是希望她能过得平淡安稳，医生或者护士似乎有太多不稳定因素。

"你为什么非要学医呢？像少君那样念个女子大学，学习师范，以后当个老师不好吗？"当个老师是父母能为她想到的最合适的职业。

"学医是我的理想，你又不让我学中医，那我只好学西医了。"

"当医生有什么好的，你看看你父亲，每天要接诊各种病患，小到头疼脑热大到疑难杂症，病人是医好了不少，可是费神又伤身的。你一个女孩子家，何苦这么为难自己呢？"薛太太十分为女儿担忧。

"就冲这句'病人医好了不少'，我就愿意学医，能为患者解除病痛，这是多么有成就感的事啊。爸，每当你医好了一位病人，难道心里不为他重获健康而感到开心吗？"

薛老爷有些惊讶，他没想到女儿对医学有如此大的自豪感和认同感，他想起秀秀从小就在医馆长大，跟在他身边为患者把脉问诊，在药房认识各种药材，那时候他以为女儿觉得好玩，打发时间罢了，没想到却也从那时起潜移默化耳濡目染，在她幼小的心灵里生根发芽。

他也有过让女儿学习中医的念头，可中和堂从创始到他这一代，向来传男不传女，虽然他知道不合理，但老祖宗的规矩不敢在他这儿造次，因此这念头刚冒出点苗头，就立马被掐灭了。没想到女儿最后还是学医了，虽说是西医，但也算是延续家族传承的另一种方式吧，看来秀秀注定是与医学脱不开干系了。

对于女儿，薛老爷也有担忧，不过这担忧与薛太太不同，学医的苦和从医的累他再清楚不过，他也相信既然女儿选择了医学，就肯定做好了吃苦的准备，他担心的是更加长远的事。

"学了医，以后就得进医院了吧，这仗要是打起来，医院怕也不是个安生之地。"薛老爷担心的是，眼下的时局，日军一旦入侵福州城，战火一旦蔓延至城内，医院少不了伤兵伤员，万一再被征召上前线……薛老爷不敢继续想下去。

薛太太听了也跟着紧张起来，"是啊是啊，秀秀，要不你别去了，大不了不念大学了，或者明年再考也行。"

"就算明年再考，我也还是要考医科学校。既然我选择了这个学科，就一定会坚持下去，如今遇上这局势，作为医学生，哪里需要我我就去哪里，如果我们不救治伤员，谁还替我们打仗，谁还来保护我们。"

"爸，您不是经常教导我们，无论走到哪里，无论干什么，都不能忘了做一个对国家、对人民有用的人。我现在做的不正是您所希望的吗？爸妈，你们放心吧，我会认真学习知识的，让自己足够专业，不仅能救人，也能保护好自己。"

这番话，薛秀秀说得斩钉截铁，虽然现在还相对安全，但眼下局势不得不让人考虑长远，也让这些话多了点悲壮和决绝的意味。薛太太不知道该说什么，只是不舍又担心地看着女儿，又看看薛老爷，希望他能再劝劝。

薛老爷将手背在身后，立在堂前，看向远方，眼神忧虑中又带着点坚定，叹息道："但愿不会有那么一天吧。"

薛耀邦正在房里收拾行李，三天后他就要离开了。申请到留学名额后，他第一时间将消息告诉了荣云姝。

"你会跟我走吗？"

荣云姝替薛耀邦高兴，在薛耀邦告诉他留学打算的那天起，她就无比希望他的愿望能够实现，但同时她又有隐隐的失落和寂寞，如果他真的一走好几年，两人远隔重洋，她又该怎么办呢？可荣云姝怎么也不会想到，薛耀邦甚至打算带着自己一起走。

"我如果跟你走了，我们的事不就大告天下了。"

"大告天下怕什么，我就想要大告天下，不仅是我，就连少君也是这么想的。"

和少君两人已经互相坦白的事，薛耀邦早就告诉荣云姝了，即使父母们还蒙在鼓里，至少对于他们双方来说，心里的愧疚和担忧也减轻不少。可是，保守如荣云姝，她始终缺少薛耀邦和荣少君的大胆和勇敢，在她内心深处，世俗和传统的那一关始终过不了，因此，对于她和薛耀邦之间的关系，她也始终进退两难。

薛耀邦看出了她的担心，其实薛耀邦一直清楚荣云姝真正放不下的是什么，他也一直努力让她尝试放下，"我知道你的顾虑，可是既然我和少君已经都心有所属，我们不存在谁对不起谁，你能不能也放下偏见，成全我们，也成全你自己呢？"

"你和少君打算什么时候向家里坦白？"

"我的打算是，等我到了德国，再慢慢写信告诉家里。"

"如果我们都离开了，难道只剩少君一个人来面对这一切吗？"荣云姝可以想到，若是中和堂和荣安堂的伯父伯母知道此事，肯定会是一场狂风骤雨，他们俩是远在大洋彼岸了，堂姐少君就要独自面对这个烂摊子。

"难道这一切真的如你想的那么可怕吗？我说打算留学，我爸一百个支持，甚至可以延迟婚期，秀秀选择学医，爸妈再不同意，最后也只能如她愿。你看，其实他们也都是明事理的人，虽然嘴上说着不行不同意，但如果是我们一心认定的事，他们是一定会支持的，善解人意的父母，是不会逼着儿女顺从的。"

"再说了，还有秀秀不是，她和少君亲如姐妹，少君的事她能不管吗？"

荣云姝仍旧皱眉，心事像在眉头安了家，一团乌云散不去。

"跟我走吧，离开这里，远离了这个世俗环境，你也就放下了。"

他们在西湖边坐了一个下午，荣云姝仍然没有给出薛耀邦想要的那句回答，她何尝不想和心爱的人远走高飞，可这里有她的父母兄长，有她从小到大所熟悉的一切，一下子抛弃所有漂洋过海，她不确定自己能否承受。再有，如果她真的决定和薛耀邦一起离开，那么她也会面临一个同样的问题，如何向父母解释这一切，她不确定如何开口，但她唯一能确定的是，父母是绝对不会同意的。既然已经知道了结果，又何必去尝试呢？

傍晚时分，他们回到南后街，为避人耳目，两人分别走在街道两边，各自回家，也各自心事重重。无意中，荣云姝在一家小饭馆外见到了伙计依海，拎着两个大布包，同行的还有两位老人，她猜想，这两位应该是依海的父母了。记得上次依海的父亲来福州是在去年年底，父亲生了病来福州治疗，难道这么长时间了身体还未痊愈？荣云姝本想上前询问，可想想还是不打扰他们一家人吃饭了，便一路迟疑着回家去了。

7

晚饭后，荣云姝在院子里坐着发呆，想着今天和薛耀邦在西湖边的对话。依海从后厨做事完出来，荣云姝叫住了他。

"荣小姐，你找我有事？"

"傍晚我在南后街看到你了，那两位应该是伯父伯母吧？"

"正是，今天他们刚从马尾上来，暂时借住在福州的亲戚家。"

"哦？伯父的病还没好？需要帮忙找大夫吗？"上次依海因为陪同来福州看病的父亲请假，这次他们又来了，荣云姝如此猜想。

"谢谢荣小姐关心，我爸的病已经好了，这次来福州，主要还是为了避乱。"

位于马尾的几个码头作为进入福州的重要港口，自抗日战争爆发以来一直处于警戒状态，为防日军舰入侵，早早就构筑起了阻塞线和防御线。虽然现在还风平浪静，但看局势，战火蔓延只是时间问题，当地民众人心惶惶。依海的大伯一家在福州做小本生意，便让弟弟弟媳上来避避。来福州的第一天，依海带着父母来南后街逛了逛，吃了小吃，才送他们去大伯家。

"是啊，现在局势紧张，凡事都要提前考虑的。对了，那你的未婚妻呢，她还在老家吗？"

"等父母安顿好了，我就回去把她接上来。虽然现在还只能借住在亲戚家，但这只是暂时的，本来我父母也打算来福州做点小生意的，好让我在福州安家。"

"打算做点什么生意呢？"

"开小吃店，父亲之前是案头师傅，村里但凡红白喜事，大小宴席，都会叫他主刀，开个小吃店对他来说没问题的。本打算下半年就着手准备的，但现在这局势，看来是难了。"

"那你是不是要离开聚成轩了？"

"如果老爷夫人需要我，我是不会离开的。"老爷太太待他不薄，他懂得知恩图报。

"可你总得成家，也总会有离开的一天。"

依海挠挠头，说到成家，他竟有些腼腆，"成家了就得养家，我就更需要这份工作了。"

不知何故，荣云姝竟有些羡慕起依海来，他和未婚妻虽然长期分离，虽然还未正式成亲，但他俨然一副负责任的丈夫模样，承担起作为丈夫所应该承担的一切，处处把未婚妻考虑进自己的未来里，为未来做打算。而她呢，眼看着就要和心爱的人分离，并且这段感情还是偷偷摸摸的，得不到世俗的认可，这么想来，她突然觉出自己的可悲来。大家闺秀有何用，名门望族又何妨，她还不如一个普通的伙计来得自由。

可是想这么多又有什么用呢，凡事已成定局，多想也无益。荣云姝收起悲伤，她真心替依海觉得高兴，"如果小吃店开起来的话，店名想好了吗？"

"父亲说就叫'依海小馆'好了，就当是为我结婚准备的见面礼。他说他年纪大了，过几年也干不动了，到时候将店传给我，我再好好经营，他们那代人在农村苦了一辈子，希望我们能在城里过点好日子。"

荣云姝听了竟有些动容，无论贫贱富贵，父母对子女的关心爱护都是相同的，他们都愿意倾尽自己所有为儿女撑起未来的一片天地，不在于天地是否辽远广阔，只在于他们毫无保留。

"虽然还不知道你们家的店什么时候能开起来，我送你们一副字吧，就'依海小馆'四个字，你看怎么样？"

依海听了喜出望外，他没想到堂堂小姐竟会对一个伙计的事如此上心，"真的可以吗？那可真是太感谢荣小姐，我和父亲都备感荣幸。"

荣云姝脸上总算露出了难得的笑容，她也是真心觉得高兴，"你们家要有喜事了，又要开一家店，全新的生活在等着你们，不知道能送你点什么，写字也只是我的举手之劳而已。"

"也谢谢你，这么长时间以来，一直为我和薛少爷送信。不过以后不需要麻烦了，他过几天就要出国留学了，也不知道下次见面会是什么时候。"

依海看到荣云姝一下子暗淡下来的眼神，他知道她和薛少爷之间的情况不妙，但主人家的事到底不是他一个伙计能插手的，他也只能象征性地劝说几句，便借口要做事离开了，他想，这个时候荣小姐应该想一个人待着，不希望有人打扰吧。

的确，荣云姝想一个人静静，可自从西湖回来，她就一直静不下来，心像扭成了一个结，又乱又麻。还有三天，还有三天薛耀邦就要离开，还有三天他们的关系就要趋于结束，虽说他们还可以通信，可隔着那么遥远的距离，过着那么不一样的生活，时间一长，他们又能有多少可供言说的呢？即使薛耀邦一再坚持一再肯定，荣云姝还是对两人间的关系态度消极。

几乎到了快要就寝的时间，荣云姝回到房里准备读会儿书，这时候也只有读书能让她稍稍平静下来了。刚坐下没多久，听见敲门声，这么晚了谁会找自己呢，她打开门，门外的人让她讶异，好不容易平静下来的心又提到了嗓子眼儿，是堂姐荣少君。

"我可以进来吗？"荣少君直接道。

荣云姝赶紧打开门，做了个请的手势，"当然可以，快进来。"两人在桌边坐下，荣云姝泡了壶茉莉花茶。

"云姝，这么晚了还来找你，真的不好意思，但我考虑了很久，还是决定来了，因为有很重要的事要和你说。"荣少君说得严肃而真诚。

荣云姝为她倒了一杯茶，笑笑拍了拍她的手，表示出姐妹间的亲密和随意来。

"听说耀邦过几天就要走了。"

这还是两姐妹第一次讨论这件事，荣云姝没想到堂姐是为这事而来，她有些不知所措。

"听秀秀说，他想让你跟着一起走，可是你没答应。"

荣云姝还是没开口。

"如果你想去就去吧，不用顾虑那么多的。"

"这不是想不想的问题，而是能不能的问题，显然现在我还不能这么做。"

"你不需要为别人而活，要为你自己。"

"你们尚且还瞒着家里，如果我要跟他走，这件事就再也瞒不住了。"

"你们悄悄地走，这里有我和秀秀。"

荣云姝知道自己还没有勇气做出"私奔"这样在她看来惊世骇俗的事情来，哪怕有少君和秀秀顶着，她也很难想象真相大白后，她们两人和三个家庭所要面临的压力。

"是耀邦让你来的？"

"是我自己要来的，他不知情，我只是不想让你们就这么错过了。"

"几个月的相处，其实我已经很知足了，错过了，也许就是我们命中注定的吧。"

"我可不信什么注不注定的话，凡事要靠自己去争取。"

荣云姝听着少君劝说自己的话，这话与耀邦所表达的如出一辙，她甚至产生错觉，与自己面对面的不是荣少君而是薛耀邦，有那么一瞬间，她真真切切地感到，也许他们才是再合适不过的两个人，他们同样有追求自由的勇气和与现实抗争的精神，而自己只会顺从和逃避，信服于宿命。

在某种程度上，她是相当佩服和羡慕荣少君的，她对她的爱情尤为好奇，"听说你的心上人是位扎花灯的师傅？"

"是的，他叫黄之远，就住在澳门路上，我可不在乎什么门当户对，我只知道我喜欢他，他也对我好，这就够了。"荣少君顿了顿，"你和耀邦也一样，你们俩互相喜欢，他也愿意对你好，你还有什么可担心的呢，就放心跟他走吧。"

荣云姝笑了笑，再没说什么。

薛耀邦乘坐凌晨的轮船离开福州，临行前的最后一个晚上，他和荣云姝两人在西湖边坐到很晚。

"你真的不打算跟我走？"

"这件事你无须再提。"荣云姝回答得决绝。

既然如此，薛耀邦也只能认了，他从口袋里掏出一个深紫色的绸缎袋子，从袋子里拿出一个玉佩来。是和荣少君那枚"玉兔守月"配对的"金猴出洞"。

"这枚田黄石雕，是当年我和少君订下娃娃亲时，我父母给的，是一对，少君那儿还有一枚。我父母将石雕作为订亲信物，一直由我俩随身保管。"

荣云姝在月光下细细抚摸观察，惊叹道："真是精致啊，应该价值不菲吧。"

"据说是一位寿山石雕刻大师的作品，从我太爷爷那儿传下来的，无论是石头还是造型，在这世上都是独一份的。"

"看来伯父伯母是相当重视少君堂姐的。"

"即使不是订亲信物，其本身就已经价值连城了。"

"所以你更要好好保管，可别让伯父伯母失望了。"

荣云姝话里有话，薛耀邦算是听出来了，突然间一声脆响，荣云姝赶紧转过头朝地上看，只见那枚田黄石雕已经碎成两半。

"你这是做什么！"荣云姝惊讶到有些颤抖。

"我肯定是要让父母失望的了，但我也会好好保管它。"说着，薛耀邦拉过荣云姝的手，将其中一半碎石放到她掌心，"只不过需要我们一起保管，你一半，我一半。"

荣云姝不解，薛耀邦继续道："既然你不能跟我走，那我总得留下些什么，这半块田黄石就当作是信物了，留着它，等我回来娶你。"

此时的荣云姝，紧张、诧异、惶恐、愧疚、无奈，各种情绪无限交加，难以言说。这枚田黄石雕，既是他们薛家的传家宝物，也是薛荣两家的订亲信物，再加上其本身的价值，如此珍贵的一枚石雕，薛耀邦竟就这么将其碎成两半，荣云姝没有想到，薛耀邦的爱情会如此热烈而坚决。她感动，感动于薛耀邦对她的感情之忠诚，她懊恼，懊恼自己要辜负这份忠诚了。

夜凉如水，荣云姝藏在胸口的那半枚田黄石却炙热发烫，连带着她滚烫的心跳，久久无法入眠。她的脑海中不断响起荣少君的话，跟他走，为自己而活，她又何尝不想为自己而活，但父母兄长、传统道义又该如何，又转念一想，难道这些就那么重要吗，重要于自己的勇敢和自由。

各种想法在她脑海中交织，越想越乱，越乱越想，也就在这混乱的遐想中，有一个声音越来越近越来越明确，这份珍贵的真情不该被辜负，薛耀邦不该被辜负。这声音仿佛试图冲破各种嘈杂繁复，直抵她内心深处，心跳在加速，跳到了嗓子眼，感受到那半枚石头的热度，哪里都是滚烫而炙热的，总算是按捺不住了。

她掀开被子，起身，带着绝对的义无反顾，收拾行囊。

天色将破晓，台江码头上，轮船的汽笛声鸣起。薛耀邦站在码头，迟迟不愿走上甲板，他想在故乡的土地上多站一会儿，感受故乡潮湿的风，呼吸带着虾油味的空气，听着码头上"鱼丸""扁肉"的叫卖声，还有，他还抱有最后一丝幻想，幻想见到他最渴望的那个人。

船员开始最后的催促，轮船即将起航，薛耀邦缓缓踏上跳板，不时回头，慢得像要让时间的指针停住。最终他还是上来了，从甲板往下看，码头人声嘈杂，人头攒动，就是没有他希望的那个身影。

最后一名乘客赶在跳板收起的瞬间小跑上来，在拥挤的码头和同样拥挤的甲板间显得格外显眼，像眼前划过闪电惊雷，薛耀邦就要颤抖起来，他迅速挤出人群，用尽全身力气向那个身影跑去，这一刻，他似乎看见了余生。不顾甲板上的拥挤推搡，他们热烈拥抱，她笑靥如花，他喜极而泣。

8

荣小姐不见了。

今天聚成轩罕见地闭门歇业，全家上下都在为荣云姝的消失不见而疑惑焦虑。离家出走，遭遇不测，大家你一嘴我一舌地猜想推测，却最终也无从定论。就在大家心急如焚的时候，薛秀秀来了，她坦然自若，与聚成轩的慌乱形成了鲜明对比，她必须让自己冷静下来，因为她很清楚，她带来的这个消息一定会给聚成轩带来一记重击。

　　凌晨的码头，除了薛耀邦一眼望见跳板上的身影外，还有一个人也将这一切看在眼里。即将与哥哥离别，薛秀秀怎么能不来送行，即使在前一天的饯行宴上，因为怕他们伤心难过，他坚决不同意父母妹妹前来送行，但万分不舍的薛秀秀还是跟着来了。哥哥在码头上依依不舍，她知道，他是在等荣云姝，当哥哥最终独自上了船，站在人群中的薛秀秀并未离去，为了再看哥哥一眼，也为了再等等看那个哥哥期盼的身影会不会出现。最后的结局，同样让她惊喜不已，看到了两人在甲板上热情相拥，薛秀秀才安然离开，深藏的一桩心事总算了了。

　　回到中和堂，虽然心情有些失落，但比失落更占上风的是激动和焦灼，她一夜难眠，此刻更是无心入睡，在为哥哥和荣云姝开心的同时，她还要考虑一件事，如何向荣老爷荣太太解释这一切，她能猜到，天一亮，聚成轩铁定乱成一锅粥。

　　果不其然，聚成轩没开门，她敲了好一会儿才有伙计来开门，是依海，见着薛小姐，依海愣了一下。其实他也能猜到几分荣小姐的去向，平时极少来聚成轩的薛小姐一大早又上门来，依海大概知道是怎么回事了。他什么也没说，将薛秀秀迎进了厅堂。

　　厅堂里，荣老爷荣太太眉头紧锁，心急如焚，荣叔夏双手握着拳踱来踱去，也不知所措。这个时候薛秀秀上门来，令他们意想不到，也有些莫名其妙，平时薛小姐几乎与聚成轩没什么来往，怎么偏偏在这个时候来了呢？

没等他们开口问，薛秀秀便解释道："伯父伯母，一大早冒昧上门，打扰了，我知道现在你们为荣小姐着急，我就是来告诉你们这件事的。"

大家面面相觑，更加摸不着头脑了，尤其是荣老爷荣太太，脸上又是疑惑又是焦虑。

"就在凌晨，荣小姐和我哥哥一起登上了去往德国的轮船。"

这句话无疑似一声惊雷，惊得大家一片沉寂，他们都还来不及对薛秀秀的话做出反应。

反正迟早都是要坦白的，薛秀秀坦白得干脆利落，"荣小姐和我哥相爱了，我哥申请上了留学名额，去德国留学，荣小姐也一同去了。"

四下里大家一个个目瞪口呆，尤其是荣太太，震惊又绝望，眼泪似乎就要夺目而出。

"你是说，云姝和耀邦……"荣老爷声音颤抖，很难想象他们在谈论的是她一向乖巧的女儿。

薛秀秀点点头，大家的反应她是早就已经猜想到了的，这样的不告而别任哪个父母都接受不了，因此她也不多说什么，只给他们足够的时间消化。

"什么时候的事，她可从来没向我们说起过。况且，耀邦哥他不是和少君……"荣叔夏倒是镇定一些，他试图理清一些事实。

薛秀秀将少君和哥哥之间的关系简单解释了一遍，"关于这件事，目前我们家和荣安堂的伯父伯母都还不知情，你们是最先知道的。"

荣老爷和荣太太面面相觑，没想到自己的女儿云姝竟掺和到别人的娃娃亲里去，尤其还是自己堂姐的亲事。

薛秀秀从荣老爷脸上看出一丝怒气，她继续解释，"伯父，这不关云姝的事，就算没有她，少君和我哥的婚事也不一定能成，他们互相间只当兄妹对待，少君更是早早就有心上人了。"

荣太太可没想那么多，她现在脑海里只有女儿，她去了一个完全陌生的国家，会过什么样的生活，会不会受苦受累受委屈。见丈夫脸色有些不悦，她责备道："你居然还想着女儿的不是，难道不应该担心她现在是个什么情况吗？"

荣复礼何尝不担心女儿的情况，只是这件事给他的打击太大，向来懂事明理、与父母无话不谈的女儿，怎么就瞒着他们"私奔"了呢，况且这私奔对象还是自己未来的堂姐夫，于情于理于传统道义，这都是绝对不应该发生的。

荣老爷怔怔地坐在堂中，无奈叹息，"总要让三友和薛家大哥知道的，这件事就由我来告诉他们吧。"虽然秀秀已经解释了一番，此事与云姝无关，但荣老爷还是感到些许愧疚遗憾。

"荣伯父，这件事与您就更无关系了，我们自己做的选择和决定，就应该我们自己负责。"

"可云姝已经走了，她该负的责，就由我这个当父亲的来承受吧。"

"您出面，可能我们的处境会更加艰难，对于薛荣两家来说，这件事无疑是个晴天霹雳，少君和我哥两人在大家眼里无疑是大逆不道的，我和少君已经做好了承受责骂的准备，可您毕竟是长辈，又是我哥劝着云姝跟着走的，如果您再出面，也许我们要承受的会更多。所以，还是让我和少君两人来处理此事吧。"

薛秀秀一直保持清醒的头脑和明确的逻辑，这件事看似与她无关，但作为少君的好闺蜜和哥哥的好妹妹，为了他们各自的幸福，她心甘情愿为两人承受一切。

"爸，我觉得秀秀说得有道理，你一出面，只会给薛伯父和叔叔一家造成压力，还是让秀秀和少君先试着调解，若是伯父和叔叔他们实在难以接受此事，你再出面劝说。可好？"聚成轩的所有人里也只有荣叔夏还能在这个时候保持理智了。

荣老爷想了想，无力道："也只能这样了。"

按照荣少君的计划，她本想再拖一拖才告诉父母实情，但既然聚成轩已经知道了此事，不如就干脆坦白吧，反正迟早也会有这一天的，坦白了，她和黄之远就可以光明正大了。而薛秀秀那边，她会和荣少君同一时间向父母坦白。

"你说什么，你你你……你居然背着耀邦哥和别人好上了，这这这……"荣少康惊讶得都结巴了，知道妹妹从来叛逆，但没想到她居然叛逆到了这份上，连订下的娃娃亲都敢违抗。

"少君，你说的是真的？你是在和我们开玩笑吧？"荣太太也不可思议。

唯有荣三友，先是沉默不语，面色难看，荣少君正等着父亲劈头盖脸地破口大骂，突然一个手掌招呼过来，啪的一声脆响，顿感脸上一阵火辣，像挨了一记鞭子。这一巴掌，荣少君诧异，荣太太和荣少康更是诧异，从小到大，父亲可是从来没打过她呀。

荣少君被这巴掌打得有些蒙了，右手捂着脸，泪水在眼眶里打转，即使她清楚认识到自己的做法足够离经叛道，即使她做好了被一顿痛骂的准备，但她万万没想到，父亲会一言不发，先狠狠给自己一巴掌，这在她十几年的人生中是从来没有过的。

"你这是干什么！"荣太太带着哭腔，将丈夫挡到了一边，赶紧上前想安慰女儿，谁知荣少君一个后退，拒绝母亲靠近。她羞愧、愤恨，有些自责又有些理直气壮，发红的眼眶强忍住泪水，双唇颤抖着，胸中憋屈着一口气，二话不说，一个转身便跑开了去。留下父母和哥哥三人，震惊、叹息、心疼又焦虑。

饭菜已经凉了，饭桌上的三个人谁也没有动一动筷子，荣三友神情严肃地坐在中间，威严得让人不敢多看一眼，荣太太一脸愁云惨淡，女儿已经出去一下午了，这么晚了她会在哪里呢，荣少康不太担心妹妹的去向，就她那大大咧咧的性格，是不会有什么意外的，他倒是十分好奇，两个人怎么看都不像是能走到一块儿的，自己崇拜的耀邦哥怎么就和聚成轩的荣云妹在一起了呢。这么一来，两家的婚约是不是就要解除，他们就成不了一家人了。

看父母不动声色，荣少康有些按捺不住，小心翼翼地试探道："爸，妈，吃饭吧，饭菜都凉了。"

两人仍然一言不发，气氛凝重。荣少康继续道："这么一来，少君和耀邦哥是不是成不了亲了？"

本来荣老爷强压着怒火，荣少康此话一出，顿时勃然大怒，连带着数落起儿子来，"你还敢说，这次又没考上大学，以后能干什么吧你！"话毕拍案而起，恨铁不成钢的语气，"你们这两兄妹，没一个让我省心的！荣安堂出了你们这两个不孝子，真是丢人！"说着一甩手便愤然离开。

一旁的荣太太想把老爷劝住，可见他连带着两个孩子一起骂，心里又气又恨也不是滋味，只能强忍着，待老爷走了，才无奈叹叹气，对儿子道："你啊你，明知你爸在气头上还刺激他，怎么这么没有眼力见儿啊你。还有，你也是，对功课怎么就不能上点心呢，整天招摇过市的也没个正形，你今后打算怎么办吧！"

女儿的事还没个头绪呢，又牵扯到儿子，荣太太被这些破事搞得脑袋发晕，吃不下饭也不愿在这儿多待，说完便也回房了。餐桌上只留下荣少康一人，莫名其妙，明明是妹妹闯的祸，怎么还扯上他了，反正也摸不着头脑，先填饱肚子再说，倒是心安理得地吃了起来。

9

从家里跑出来的荣少君在南后街的人群中穿梭，她本打算去找薛秀秀的，可是转念一想，也许这个时候她也在跟伯父伯母坦白此事，她肯定不宜出现，那还能去哪里呢？黄之远，这个时候只能找他，也只有找他了，来不及犹豫，她几乎是小跑着来到澳门路，径直朝黄之远家走去。

一个中年男子正坐在门口抽烟袋，虽然没有正式认识过，但荣少君知道他，他是黄之远的父亲。

"伯父你好，黄之远在家吗，我是他朋友，找他有点事。"

黄父拿烟袋在门槛上磕了磕，看眼前女子的气质打扮，像是大户人家的姑娘，自家儿子怎么会有大户人家的朋友呢。带着疑惑，他让荣少君稍等，进屋喊儿子出来。

黄之远见到站在门口的荣少君很是惊讶，为了掩人耳目，他们从来不会直接找上门来，今天怎么这么突然。荣少君神色不安，表情沉重，黄之远似乎看出了些异常。也来不及向父亲解释，只是抛下一句"我出去一趟"便和荣少君一同离开了。

"我向家里坦白了。"

黄之远万分意外，"这么突然？"

"耀邦带着云姝去了德国，没办法，只能坦白。"

"伯父伯母怎么说？"

"什么也没说，我爸给了我一巴掌，然后我就跑出来了。"

其实黄之远的内心一直挺矛盾，一方面他希望两人的事能早点向大家坦白，坦白了他们就可以光明正大地在一起，另一方面他又害怕坦白，坦白了也许他们的关系就此结束。目前看来，结果很有可能是后一种。

"秀秀也正向家里解释呢，我还没找她，但估摸着也够呛。"

"那接下来的打算呢？"

不像薛耀邦，黄之远可没有那样的魄力和能力让荣少君跟自己远走高飞，不是他不能，而是舍不得，舍不得少君跟着自己受苦，因此他早已经决定，不管少君做出什么样的选择，他都无条件答应。

接下来的打算？荣少君可从来没想过这个问题。从小到大，无论她和哥哥少康闯了多大祸，父亲最严厉的惩罚也只不过下跪罚站而已，动手是从来没有过的，可今天他竟然当众给了自己一巴掌，人生第一次，她感受到了父亲手掌的力道和厚重。如果刚才父亲对她臭骂一顿，兴许事情还有转机，可父亲一言不发，这可比一场狂风骤雨更加可怕。如果父亲非要将这门亲事进行到底，她若是强硬对抗，后果可能只有一个，与家庭决裂。

薛耀邦和荣云姝算是木已成舟了，无论薛荣两家是否解除婚约，这婚约都约束不了两人了，父亲同意也好，反对也罢，她和黄之远在一起只能有两个结局，要不就是被承认，接受祝福，要不就是从此决裂互不相干。荣少君做好了最坏的打算。

"接下来，无论我父母是什么态度，我都选择和你在一起。"

"我们也有可能离开这里？"

"你做好准备了吗？"

黄之远一把将荣少君搂进怀里，抱紧她的那双有力的手，是他最肯定的答案。

思前想后，薛老爷和薛太太觉得还是应该去一趟荣安堂，儿子做出如此大逆不道的事，他们理应赔礼道歉，给荣家一个说法。

荣安堂早已关门，荣太太焦急等待着女儿回来，荣老爷则一直将自己关在书房。秦妈向荣太太道，薛家的老爷太太来了，正在厅堂候着，荣太太赶紧敲开书房的门，和老爷一同接客。

"耀邦竟然做出这等荒唐事，是我们教子无方，真是对不住了。"薛老爷自觉羞愧。

"是少君有错在先，也不能全怪耀邦。"荣老爷开口道，神情依然严肃。

"都这个时候了，三友兄你还向着耀邦说话，我这老脸真不知道该往哪儿搁啊。"

"这俩孩子都不让人省心，宝国兄，只能怪我们这当父母的太失败罢了。"

"早知如此，我就不该答应让他留学，毕业了就早早把婚事办了，这下可好。"薛老爷重重叹了口气，儿子现在正在海上漂着，他也实在无能为力。

"就是委屈少君了，我们也得跟她说声抱歉。"薛太太说。

"这丫头，也不知道跑哪儿去了，到现在都没个人影。"荣太太既担心又生气。

荣老爷一听，本来已经开始平静下来的情绪，又冒出一股火来，"哪有长辈道歉的理，本就是她荣少君无理取闹，应该让她好好给你们赔礼道歉。"

"行了行了，你就少说两句吧，先把少君找回来要紧。"

"要不是你这当妈的从小惯着她，她能干出这荒唐事吗。她还知道回来，她要不觉得自己有错，我看她也别回来了！"荣老爷愤怒地拍了拍桌子，在场的所有人都被他吓到三分。

殊不知，正在荣老爷说出这句话的当口，荣少君正站在厅堂外，她本想回来好好跟父母聊聊这件事，回来的路上都已经在心里找好措辞了，心情也平静不少，谁知刚进家门，就听见父亲的这句责骂，还是当着这么多人的面。

这句责骂尖锐凌厉，深深刺痛了荣少君敏感的心，好像说出这话的是一个陌生人而非亲人，活了十几年，她从未像当下这样，觉得父母离自己如此遥远，而自己又是如此孤独无助。

几乎是悄然的，她又转身跑开了，就在离开的瞬间，荣太太无意中朝着门口看见了女儿的身影，激动地从椅子上起来，喊了一声"少君"，大家都随着荣太太的目光朝门外望去，但为时已晚，还在气头上的荣老爷心下一揪，知道自己刚刚那话定是被女儿听去了。

荣少君径直去了中和堂，她想这会儿秀秀肯定一个人在家，果不其然，来开门的是秀秀。二话不说，秀秀先将少君带进了房间。

灯光下薛秀秀才发现，荣少君眼眶红红的，应该是哭过，父母还在荣安堂没回来，少君怎么就跑出来了。

"你这是怎么了？不会是我爸妈责骂你了吧？"

"任凭谁责骂，也没有亲爸的责骂让人伤心。"荣少君带着啜泣声，一路上好不容易憋回去的眼泪，在好姐妹面前却不争气地流了下来。

"想着我爸妈也不可能说你的不是，毕竟是我哥先走的。不过你不是早就做好了心理准备，会被痛骂一顿的。"

荣少君将下午家里发生的一切告诉薛秀秀，"本来想通了回去跟他们好好解释的，谁知刚一到门口，就听见他要赶我出门。"

"哪有当爸的真会赶自己亲闺女出门，这也就是他的气话，你别放心上。"

"是不是气话的我不知道，反正我是不打算回去了。"

"不回去你上哪儿啊？"

"先在你这儿待一晚上吧。"

"明天再回去？"

"明天也不回去。"

薛秀秀知道荣少君说的肯定是气话，也就不跟她掰扯了。她怕伯父伯母担心，便写了张字条，差人送到荣安堂。

荣少君在中和堂一住就是好几天，薛秀秀也没想到，她居然如此坚决，说不回去就不回去。两姐妹天天待在一起说话当然是好，但可等急了荣太太，也急坏了中和堂的薛老爷薛太太，儿子带着云姝走了，本该是自家儿媳妇的少君又住着不肯走，这算怎么回事嘛。

对于薛耀邦的擅自"私奔"，薛老爷和薛太太虽还气愤，但毕竟远隔重洋，也是他们管教不到的。对于少君和荣家，他们还怀有愧疚，即使知道荣家担心，但也不敢劝说她回去，毕竟遇到这么大的事，跟秀秀在一起应该会让她比较舒心。

荣安堂那儿，这些天薛秀秀也没少去，定亲不定亲的，荣太太已经不太计较了，她只想让少君回家，但荣老爷却还耿耿于怀，知道女儿从小有主见，许多事他这个当爹的也都任由她去，但违抗婚约的叛逆行为，他是怎么也不能允许的。

"伯父，虽然我们两家有婚约在先，可您也要为了少君着想，如果她和我哥并非真心相爱，就算成亲了，又怎么能幸福呢？"

"一诺千金一诺千金，既然当年许诺了，就不能反悔，况且还有你们家那两枚石雕为证，当年你父母把那么贵重的传家宝交于少君，足见这门亲事的分量，少君这么做，真是辜负了所有人啊。"

"但也不是少君一个人的问题，我哥不也和云姝在一起了吗？伯父您把责任都怪罪到少君头上，对她也太苛刻了。"

"是少君先和那个什么黄之远在一起的，要错也是她错在先。"

见老爷如此顽固不化，荣太太也是又气又急，"老爷，少君她可是你女儿啊，难道她一天不同意这门亲事，你就一天不让她回家吗？"

荣老爷叹了口气，忽然间生起无限感慨来，"荣安堂到我这儿，已经是第三代了，这南后街上的男女老幼，谁人不知谁人不晓，荣安堂能经营这么久，靠的是什么，除了老祖宗传下的手艺，还靠着"言则忠信，行则笃敬"的祖训传家。一事失信，事事受疑，这亲事自少君儿时订下起到如今，南后街上的邻里早已默认了薛荣两家的联姻关系，若是贸然反悔，这是置荣安堂和中和堂的信誉于何地，于我这个当家人，在列祖列宗和祖训面前也颜面无存，我还能以什么教诲后世，荣安堂又能靠什么流传后世。"

"孩子的幸福难道真就比信誉和名声还重要吗？这门亲事若是无法兑现，难道荣安堂在这南后街上真就无立足之地了吗？"荣太太步步追问，在她看来，孩子们的幸福才是最重要的。

荣老爷义正词严道："是！荣安堂传家几十年，对于我们来说，信誉高于一切！"

荣太太恨恨道："你真是食古不化！"泪水在眼眶里打转，愤愤然离开了。

荣老爷对薛秀秀道："你回去告诉荣少君，不和那个什么黄之远分开，我就跟她断绝父女关系！"

荣老爷说得如此决绝，毫无商量余地，多说无益，薛秀秀只好无奈离开。

10

断绝父女关系的话，薛秀秀当然没有告诉荣少君，只说荣老爷坚决要求她与黄之远分手，而这对于荣少君来说是绝对不可能的，父女间只好继续这么僵持下去。

一天下午，荣少君出门找黄之远，薛秀秀一个人在房间读医书，她想趁入学前的这个假期积累些医学基础，毕竟中医和西医是完全不同的两个医学体系。母亲前来敲房门，说是有个年轻人来医馆，要见她。薛秀秀纳闷，哪个年轻人会上中和堂来找她呢。

出来到医馆，等候处坐着一位与她年纪相仿的青年，他穿一身粗布麻灰色短打，单从衣着来看，稍显寒酸。

"你找我？"薛秀秀走到年轻人身边，疑惑道。

"薛小姐。"年轻人赶紧站起来，稍稍点头欠身，恭恭敬敬道，"我是聚成轩的伙计，依海，我今天来，是有事情想拜托你。"

薛秀秀与聚成轩并不算熟识，除了买书，她几乎不会出现在那儿，店里的伙计她更是一个也不认识，眼前这位自称依海的伙计，有什么事是需要特地上门来拜托她的呢？

见薛秀秀不解，依海道："你看这个。"只见他从上衣内兜里掏出一个小布包，打开后有半枚寿山石雕，一看就是被摔碎一半的。

薛秀秀只看了一眼，就知道这是什么了，这东西她太熟悉了，惊讶道："这不是哥哥的那枚'金猴出洞'吗，怎么会在你这里，又怎么会摔碎了一半了呢？"石雕价值连城不说，这可是他们薛家的传家之宝啊，如今只见到这半块碎石，她十分惋惜心痛。

"我是在打扫荣小姐的屋子时发现这半块石雕的，隐约记得听荣小姐说起过薛少爷的娃娃亲一事，据说有两枚田黄石雕作为信物，虽说我不识宝物，但这半块碎石一看就和普通的寿山石不一样，我想会不会和那枚信物有关，我就想到薛小姐你了。"

　　薛秀秀越听越纳闷，聚成轩一个普通的伙计，怎么对娃娃亲和信物的事如此熟悉，"这些你是怎么知道的？"

　　"不瞒薛小姐，薛少爷和荣小姐的事我是早就知晓的，薛少爷在学校时是我替他们传递书信的，为了避人耳目，薛少爷信上的收件人向来是留的我的名字。"

　　薛秀秀惊讶不已，他们俩在一起的事要不是被她意外撞见，她也被蒙在鼓里，兴许等到哥哥出国了才可能知道，而荣云姝那儿更是谁也没说，到头来竟只有他们家的一个伙计知道。没想到向来给人印象保守传统的荣云姝，竟也会为了爱情奋不顾身，再加上她在最后时刻也确实追随哥哥而去，薛秀秀不禁对她有了不一样的看法。

　　"这事除了你，没有人知道？你家荣小姐怎么会把这事告诉你呢？"

　　"说来也是凑巧，就在去年的中秋节假期，一天晚上我正准备关门，在门口撞见薛少爷，他让我将一封信悄悄交给荣小姐，在此之后我就替他们递书信了。后来荣小姐也时常将她与薛少爷之事的烦恼说与我听，也许是找不到倾诉对象吧，毕竟她让我对这件事绝对保密。"

　　"偶然捡到这半块寿山石，一时不知该如何处理，唯一能想到的就只有薛小姐你了，想着交到你手中才最合适，这才冒昧上门来。"

　　"这半块田黄石的确是薛荣两家的订亲信物，一枚在我哥哥手里，另一枚在少君手里，不知道什么原因荣小姐遗留下了这半块碎石，那就由我来保管吧。只是我有个疑问，好好的一块价值不菲的田黄石，怎么就成半块了呢，又怎么会在你家荣小姐手里？"

"这个荣小姐就不曾和我说起过了。如今物归原主，我也就放心了。"

"真是谢谢你了依海。"

送走了依海，薛秀秀对着这半块石头思量了许久，她不明白，好好的一块田黄怎么就摔成两半了呢？是不小心摔碎的？这种无价之宝、传家之宝，又是两家的订亲信物，本就是要好好保管的，哥哥向来爱惜东西，应该不会这么不小心。是有意为之？如果真是这样，哥哥又为什么要将其摔碎呢，这一半在荣云姝这儿，那另外一半应该就是在哥哥身上了吧？这个假设若是成立，薛秀秀只能想到一个理由，那就是哥哥将这枚田黄又当做了他和荣云姝之间的信物，一人一半，只不过，既然是如此重要的东西，荣云姝为什么又不带着走呢？是她不小心落下的吧？

晚上荣少君回来，薛秀秀将此事说与她听，本以为她会和自己一样惊讶，没想到却反应平淡，"我的那枚'玉兔守月'也在黄之远手里。"

"什么？你竟然把我们家的传家宝给了别人！"

"其实也不算给，就是寄放在他那儿，让他放心，我是不会答应这门亲事的。"

"那我就想不明白了，我哥完全可以像你这样，将石雕交给云姝，可他为什么要摔成两半呢？"

荣少君想了想，"我猜，也许是因为你哥他要出国，两人隔着十万八千里的，又一别好几年，把石雕摔碎显得比较有诚意吧。不过，你哥还真下得去手，这么贵重的东西。"

"谁说不是呢，我看着都心疼。我算是体会到'情比金坚'这句话的含义了。"

薛秀秀本想继续感慨，荣少君突然转换了话题，"我明天准备回荣安堂一趟。"

"你终于想通了？"

"想通什么呀，我都说了，我是不会和黄之远分开的。我是回去收拾行李。"

"难不成你也要私奔？"薛秀秀就差没吓掉下巴。

"暂时还不会，我是提前去学校。"

"离开学还有一段时间呢，你这么早去做什么，难道在我这儿住烦了？"

"我今天去剧场看了一场抗战戏剧，舞台上其中一个女演员就是华南女校的学姐，她说学校的剧团也在加紧排练抗战戏，正缺演员呢，如果我有兴趣，可以去试一试。"

"你对演戏有兴趣？"

"我今天看演员们在台上表演，真是太羡慕了，那身段那气质那字正腔圆的嗓音，我就想着如果我也能站在舞台上……"荣少君一副如痴如醉的样子，"我明天就回去收拾行李。"

"你爸妈那儿呢，怎么说？"

"还能怎么说，反正开学了也得住校，现在住跟以后住也没什么区别。"

"还打算跟伯父僵着呀？"

荣少君耸耸肩，无奈中又透着点韧劲，"你哥都和云妹走了，凭什么我就不能和心爱的人在一起。"

这父女俩都是倔强的性格，一旦认定了一件事就很难改变，任薛秀秀再怎么劝也无法动摇他们的坚持，至于最后结果如何，也只能由他们父女自己解决了。

第二天天刚亮，荣少君就回到了荣安堂，她不想撞见父亲，想在他们起床前收拾好行李，临走前再写封信托秀秀交给母亲，告知自己提前去学校的消息。

大家都还睡着，荣安堂一片宁静。她走进店内，看见父亲常年裱画的案台，排笔、棕刷、裁纸刀、界尺、切板、油纸、蚜石，裱褙工具一个个在桌上码放齐整。荣安堂的裱褙作坊虽然在后院，但店内也会由父亲做一些简单的裱褙，这活儿做了几十年做惯了，真让他歇着他也闲不下来。

小时候，荣少君时常在店里待着，立在案台旁看着父亲裱字画，听父亲和文人墨客说字画，虽听不懂，却也能觉出一些趣味，时间长了，她竟也能辩些好坏了，店里的糨糊味、颜料味她再熟悉不过了，也爱极了这气味，这味道贯穿了她的整个童年，弥漫着她的整个儿时光阴。

长大后，有了更加广阔的生活空间，她在店里待的时间也越来越少，父亲的案台已经不再是她的可寄托之地了。今天不知为何，在这个原本她以为想赶紧逃离的地方，竟开始怀念起儿时的那段时光。

不宜久留，荣少君抛开回忆，快步朝房间走去。走到院子时，一个抬头，她愣住了，出乎意料的，在这个本该还睡着的时候，父亲竟会出现在院子里，他一个人坐在石桌旁，眉头紧锁，目光凌厉，腰板挺得笔直，在将明未明的天色下像是一尊冰冷肃穆的雕像。

父女俩都看到了对方，面无表情，好像都在等着对方的下一步行动。荣少君在原地站了一会儿，二话没说，径直向房间走去。

刚走过石桌两个步子，荣老爷从喉咙里丢出两个字，"站住。"字眼冷冷冰冰，空气瞬间凝结。

"你回来做什么？"荣老爷的语气不带任何情感，只有冷漠严厉的距离感。

父亲的这句话一下子让荣少君因回忆而升起的一丝温暖瞬间降到冰点。这个家大概是不欢迎她的了。"拿点东西，马上就走。"

"荣安堂以信为本，若是做不到，就别回来了。"听似平静如水，实则步步紧逼，让人毫无逃脱的余地。

"不会回来了。"荣少君说完便快步走回房间，用最快的速度收拾好行李，又快步离开，没有丝毫迟疑，干脆利落，心如止水。

出了院子、店铺，开门声关门声，荣三友听着女儿的一举一动，当门关上的那一刻，原本一直肃然而坐的他忽然瘫软下来，像参天大树颓然倒下，汹涌猛烈的潮流倏然退去，丰盈笔挺的枝叶瞬时干枯，年轻气盛的少年瞬间苍老。刚才在女儿面前有多凌厉多决绝，现在的他就有多悔恨多痛心。

荣三友何尝不想让女儿回家，何尝愿意如此绝情地将女儿驱逐，如果他只是普通的一位父亲，那他当然会一切以女儿的幸福为重，但在父亲之外，他还有一个更加重要的身份，他是荣安堂的第三代当家人，他的一言一行都绕不过荣安堂这块招牌，他的每一个决定都关乎着荣安堂的诚信、荣誉和未来。再退一步说，就算女儿不曾与薛耀邦结下娃娃亲，她和黄之远在一起就一定会幸福吗，至少从目前看来，女儿若是下嫁给一个扎花灯的工匠，他不相信能有何幸福可言，不是他瞧不起，而是不忍女儿受委屈，从小捧在心尖儿上疼的女儿少君啊，他这个做父亲的又如何舍得让她离开早已习惯了的无忧无虑的优渥生活呢？

不是父亲铁面无私不近人情，而是不忍心让女儿受罪，将这些话憋在心里默默看着女儿离开的背影，此时的荣三友才最是受罪。

第七章 2018 "金猴出洞" 和 "玉兔守月"

1

一大早，唐庆庆被一阵阵声响和香味从梦中拉醒过来，她睡眼惺忪地走出房间，看见外婆正在厨房做早餐，餐桌上豆浆、油条、稀饭、果切摆了一桌，外婆还在锅里煎着火腿，这早餐看起来十分丰盛。

"你起床啦，快去洗漱，三明治马上就好了。"外婆笑容满面，看起来神清气爽。

"外婆，今天是什么日子啊，怎么做这么多好吃的。"平时她们的早餐都很简单，今天的确有些特别。

"今天我不去集珍堂了，有的是时间，就多做点，你也多点选择嘛。"

"不去店里？外婆你终于知道休息了，你这三百六十五天全年无休的，也该给自己放放假了。"唐庆庆说着进了卫生间，刷牙洗脸。

"今天你忙吗，不忙的话，陪我去趟七星楼吧。"

"不是吧外婆，你关店就为了吃小吃？"唐庆庆一嘴泡沫，吐字模糊。

"是不是的，去了就知道了。"

还没完全转醒的唐庆庆更加一头雾水了，去七星楼不吃东西还能干什么，"这么神秘这一大早的。"

秦老太太笑笑，不再说什么。

祖孙俩吃了顿舒坦惬意的早餐，秦老太太收拾停当后准备出门。唐庆庆一路纳闷，现在是上午九点多钟，两人又刚吃完早饭，这会儿去七星楼好像有些不太合适吧。外婆说了，去了就知道了，她也就没再具体问了。

到了七星楼门口，还不到十点钟，过了早餐时间，店里食客寥寥，店员们都在为即将到来的繁忙的午餐做准备。秦老太太一眼看到了正在档口与厨师交谈的老板，她走上前。

"吃些什么？"老板先是问了一句，接着打量了会儿面前的这位老人，似是而非道，"你是秦老太太吧？"

秦老太太欣慰一笑，"是我是我。"

"你先坐，我一会儿就来。对了，你们吃早饭了吗，要不要吃点什么？"

"我们吃过的，不用麻烦。"

秦老太太找了个靠墙的位置坐下，就在那幅"金猴出洞"下面。从进店到现在，唐庆庆一直处于疑虑又惊讶的状态，这老板怎么会认得外婆呢，而且好像事前知道外婆要来。

似乎看出了外孙女的疑惑，还没等她开口问，秦老太太就解释，"我事先找家恒帮的忙。"至于来这里做什么，秦老太太又缄口不言了。

坐了一会儿，老板来了，端来了两杯茶水，"不好意思久等了。"他坐下，指了指头顶上的"金猴出洞"，"听家恒说，老太太你对这幅画感兴趣？"

秦老太太笑着点点头。

"不过我可要事先说好，这画可不能卖。"老板从董家恒那儿听说了秦老太太的身份，知道她研究福州历史，喜爱各种收藏，便想她或许是对店里的老物件感兴趣。

秦老太太说，"这是你们的传家宝，我也是不可能买的。我今天来，主要是想听听这幅画的故事，既然是传家宝，这画肯定要往上牵扯好几代，不知老板是否愿意透露一点呢？"

一旁的唐庆庆是丈二和尚摸不着头脑，她轻声问道："外婆，这画我看也没什么过人之处，你怎么就对它感兴趣了呢？这店里的老物件，哪件都比这画要好太多了吧。"既然外婆不是为收集老物件，难道是又要为老福州文化风土增添一段故事?

　　陈老板自十七岁高中毕业就在店里当学徒,由于父亲身体不好,二十五岁那年他就完全从父亲手里接管过七星楼,成了年轻的小老板。彼时的七星楼还只是路边普通的一家小吃店,小小的店面,寥寥几张桌子,环境也不那么尽如人意,但就是这样一家不起眼的路边小店,生意却十分不错,每到饭点,食客盈门,来得早的能有幸坐在店里,而来得晚了,就只能在店门口架起小桌,将就一餐,因此,本就狭小的店面就更显拥挤而局促了。太爷爷的手艺好,后辈也学得到位学得精,小小一家店,凭借着祖传的食谱和秘方,让七星楼渐渐成为福州小吃中排得上名号的一张招牌。

　　要说还是年轻人有想法,敢作为,年轻气盛的陈老板在接手七星楼后的第一件事就是将店铺进行翻修,店面扩大了,老旧的桌椅换掉了,店内的环境改善了,但唯一不变的是采用明档的后厨,以及店门口那块祖传的牌匾。规模大了,生意也蒸蒸日上,几年下来,陈老板不仅把七星楼的招牌经营得越来越好,更是赚到了人生的第一桶金。从路边小店到初具规模,七星楼的名气渐渐打响,不仅吸引了四面八方的食客,也引来不少生意人的目光,好的口碑、稳定的群众基础,以及老字号的加持,有投资者愿意入股七星楼,胆大心细又眼光长远的陈老板决定一试,经过二十多年的苦心经营,曾经的小吃店摇身一变就成了今天的餐饮公司了。

　　作为小吃店的七星楼最早开在花巷，这也是祖辈传下的店址，陈老板接手后的第一次扩大，恰逢隔壁店面急着转让，陈老板便以低价买了下来，翻新后的七星楼仍然在花巷营业着。升级为公司后，店面也在不断扩大，花巷装不下了，便又辗转搬迁，不过也都在花巷临近的八一七中路上，与南后街隔着一条马路，直到几年前八一七中路修地铁，才又搬去了澳门路。而这回搬到南后街，其实是陈老板几年前的想法，三坊七巷改造，众多老字号聚集，他觉得南后街上的金字招牌也应该有七星楼的一份，如今也总算如愿了。

　　一条尽显福州文化与市井的老街，一家福州百年老字号，七星楼新店的装修，陈老板可是费了一番心思，他叫回了在国外学习设计的儿子。前来南后街的游客爱看什么，不就是三坊七巷的老建筑老宅子吗，陈老板想象中的新店便是以三坊七巷的建筑风格为基底，融合祖宗留下的这些个老物件，儿子又在此基础上融入国潮元素，初临南后街的七星楼面上看是崭新的，甚至是潮流的，但内里却回归了古朴和老旧。

　　"金猴出洞"这幅画不是原件，肯定也不能是原件，只是复刻版。这幅画再也简单不过了，也不是出自什么大师之手，在这店里的众多老物件里绝对算得上是最不起眼的一件了，可陈老板万万没想到，竟然会有人冲着这幅画来。

他百思不得其解。

"几天前家恒给我打电话，说明你的来意，我就十分惊讶，难道秦老太太你知道些我们家族的事？要说你是看上了这画本身，我是不相信的。"陈老板调侃道。

"我本身是做老福州文化研究的，福州的老字号老招牌我多少都了解一些，但也仅限于了解，比众所周知多一点，可要仔细说起来，这些老字号祖祖辈辈的渊源，我也是门外汉了。"

"七星楼的背景我之前是了解一些的，我也是这儿的老食客了，但两个礼拜前我看到这幅画，让我想起了一些事情。"秦老太太说着，从包里拿出一个本子，这个本子唐庆庆见过，外婆说是她年轻时的日记本，纸张已经发黄，一看就很有些年头了。她翻开其中一页，递到陈老板面前，"陈老板，你看看这个。"

唐庆庆也探过头瞄了一眼，然后和陈老板发出同样的惊呼，两人都瞪大了眼睛，脸上的表情是极度的不可思议。本子上画的图案和墙上那幅画如出一辙，"金猴出洞"。

"这是……这怎么可能……"陈老板惊讶得语无伦次。这可是他们家祖传的宝贝啊，爷爷说绝无仅有，怎么可能看到一模一样的第二幅画呢。

唐庆庆差点没惊掉下巴，她猜，外婆那儿肯定有很多她不知道的事。

"不可思议吧？我第一次在店里看到这幅画时，也是和你一样的心情。陈老板，你说这幅画是你的传家宝，而我本子上的这幅画，可以说，也是我的传家宝，只不过这传家宝只有我一个人知道罢了。"秦老太太说着看了看唐庆庆，证实了庆庆刚才的想法，外婆的确有一些不为人知的秘密。

"这个图案，是否来自一枚石雕？"秦老太太直入主题，寻觅了一辈子，她想立刻知道答案。

"看来我的爷爷和秦老太太你的家族很可能是有些渊源的。"陈老板顿了顿，既然看到了一模一样的另一幅画，看来眼前的这位老人家应该是知道些什么的，第一次，他将家族的事说与外人。

"这个图案的确来自一枚石雕，是一枚田黄石，据说价值连城，只可惜被摔成了两半，其中一半在我爷爷手里，而另一半却不知所踪。其实这枚石雕并非爷爷所有，他只不过是替人保管，遗憾的是，直到爷爷去世，他仍然没有等来石雕的主人。"

"主人是谁？"

"我爷爷在开七星楼之前，在南后街的一间书坊做学徒，也是大户人家，石雕的主人好像是那家小姐的，至于小姐的石雕为什么会到了我爷爷一个小学徒手里，又为什么石雕会摔成两半，这个我们就不得而知了。"

"既然只有一半，那这画怎么画出了它的全貌呢？"

"要说这画的全貌，估计没人见过，就连我爷爷都没有，他只知道这枚石雕叫作'金猴出洞'，这是他凭着那半块碎石想象出的全貌。"

"我的这幅画，是这枚石雕真真切切的全貌。"

陈老板又一惊，"这么说来，我爷爷居然能精确地想象出这枚石雕的本来样子？"

秦老太太笑着点点头，她并不怎么感到惊讶，如此命中注定的巧合，充满了宿命感，让她感慨万千。

"你的爷爷，叫什么名字？"

"依海，陈依海。"

秦老太太一听，先是不可思议，又觉得在意料之中。依海这个名字，她可是听到过的。

陈老板说："对了，这店最早叫作'依海小馆'，是以我爷爷的名字命名的，但其实开店之初，掌勺的是我太爷爷，据说太爷爷之前是村里负责红白喜事的厨师，来福州后开了这家小吃店，以爷爷的名字命名，后来太爷爷过世，爷爷为了纪念他，才将店名改为了七星楼的。"

"这半枚石雕，现在何处？"

"作为我们陈家的宝物，一直世代珍藏着。"惊讶过后，陈老板有些激动起来，"你知道这枚石雕的真实样子，那你可知它的主人是谁？"

"它的主人肯定是不在世了，但要说她的后人……也许我能找到。"

2

唐庆庆一路都在向外婆刨根问底，对于刚才外婆与陈老板的对话，唐庆庆一直处于云里雾里的状态，好像做了一场太过真实的梦，以至于她分不清梦境与现实。

"外婆，我们家的事，老外婆老外公的事，是不是有很多是我还不知道的？"

秦老太太笑而不语。

"外婆你就告诉我吧，带我来又不告诉我真相，你想急死我呀。"

秦老太太不急不躁，仍旧微笑，"总有一天你会知道的，再等等，不远了。"

"对了，家恒最近很忙吧，创业竞赛准备得怎么样了？"秦老太太转移话题。

"竞赛在下个礼拜，都准备差不多了，现在就是捋一捋顺一顺，大体没什么问题。"

"那就好，等忙完了，请他来家里吃饭，他到福州这么久，还没请人家来家里坐坐呢。"秦老太太若有所指地笑笑。

唐庆庆明白外婆的意思，脸竟红了一阵，脑腆又带点志在必得的得意："以后有的是机会，有的是机会。"

刚一回到家，唐庆庆就接到电话，联合会有事找她，连午饭也没吃，她又匆匆出门了，留秦老太太一个人在家。

秦老太太也懒得做饭，三明治就一杯咖啡，午饭就这么简单快速地解决了。今天她是没心思睡午觉的，一点睡意也没有，满脑子都是七星楼的那幅"金猴出洞"，以及陈老板说的关于他爷爷的事。

秦老太太又拿出那个珍藏着老物件的铁盒，从里面拿出一个荷包，这荷包是母亲为她绣的，正反两个图案，"玉兔守月"和"金猴出洞"。

除了照片，秦美含从未见过自己的父亲母亲。在她出生后不久，家人就相继离世，她是由曾经家里的老妈子带大的。从秦美含懂事起，老妈子就时常向她讲起家族的故事，其中有两件宝贝，是一对寿山石雕，只是这两枚石雕如今不知何处，那时的秦美含纳闷，连实物都没有，怎么能说是家里的宝贝呢。老妈子不仅告诉她有关这两枚石雕的所有事，还让她一定把石雕的模样分毫不差地刻在脑海里。这两枚石雕贯穿了母亲的一生，从出生到年少，从情窦初开到为爱忠贞，从养尊处优到颠沛流离，最后被迫分离，思念半生。这两枚石雕关乎三个家族，关乎几个敢于冲破藩篱、怀抱理想、对爱矢志不渝的少男少女，关乎亲情、友情和爱情，关乎承诺、幸福和命运，关乎她的母亲，也关乎她的父亲。

老妈子一辈子都在寻找这两枚石雕的下落，寻找跟这两枚石雕有关的所有人事物，最终也难逃物是人非，抱憾终身。临终前，她盯着这荷包看了许久，好像要记着它的模样离开，然后带到下一世的记忆里，继续寻找。秦美含永远忘不了她临终前那饱含泪水的眼神，遗憾中又带着渴望，这眼神像一记鞭子，时刻追着她向前，不敢忘却，不敢停歇。

据说，父亲被迫去了台湾。这是秦美含所知的唯一明确的线索。于是，她不放过任何来自台湾的消息，结交来自台湾的各式人等，尤其是当有来大陆寻亲的台湾人找上门来，她帮助他们，也是帮助自己。为了寻找与石雕与母亲有关的一切，秦美含把老福州文化研究得透透的，关于荣安堂，关于裱褙，关于南后街，关于寿山石，她想尽一切办法从各种历史中找到可能的关联，试图发现蛛丝马迹，为了追寻父亲的足迹，她认识了很多台湾来的朋友，了解他们在福州的祖辈和家族史，可遗憾的是，至今仍旧一无所获。

秦美含本以为自己终究也会带着遗憾离世，可没想到，一个从台湾来福州创业的年轻人会让她看到曙光，因为他，关于石雕的真相渐渐浮出水面，秦美含有些兴奋，兴奋真相的明朗，也许指日可待，又有点担忧，担忧这次也会像之前的任何一次一样，线索戛然而止，到头来空欢喜一场。

创业竞赛如期举行，真到了要比赛的时候，董家恒反倒不那么紧张了，他准备充分，尽自己所能，最后的结果，无论是留下还是回台湾，他都不会有遗憾。比赛结束的第二天，董家恒睡了个懒觉，几个月来，这是他睡得最踏实安稳的一觉，好像身上的包袱被完全卸下，让他一下子轻松下来。

睡到自然醒，已经是将近午饭时间，醒来的第一个感觉是饥肠辘辘，他慵懒地拿起手机点外卖。正当他在纠结是吃汉堡还是吃水饺的时候，电话响了，来电显示是唐庆庆。

"喂。"醒来后说的第一个字，带着明显的鼻音。

"刚睡醒吧，都几点了，还吃不吃午饭了。"电话那头唐庆庆劈头盖脸就是一通咋呼。

"这位小姐，我刚想点外卖你就来电话了，现在是送餐高峰，早点才能早吃上。"

"有比外卖更好吃的，考虑吗？"

"你不会是要过来给我做饭吧？"董家恒嬉笑道。

"想得美吧你，还我给你做饭。不过也差不多，是我外婆给你做饭，吃吗？"

"那哪儿能差不多，差多了好吗，外婆的手艺肯定比你好。吃，我当然要吃。"

"我说你什么时候变这么贫了啊，来福州没学别的，就学会嘴贫了是吧。"

"不要这么认真嘛，竞赛结束了，紧绷的神经终于可以放松了，你就让我开开玩笑嘛。"

"看在你辛苦了几个月的份上，今天就先饶过你。不过，给你点小小的惩罚，限你十五分钟内搞定一切，我在楼下等你。"

二话不说，董家恒立马挂断电话，迅速起床、洗漱、穿衣服，对于他这样一个对外表毫无讲究的糙汉子来说，出门哪需要十五分钟，五分钟都能搞定，不过今天第一次上人家家里吃饭，还是应秦老太太之邀，肯定不能太随意，他在衣柜前挑了好一会儿，才发现自己的衣服全是各种各样的 T 恤和只有细微颜色差别的牛仔裤，想正式都正式不起来，最后干脆挑了一件纯白 T 恤和一条湛蓝色牛仔裤，最简单的搭配永远不会出错。

对于这突如其来的邀约，董家恒既有些期待，又有些紧张，几乎是无意识的，他会想着要给秦老太太和唐庆庆留下一个好印象。和唐庆庆相处这么长时间，从他刚到福州安顿下来、到开咖啡馆、咖啡馆关门倒闭，再到参加文化市集和创业竞赛，甚至是日常生活中的点点滴滴，唐庆庆已经成为他在福州必不可少的一个伙伴，原本他以为只是伙伴，可后来渐渐发现，这个无时无刻不在给予自己鼓励和帮助的女孩，似乎又不仅仅是共事伙伴这么简单，随着两人接触的频繁和深入，他对她除了感激之外，似乎又有了更多别样的情感。

是欣赏？她会雕刻，会策划，同时在集珍堂和联合会工作，生活中的大事小事都能独当一面，和她越接触他越发现，她真的是个宝藏女孩。是喜欢？刚认识她时觉得这个女孩大大咧咧咋咋呼呼，还有些不习惯，接触久了后发现，他慢慢开始喜欢上这种大大咧咧和咋咋呼呼的个性，让人放松，给人安心感。

在这十五分钟里，董家恒一边拾掇自己，一边在脑海里切换各种思绪，这些思绪关乎楼下正等着他的那个女孩，当他在出门前站在镜子前最后打量一遍自己后发现，从挂下电话那一刻起，笑容好像粘脸上似的，脸部肌肉向上展开的状态一直持续了十五分钟，他先是感到意外，但随后又立马恢复了微笑，温暖的、爽朗的、带着期待和爱恋的微笑。

到了楼下，一眼看见唐庆庆的车，车窗立马摇了下来，"赶紧的，还有最后半分钟。"

"你是记了秒表吗，这么精确？如果迟到了呢？"董家恒从窗外探进脑袋。

唐庆庆看了眼时间，"还有五秒。"

董家恒立马拉开车门，蹿进了副驾驶。

这是董家恒第一次来唐庆庆家，虽然他们认识了这么久，也和外婆见过面吃过饭，可第一次应人邀请登门拜访，还是有些局促拘谨。为什么请他来吃饭的是秦老太太呢？董家恒不解。

唐庆庆的爸妈在国外，她和外婆两个人一起生活，房子虽然不大，但却收拾得干净利落，温馨明朗。他们一进门，香味就扑鼻而来，一眼就能看见餐桌上摆得满满当当的菜肴，外婆让两人赶紧洗手，饭菜已经齐了。

　　坐上桌，唐庆庆的眼神都直了，外婆已经好长时间没有做这么一大桌子菜了，醉排骨、糖醋鱼、老酒炖竹蛏、焖淡菜、拌空心菜、海蛎豆腐汤，还有她最爱的红鲟饭，都是她爱吃的，也都是地道福州菜。

　　她先给董家恒舀了满满一碗红鲟饭，外加一个大蟹脚，"外婆的鲟饭一绝，你快尝尝。"

　　外婆说："哪有一上来就让人吃饭的，多吃菜，多吃菜。"

　　董家恒有些不好意思，唐庆庆让他吃饭，秦老太太让他吃菜，还有硬邦邦一个蟹脚，他一下子不知道该如何动筷，想了想，最后还是端起饭碗，往嘴里扒拉鲟饭，"我还是先吃饭吧。"

　　唐庆庆左夹一筷子右舀一勺子，又是给他拔竹蛏淡菜，又是帮他挑蟹肉的，一大桌子菜，一半都进了董家恒胃里，主人家盛情难却，饭菜也十分可口，不知不觉他也吃得有些撑了。饭后，唐庆庆负责收拾厨房，董家恒本想帮忙的，被秦老太太拦住了，她让董家恒陪她聊聊天，两人来到客厅，秦老太太泡了壶普洱。

　　"外婆，你做的饭菜实在太好吃了，来福州这么久，我第一次吃得这么满足。"

　　"好吃以后就经常来家里吃饭，平时就我和庆庆两个人，吃得简单，多个人，我们也能多吃点花样。"

　　"谢谢外婆，如果能经常吃到这么好吃的饭菜当然好啦，不过，我能不能留下来福州还难说呢。"

"听庆庆说，你为创业竞赛做了很充分的准备，现场发挥也不错，你这么努力，咖啡馆这个项目也确实不错，我觉得还是有机会的。"

"谢谢外婆的鼓励，如果能留下来第二次开店，我一定会更加努力的。"

"对了，之前你说的帮你外婆寻亲的事，进展怎么样了？"这是秦老太太邀请董家恒来吃饭的初衷，她切入正题。

"外婆说不着急，让我先以工作为主，可是来福州这么久了还是一点进展也没有，如果没能替曾外公外婆完成遗愿，我觉得有些愧对他们。"

"那半块石雕的照片，能不能再让我看一看。"

董家恒掏出手机，找出他来福州前拍的照片，心里燃起了一丝希望，"外婆，你是不是有什么线索了？"

秦老太太对着手机里的照片再三确认，确凿无疑了，"你再想想，有没有在什么地方见过这图案。"她给董家恒提示。

他只知道这石雕名叫"金猴出洞"，他所拥有的这半块是猴子尾巴的部分，至于这另一半的主体部分，那可能性太多太多了，"金猴出洞"的图案他倒是见过不少，可也没有一个是能和他这个对得上号的，所以，对于秦老太太的问题，他只能摇头。

秦老太太又给出进一步提示，"七星楼在南后街的新店，你应该去过吧，墙上的画，你可有印象？"

　　仅仅几秒钟的时间，董家恒从一头雾水到恍然大悟再到瞠目结舌。七星楼里那幅最简单的画！难怪他会对那幅画格外留意，画虽简单，可他就觉得这画与店里的其他老物件不同，原来冥冥之中，有些巧合是注定会发生的，有些不经意的瞬间能穿越时空，直达永恒。

　　"难道那幅画，就是我外婆的这枚石雕？"董家恒在脑海中将两者不断做着叠加，的确能精准比对，至少是他所拥有的这半边轮廓。

　　秦老太太起身，从房间拿来那个荷包，递到董家恒面前，"这个图案已经刻在我脑海里几十年了，我找了几十年，总算是找到了。"

　　外婆说这话的当口，唐庆庆已经收拾好了碗筷，正站在与客厅相连的餐厅旁。自从上次从七星楼回来，外婆就对这事绝口不提，唐庆庆也没问，她至今不知道外婆到底有什么不为人知的秘密，直到刚才听见他们的对话，唐庆庆猛然意识到，外婆与董家恒、与董家恒在台湾的外婆，也许存在着某些联系。她震惊于外婆即将要揭开的这个秘密，更加震惊于这个秘密居然与董家恒有关，这巧合实在让人难以置信。

　　看到外孙女惊讶的目光，秦老太太反倒冷静淡定，她示意唐庆庆坐下，"庆庆，这个荷包，是我的母亲，也就是你的曾外婆留给我的。"

　　"其实，这枚石雕并不属于她，她拥有的是与这枚石雕相配对的另外一枚，这枚石雕还有迹可循，而另外一枚，却早已消失无踪了。"

3

导演回来的那天下午，我就联系了老李，让他安排时间，去萧老的院子挖井。其实在导演回来前，老李就已经安排过一次，但被我拒绝了，我说要等导演回来再挖，老李说，石雕在不在萧老院子的那口井里还难说，干吗非得等导演回来，我笑了笑没有解释。一种莫名其妙的预感让我越来越相信石雕就在萧老的院子里，我也十分肯定，黄梓榆导演是想要亲眼见证这一切的。

老李说，一切准备就绪，就等着我发令了。事不宜迟，第二天一大早，我和导演就去了南后街，再一次踏进萧何老人的院子，郑重得像带着使命。

施工队正在工作，我、导演和老李目不转睛地盯着，心都跳到嗓子眼儿了，好像下一秒石雕就会出现在眼前。而萧何老人却只是安静地坐在摇椅上，脸上带着安详而静谧的微笑，他不看水井，也不看我们在场的任何一个人，他更像一个置身事外的看客，事情如何发展、结局会怎样，都与他无关，他的眼里，一片时过境迁后的云淡风轻。

十几分钟后，井口探出一个施工队员，在众人的帮助下，他爬出来，坐在一旁喘气，我们三个人盯着他看，待他告知结果。

施工队员一口气喝了大半瓶水，定了定神，从口袋里掏出了什么，裹着脏兮兮的泥土，缠着些杂草叶子。他将表面已经结块的泥土一点点掰开，渐渐地，我们看见那坨脏东西露出了光滑皎洁的一小块，随着包裹的杂物被慢慢剥开，我们一直紧绷着的脸部神经渐渐舒展开来，惊心动魄、不可思议和总算尘埃落定的复杂情绪在脸上交替。待最终它干干净净地躺在施工队员黑乎乎的手掌里，完完全全地展现在我们眼前时，那个被几代人寻找了半个多世纪的名字呼之欲出，"玉兔守月"。

我们所有人都笑了，唯有萧何老人，原本从容的微笑渐渐凝结，以一种不可言说的悲恸取代。

我第一时间给唐庆庆打电话，说田黄石雕找到了，并拍了照片发给她。就在几天前，她刚刚问过我石雕的进展，还交代我若是有消息，记得第一时间告诉她。我纳闷，她怎么突然对这件事如此感兴趣了。挂了电话后几分钟，她又给我打了电话过来，说她和秦老太太要过来。

萧何老人既然知道导演的爷爷黄之远，爷爷的这枚石雕又在萧老的院子里被找到，难道这仅仅只是巧合吗？如果萧老早就知道这枚石雕在这井底，为什么他又不说呢？此时的黄梓榆导演，脑袋里一万个问号。

导演拿着石雕走到萧何老人面前，蹲下身，"萧老，这枚石雕，你可认得？"

　　萧何老人随意看了眼石雕，好像这件东西他再熟悉不过了，"这枚石雕……"

　　他说得缓慢，众人围在一旁，翘首期盼着最后答案的揭晓，谁知门外传来一个衰老却坚定的声音，"这枚石雕是我母亲的，黄之远是我父亲。"

　　众人转过身一看，唐庆庆搀扶着秦老太太正站在门外，一个亭亭玉立，一个典雅大气，仿佛她们年轻时和年老后互为彼此。今天的惊喜本就已经够多的了，秦老太太这番话一出，众人错愕，石雕，萧何老人，黄梓榆导演，秦老太太，这其中到底有着怎样的故事和巧合啊。

　　"秦老太太，你刚刚说什么？这石雕，我爷爷黄之远……"黄梓榆导演惊措，家族的历史，爷爷的人生，到底是怎样一副面貌啊。

　　正是午饭时分，但大家一点都不觉得饿，所有人围坐在院子里的石桌旁，目光都集中在秦老太太身上，只有萧何老人正津津有味地啃着个肉包子，好像大家的惊讶和疑惑都与他无关，他不屑一顾，仍旧是一个看客的姿态，似笑非笑的，看世事沧桑。

　　秦老太太从随身带着的手袋里掏出两样东西，摆在石桌上。一个荷包，一张照片，照片上是一对年轻男女，少女将头轻轻靠向男孩肩膀，乍看之下像是正儿八经的结婚照。

　　黄梓榆导演一眼看见照片，导演的声音有些颤抖，"这不是我爷爷吗！那个女孩……"

对于导演的反应，秦老太太一点也不感到意外，半个多世纪的巧合，能不意外吗，因此她也一直保持镇定自如，"那个女孩，是我的母亲，荣少君。"

黄梓榆导演在脑海里回想起爷爷的一生，他从福州到台湾，他在福州的恋人，真相似乎正抽丝剥茧，被一层层揭开，他喃喃道："爷爷在福州的恋人是秦老太太您的母亲，她叫荣少君，爷爷到台湾，对恋人念念不忘，而我父亲名叫黄思君……可是，爷爷并没提起过他在大陆还有个女儿。"

秦老太太说："因为他不知道我的存在，在他参军之后，我的母亲才发现有了我。"

这时，本来安安静静吃着包子的萧何老人突然停了下来，自言自语道："少君，少君已经很久没回来了，我在这儿守了一辈子哟，是我欠她的，是我欠大家的……"

说完，萧何老人突然悲从中来，潜然泪下，泪水顺着脸上深深的皱纹一滴滴落下，像一条条河流，历史的河流，家族的河流，他是河流中的沧海一粟，随着波涛颠沛流离了半个多世纪，过往的所有一切都离他远去，唯有他幸存下来，历史之事，家族之事，桩桩件件，因因果果，他是亲历者，是见证者，也是述说者。

第八章　1941—2018 前世与今生 秘密与答案

1

少爷小姐们的闲暇时光随着战争的来临戛然而止。

1941 年 4 月 21 日，福州沦陷。城市陷入一片混乱，交通、供电等不时中断，死伤不断，医馆、医院人满为患，民众惶恐不安。南后街也不能幸免，原先繁华热闹、游客络绎不绝的南后街，如今也是一片萧条，商铺大多关着门，除非有要事，人们也尽量不出门。听不见鱼丸肉燕、芋泥元宵的叫卖声，尝不到云片糕猪油糕的香甜，就连吃一碗最普通的鼎边糊都是奢侈。商贾云集的南后街，文化荟萃的南后街，市井吵闹的南后街，福州人离不开的南后街，就这样在战火中归于沉寂。

　　彼时的荣少君，已是一名新进的共产党员，她在抗战集会上演讲，在报纸上发表抗击日寇的文章，领导抗日爱国游行，抛下大家闺秀的身份和从小过惯了的无忧无虑的生活，她为中华民族的兴败存亡而忧虑，为战争威胁下人民大众的安危而揪心，她不再是那个只关心小家小爱的荣少君，而是心怀天下，担起匹夫之责的荣少君。

　　薛秀秀已经是一名优秀的护士了，国难当前，她自告奋勇跟随医疗队开赴前线，救治伤员。前线，那可是要把脑袋勒在裤腰带上的地方啊，薛老爷和薛太太怎能舍得女儿冒如此生命之险，薛秀秀却义正词严，天下兴亡匹夫有责，国仇家恨面前，没有哪个中华儿女能置身事外，身为以救死扶伤为己任的医护人员，在民族危难面前更应该挺身而出，战士在面对枪林弹雨时尚且冲锋在前，他们又怎能畏首畏尾。

　　近在身边的女儿执意离开，远在天边的儿子却归期未有期。不久前薛老爷薛太太收到薛耀邦从德国寄来的信，信上说，云姝怀孕了。按照学制，他是今年毕业，但一来云姝有孕在身，不便长途颠簸，二来他又申请继续攻读学位，加上国内时局动荡，短时间内是回不来了。本就不辞而别，回来又遥遥无期，再加上云姝的身孕，薛老爷和薛太太生气又无奈，尤其是薛老爷，他要如何向中和堂的列祖列宗交代，如何向三友兄及弟妹交代。

　　在店里当了四年学徒，荣少康对裱褙仍然懵懂无知，一坐到书桌前对着一堆字画就打瞌睡，而只要有人来喊他出门看戏听曲儿斗蛐蛐儿，他准能打起十二分精神。看来让他接手荣安堂继承家传的手艺是无望了。

荣叔夏因为成绩优异，毕业后留校成为助教，闲暇时便在家读书写字，生活看似毫无波澜。直到那个晴朗又略带凉爽的初秋清晨，保长带着几个日本军官撞开聚成轩的大门，一阵打砸、怒吼、嘶叫，最后在两声枪响后瞬间归于平静。屋檐上的麻雀被惊得四下飞去，平静过后又一阵骚动，那是军靴踏在南后街青石板上的声响，一下下像刺刀划过，锋利冷峻。多少双贴在门后的耳朵，揪着心冒着冷汗焦灼等待，空气像冰块凝结，秋风愈加冷冽，平日市井嘈杂的南后街，安静得甚至能听见针尖落地的细响，谁也不敢迈出一步。

沉寂过后，嘎吱一声，一扇木板门被拉开，率先打破平静，那是来自荣安堂的声音。缓慢、沉重、迟疑，荣三友的老布鞋，一步一步走向聚成轩，脚下似挂着千斤重，每挪动一步，心就被拎到了更高处，他感到自己的毛细血管正不断扩大，冒出细细的汗珠，皮肤似有千万只蚂蚁爬过，挠得他发麻发紧。

南后街上的人们默不作声，眼睛直勾勾盯着，心情却同样沉重，像是祭奠，像是哀悼。他们看着荣三友走进聚成轩，紧接着传来一阵撕心裂肺的悲号。

没有人知道从什么时候开始，聚成轩成了中共地下活动的据点之一，大家知道的是，聚成轩一直维持着往日的营生，虽生意大不如前，毕竟特殊时期，吃饭保命要紧，谁还有闲心读书作画呢。可大家怎么也不会想到，荣叔夏也加入了共产党的队伍，为了组织联络，聚成轩成了地下交通站，不仅如此，作为刻书坊的聚成轩还悄悄印刷进步期刊，在爱国民众间散播流传。

大家更没有想到的是，作为胞兄的荣少康，在一次偶然发现聚成轩的秘密后，会向保长揭发，荣少康对聚成轩的父子二人向来冷眼，他本想着吓唬吓唬他们。那天清晨，南后街上的人们还没有完全从睡梦中转醒过来，只有他清醒地守在阁楼上，静待他想看到的结果，无非就是印刷工具和期刊被收缴，荣叔夏受点皮外伤而已，可当枪声响起，他也像南后街上的任何一个人一样，惊魂失散，惶恐不安。他不知所措，他捶胸顿足，他懊恼悔恨，他眼冒金星脑袋空白，这两记子弹像打在自己身上，先是麻木，紧接着是剧烈的疼痛。后来，他听见了父亲的哀号，他感到自己正在被撕裂。

接下来的一段日子，聚成轩的悲剧成为南后街上人们深深的惋惜、敬重和惊魂未定，随此一同流传开来的，还有另一个话题，那就是聚成轩的悲剧因荣少康而起。这个说法不知从何而来，却越来越成为一个公认的事实。荣安堂的店门，眼看着冷寂下来。

是秦妈最先发现书房里的老爷的，荣老爷一晚上没回房间，荣太太想着他大概是又为哥哥一家伤心失眠了，一大早便差秦妈上书房给老爷送吃的。秦妈敲了几下门，又喊了几声，没有回应，便开门而入，见着吊在房间正中的老爷的身子，惊呼一声，一屁股倒地，摔碎的餐具发出尖锐的脆响，众人闻声赶来，皆震惊错愕，荣太太当场晕厥。

不肖子孙的名声荣少康算是背上了，向来桀骜不驯横行霸道的公子哥儿，因为伤害到的几条性命，也变得低声下气畏畏缩缩。

生命消逝，悲痛在生者心中却永远不可能消散，稍稍能给人带来些宽慰的是新生命的诞生。这年的除夕夜，阴沉了几个月的荣安堂传来一声啼哭，荣少君诞下了一名女婴，这是来自一个崭新生命对这个世界的问候，只可惜，这却是一个混乱而腐朽的旧世界。而此时，女孩的父亲，那个扎花灯的手工匠人黄之远，正在战场杀敌，试图用自己单薄的生命对抗这个旧世界，为所有到来的和未到来的生命撑起另一个光明的新世界。只不过，战场上的黄之远并不知道，自己已经有了个女儿。

荣少君是不会放弃革命的，与女儿短暂相处了半个月后，她便回到了革命的队伍。时局愈加动荡，日军践踏下，民不聊生，悲剧不断，为了让家人安顿下来，荣少君让母亲和秦妈带着女儿到闽北山区避难，那里是秦妈的家乡，地处偏僻，山高水远，战火尚未有太大波及。在荣少君的安排接应下，荣太太和秦妈带着还未满月的女婴，连夜逃亡。

荣少君不会想到，这是她与女儿相处的仅有的半个月时光，就在母亲和女儿刚刚在秦妈家安顿下来的第二天，她就在一次游行中被击中，她本可以逃脱的，但因为分娩后身体尚未完全恢复，体力不支的她落后了大队伍，她大概是料到自己这次难逃一劫，最后毅然决定为队友打掩护，倒在了血泊中。一位母亲，刚刚带来新生命的母亲，为了队友，为了革命，更为了革命胜利后自己的女儿和母亲，以及千千万万个女儿和母亲的安定生活，献出了自己年轻的生命。

作为母亲的荣少君，为女儿留下了唯一的物件，一个荷包和一张照片。照片是她和黄之远的合照，她希望女儿记着自己的父亲母亲。荷包是荣少君在奔赴革命前连夜为女儿绣的，上面绣了两个图案，一个是"玉兔守月"，一个是"金猴出洞"。这两枚石雕，藏着多少故事，饱含了多少情感，最初作为订亲信物被送到两个孩童手中，孩童长大，它们又被作为定情信物被送给了各自的心上人，完整的，破碎的，如今，石雕的主人和曾经短暂拥有过它们的人不知所终，感情的错综复杂和兜兜转转，也最终难逃命运的劫难。

上前线近一年，黄之远才有机会给心上人寄回第一封信，只不过他不会想到，还未来得及回信，荣少君便牺牲了。幸运的是，黄之远从战场生还，回到南后街，满目疮痍，家人死了，爱人死了，他生活的全部勇气和动力也不复存在。靠着做些体力活，他依然生活在南后街，因为在战场上收到的一封信，他搬到隐藏在黄巷和安民巷之间的麒麟弄，守着父亲留下的花灯，守着荣少君，还有那口井，井底沉着那枚石雕，游荡着两尾年代久远的金鱼。

本以为一辈子就这么潦倒地过了，可天意弄人，好不容易等到抗战结束，曙光将近，谁知接下来的三年又是另一场战争，这次他没有那么幸运，众多青壮年都没能在这场劫难中脱身，他们被国民党抓了壮丁，强迫去往台湾，从此与大陆不复相见。

薛耀邦和荣云姝总算回来了，带着年幼的女儿。他们何尝不想早些回来，可国内战火不断，别说是回来了，就连一封家书都难以抵达，一边心系家乡的亲人朋友，一边只能无奈地在德国定居下来。好在他学业有成，在大学谋了一份讲师的工作，生活也算有保障了。终于等到可以回国的这一天，可当他们多年后又一次站在南后街的青石板上后却发现，在战争的摧残和时间的洗礼下，故乡早已不是记忆中的模样。家园没有了，家人不知去向，朋友散落天涯，他们试图寻找亲人朋友的下落，除了知道聚成轩因荣少康而家破人亡，荣少君死于革命外，再也没有其他消息。荣云姝悲痛懊悔，没想到多年前那个深夜的匆匆决定，竟是诀别。

家乡物是人非，又承载了太多伤痛，这伤痛即使是儿时美好的回忆也难以抵消，南后街，已经是他们回不去的故乡了。正当他们为前途一筹莫展的时候，薛耀邦收到来自台湾高校的聘任书，他们又告别伤痕累累的南后街，奔赴下一个他乡。是他乡也是故乡，他们也没想到这次与南后街的匆匆会面会是最后一面，此后半生，他们常常遥望海峡对岸，追忆，缅怀，怀着深沉的爱恋、愧疚和遗憾。

女儿出生时，薛耀邦和荣云姝为女儿取名薛念之，意为思念故乡和亲人，到了台湾之后，这个名字更觉贴切了，念之念之，女儿的名字里，是他们一辈子未能达成的念想和寄托。

荣太太和秦妈带着女婴逃往闽北山区，荣太太本以为可以等到回去南后街的那一天，可谁知仅在那儿生活了一个多月，她就因突发痢疾离世。可怜的小宝贝，来到这个世界才两个多月，就相继失去了最亲的人，她带着生的希望来到世上，却被这个世界残酷相待。荣太太在弥留之际，将孩子托付给秦妈，并为孩子取名秦美含。

黄之远不幸被迫去了台湾，后来组建了新的家庭。太太知道他在大陆的事，知道荣少君的存在，倾听过他们的爱情，她为丈夫和恋人的爱情而惋惜，实际上，丈夫的一生何尝不是惋惜的一生呢。因此，当黄之远为儿子取名时脱口而出黄思君这个名字，太太是十分理解的，思君，思念大陆的少君，思念大陆的你，对初恋人能如此长情，太太更加肯定了他是个有情有义之人，难道还担心丈夫因忘不了初恋而对她的感情有所保留吗？她把心放到了肚子里。

还有一个人，重要却又不那么重要，聚成轩的依海。聚成轩出事后，依海在附近的花巷开了家小吃店，"依海小馆"，店堂上挂着的正是荣云姝为他写的那副字。薛秀秀在奔赴前线前，将那半枚"金猴出洞"的石雕又交由依海，她知道自己此去凶多吉少，若是不幸牺牲，她不想这宝贝随她一起被掩埋，她说哥哥和云姝肯定是会回来的，这枚石雕，还是要还回他们手中。

依海是个重情重义之人，他记着云姝小姐对自己的鼓励和帮助，二话不说便答应了。这一句承诺，一守就是一辈子，他没守到石雕的主人回来，就让儿子接着守，儿子没守到，又让孙子继续，一句诺言，半块石头，守信三代。兜兜转转半个多世纪，谁能想到，依海手中的这半枚石雕，竟能成为揭开真相的关键。

2

至此，爷爷的故事，黄梓榆导演算是了然了，不仅是黄之远，还有南后街上三大家族及其后人的来龙去脉也都大白天下。只不过，大家仍有一个疑点，荣少康呢，犯下了罪孽，难道他就从此消失匿迹了？

"荣少康，我就是那罪孽深重的荣少康啊……"萧何老人用拳头在把手上重重捶了两下，声音颤抖，几欲掩面而泣。

众人惊愕。

父亲因他自尽后，荣少康便很少回家了，没有人知道他去了哪里，干些什么，也没有人关心，荣安堂因为他而蒙羞，母亲已不再当他是荣家的一员，一心革命的荣少君更是为有这么个哥哥而感到耻辱。

期间，荣少康回来过一次。妹妹荣少君牺牲的那天，他是在游行的队伍中的，后来队伍被驱散，又接连响起枪声，荣少康找了个偏僻的巷子躲避。待外面安静了好一会儿，他才走出来，刚走几步，他看到一具躺在地上的尸体，一旁的血泊中有一道光在闪耀，荣少康不禁多看了一眼，是少君和她的那枚石雕"玉兔守月"。震惊，悲愤，任何词汇都不足以形容他此刻的感受，他似乎又回到了听到两声枪响的那个清晨，肉体在撕裂，心在滴血。他将那枚石雕揣进口袋，背起冰冷的少君，快步离开。

他将少君葬在郊外，犹豫着是否要将石雕一同下葬，仔细一想，这石雕虽然是她从小带到大的，但少君这辈子最不愿意的就是被婚约束缚了吧，她违抗父母之命和黄之远在一起，至今都没来得及与父亲言和，人都已经不在了，就让她解脱了吧。这枚石雕就这么被荣少康保管下来了。不久，日军听说南后街有两枚价值连城的田黄石雕，在南后街上挨家挨户搜查，情急之下，荣少康找到一座无人居住的破落院子，院子位于麒麟弄的最深处，隐藏在黄巷与安民巷之间，将石雕沉入井底。

　　荣安堂一片衰败，生机不再，意外的是，井里那两尾金鱼依然活跃，战火的波及没有给它们带来任何伤害，在这乱世之中，它们就像局外者，与世隔绝。荣少君牺牲了，父亲死了，母亲也不知去向，这两尾从父亲儿时起就在这井里的金鱼是唯一鲜活的存在，荣少康将金鱼带到麒麟弄，与石雕同在。在埋葬妹妹之前，荣少康在她的口袋里发现了黄之远写来的那封信，想来少君还未来得及给他回信吧。荣少康将发生的一切写信告诉黄之远，希望他回来之后能守着少君，守着这井底的秘密。

　　荣少康是不可能留下的，南后街承载了他太多的痛苦和懊悔，安排好一切，他便离开了。

　　局势安定之后，荣少康的身影又出现在了南后街上，他粗衣布衫，一副粗俗的乡下人模样，旧时南后街上的住户死的死逃的逃，现在的南后街已经没有人认得出他来了，就这样，荣少康以一个外来人的身份在南后街的一座破院子里生存下来。这院子便是他当初安置石雕的那个院子，他心心念念要回来，守着这口井，守着家族唯一留下来的物件。

　　荣少康这个名字早就消失不见了，重新回到南后街后，他是萧何，讲评话的萧何。从此他以讲评话为生，他的故事离奇，语言夸张又形容贴切，深受看客喜爱，渐渐地他有了名气，一年复一年，大小竟也成了福州城评话的传承人之一。

他赚了钱，有了名声，生活逐渐发生改变，但唯一不变的是，他仍然守着那座院子，即使是南后街拆迁，也一直钉到最后，大家不明白为什么，也不可能有人明白，因为这院子，这井底，藏了太多年代久远的秘密。

如今，这秘密总算被揭开，荣少康藏了一辈子的心事啊终于找到了宣泄口，大半辈子的悔恨、遗憾、痛苦和辛酸，情绪的洪流一下子倾泻而出，这些情绪好似对他罪行的惩罚，折磨压抑了他大半辈子，不知道多少次，他独自一人坐在井边，望着黑黢黢的井口，像是望着罪孽的深渊，这深渊试图将他吞噬，而他要极力与之抗衡，他守着秘密，也守着心里那道不可能愈合的伤疤。他将石雕捧在手心，就像藏着失而复得的宝贝，仰头痛苦，涕泪横流，一个活了将近一个世纪，尝尽人间百味的百岁老人，竟哭得像一个孩子。

秦美含看着如困兽般痛苦不安的荣少康，颤抖着叫了声，"舅舅。"

董家恒的咖啡馆项目在创业竞赛中脱颖而出，联合会将为咖啡馆的落地提供一系列政策和资金上的扶持。咖啡馆是肯定能开起来的，但开在哪里是个关键，有了第一次的经验教训，他和唐庆庆一致将地段作为选址的重要考量，正巧，唐庆庆一个原先在澳门河畔开日料店的朋友，由于资金周转问题，不得不关门转让店面，唐庆庆便想将其盘下来。靠近南后街一端的澳门河畔，小酒馆咖啡馆甜品店以及各式高端餐饮林立，充满文艺情调，是情侣约会和好友聚餐的好地方，能将咖啡馆开在这儿，生意肯定差不了，只不过，黄金地段，价格也摆在那儿，以联合会提供的资金支持是远远不够的。

超出预算的租金让董家恒望而却步，他打算退而求其次，找找其他便宜点的店面，唐庆庆二话不说拿出一笔钱，说是她这些年的积蓄，先借给他，等将来咖啡馆经营上了轨道再还不迟。董家恒执意要给唐庆庆算利息，这才接受了借款。唐庆庆表面上答应，其实只是缓兵之计，董家恒都已经留下来了，其他的问题也就不再是问题了，他们俩还谁跟谁啊，这咖啡馆的老板娘就是她了也说不准。再说了，这钱也不是她的，而是陆凡借她之手借给董家恒的。

一切尘埃落定之后，董家恒回了趟台湾，外婆知道了事情真相后，既惊喜又感慨，没想到在有生之年能为父母完成遗愿，董家恒打算带外婆回福州，回到那个她在儿时曾短暂停留的故乡。

唐庆庆还是将陆凡默默给予他帮助的事告诉了董家恒，知道他要回台湾，她也希望俩兄弟能和好如初，唐庆庆给了他陆凡新公司的地址，回台湾的第二天，董家恒就去了。两人一见如故，一切不愉快已烟消云散。

"喂，你现在都已经是合伙人了，肯定不缺钱的，那笔钱，就当给我的开业红包咯。"看到陆凡回到台湾后有了更好的发展，董家恒由衷感到开心。

"那点钱小意思啦，咖啡馆你好好开着，以后生意做大了，大不了我给你注资啊。"

两个好友又像从前一样开玩笑，对未来的憧憬，对人生路上遇到的挑战，就像又变回大学时的毛头小子，那时的他们单纯、莽撞，而如今却多了几分成熟、稳重，不变的是对前路的无所畏惧、无限遐想。

尾　声

　　这是薛念之一生中第二次踏上福州的土地，带着父母薛耀邦和荣云姝一辈子的念想和期待，念之念之，这是他们心心念念了一生的故乡啊。走在南后街上，薛念之试图找寻儿时在这儿停留时的记忆，可年代久远，她从一个稚嫩孩童到耄耋之人，南后街的样貌也发生了巨变，记忆是遍寻不着了。可这毕竟是父母的故乡啊，那种亲切和爱恋是流淌在血液里的，南后街的青石板在她脚下是踏实可靠的，老字号的滋味是能慰藉灵魂的，三坊七巷的院落啊，就像梦里老家，温馨而安稳。

　　这一趟，薛念之这辈子就值了。

　　董家恒的咖啡馆今天关门一天，他有珍贵的客人要接待，上至百岁老人下至青年壮年，中和堂、荣安堂、聚成轩这三个南后街上曾经的名门望族，其后人们聚集于此，串起了一部百年家族史。人团圆，物团圆，陈老板和薛念之各自手上的那半枚石雕，拼凑成了完整的"金猴出洞"，加上萧何老人手上的那枚"玉兔守月"，流传了一百多年、价值连城的田黄石雕，穿越了时空，经历了沧海桑田，见证了时代巨变，再一次回到世人眼前，仍然散发着温润而明朗的光芒。

七星楼的陈老板，虽不是这三大家族的后人，但其祖辈在这个故事里却也是不可或缺之人物了，少了那幅半真半猜的画，故事还真就没法圆满。历史了然之后，又经过一番查证，大家惊讶地发现，七星楼所在的店址竟就是原先的荣安堂，一个世纪的轮回，历史的巧合，而在这历史的长河中，人啊却也发生着细微的关联和缘分，一点点蛛丝马迹，一缕缕抽丝剥茧，历史的长卷徐徐展开，延伸至今。

院子里的那口井当然还在，只不过早已干枯，陈老板找人重新凿挖，意外地，涓涓细流慢慢充盈，荒芜了大半个世纪的一口井，竟也活泛清澈了。萧何老人又将那两尾有着象征意义的金鱼放归井里，这是它们的本来归宿，等了半个多世纪，总算回归原地。

老李开玩笑说，这店面开过很多店，但没有一家开得长远，多则半年少则一两个月，准有另一个新店面要开张，都说是这店址风水不好，现在看来，也许是这口还鲜活着的井等着主人归来呢。有了七星楼，这下铺面是不会轻易易主了吧，井活了，店也活了，它会长远地经营下去。

　　导演不打算拍电影了，了解了家族变迁后他发现，也许只有纪录片才能承载起历史的厚重和时光的意义。

　　而我，终于有了正当而迫切的理由为这样一段传奇注脚。

　　几乎是自由流淌着的，我写下了小说的第一段文字。